# 打铁打铁

马笑泉

济南出版社

**W** | 文学新势力
WENXUEXINSHILI

**学术筹划：**中国作家协会鲁迅文学院

北京师范大学国际写作中心

**顾　问：**莫　言　铁　凝

# 编委会

**主　　任：**吉狄马加

**主　　编：**张清华　邱华栋

**编　　委：**（以姓氏笔画为序）

过常宝　西　川　苏　童　邱华栋　余　华　张　柠

张清华　欧阳江河　徐　可　康　震

# "文学新势力"文丛·序

张清华　邱华栋

　　2012 年 10 月，莫言荣膺诺贝尔文学奖，再度激发了国人的文学激情，也唤醒了各界在文学教育方面的旧梦。这其中就包括北师大。因为一段至关重要的学缘，莫言曾于 1991 年获得了北师大授予的文学硕士学位，而此刻，作为母校的师大自然倍感荣耀，遂立刻决定成立北京师范大学国际写作中心，并邀请莫言前来担任主任。中心成立之初，其核心职能便被提到了议事日程，这就是文学教育和创作人才的培养。

　　需要稍加追溯前缘，才能说明这套文丛的来历。1988 年，由当时在研究生院任职的童庆炳教授牵头，由北京师范大学提供学制条件，牵手中国作家协会所属的鲁迅文学院，共同招收了首届作家研究生班。那时的学位制度还相对处于比较早期的阶段，各种规章还没有现在这样严苛和完善，所以运作相对容易，招生考试环节也相对宽松。因此，一批在当时的文坛已崭露头角的青年作家，便被不拘一格，悉数收罗。之前，他们中的很多人并未受过太正规的教育，刘震云几乎是唯一一个，他是北京大学中文系 77 级的本科毕业生，系出正宗名门。余华便只是在浙江海盐上过中学；莫言之前虽有在解放军艺术学院文学系学习两年的经历，但更早先却是连中学教育也不完整；严歌苓、迟子建等差不多都只是受过中等专业教

1

育；其他人我们未做过严格的统计，但可以肯定，其中多数未曾上过大学。然而不容置疑的是，这些人是那时中国最具希望的一批，是青年作家中的翘楚，未来文坛的半壁江山。从这里出发，二十年过后，他们的确未负众望，为中国文学争得了至高荣誉，也几乎成为一代作家的代言人。

很显然，这一传统成为北师大和鲁迅文学院共同的一个记忆，一笔不可多得的财富，无论从哪个角度看，这都是两所学校引以为豪的历史。在这样一个背景下，再续昔日文学教育的前缘，找回这一无双的荣耀，也就是很自然的事情了。

因了以上的缘由，2016年，北师大校方经过认真研究，参考过去的合作模式，从全校不多的单招单考的硕士名额中拿出了20个，交由文学院和国际写作中心，来寻求与鲁迅文学院合作，并于2017年秋季正式招收了"非全日制"学术型文学创作硕士研究生。为了省却过于烦琐的制度性限制，我们特地在中国现当代文学专业二级学科下，设立了"文学创作方向"，并采用了学术导师加创作导师相结合的培养模式，以给学员创造更为合适和充分的学习条件。鲁迅文学院则为他们提供居住和学习的物质条件，提供尽可能好的一切形式的支持，并拟在培养方案中结合鲁院的讲座制培养模式，两相结合，尽显特色互补的优势。

同时还必须指出，有几位至关重要的人物支持了这项事业。时任北师大党委书记的刘川生教授、校长董奇教授，他们在推助写作中心的文学教育工作方面给予了大力支持，在制定相关体制机制方面也给予了诸多方便；晚年在病中的童庆炳教授，多次勉励我们传承好过去的经验，大胆探索，争取把工作尽早落到实处。中国作协这一方面，作协党组、特别是铁凝主席也同样给予了积极支持和热诚关怀；分管鲁迅文学院工作的吉狄马加书记，则在工作中给予了非常具体的关心和指导。

参与该项工作，制定合作规划、培养方案、课程体系，以及日常服务管理等诸项事务的，便是本文的两位作者，时任鲁迅文学院常务副院长的邱华栋，和北师大文学院负责研究生教育的副院长兼国际写作中心执行主任张清华。整个过程中，要想实现两个职能完全不同的单位之间的密切合作，在所有培养工作的环节上都无缝对接，是一个至为琐细的工作，难以尽述。好在这不是一个"工作汇报"，我们在此也就从略了。主要想说明的是，两校之间目前的合作进行得非常顺利，一切都在愿景之中。

迄今为止，该方向的研究生已经招收了三届，共56人。从总体情况看，达到了预期的要求。在学员中，有鲁迅文学奖获得者乔叶、鲁敏，有多位全国少数民族文学奖获得者，有"70后""80后"广有影响的青年作家，像东紫、杨遥、朱山坡、林森、马笑泉、高满航、闫文盛、曹谁、曾剑、王小王，等等，他们在文学创作上都已经有了相当出众的成绩，或是十分丰富的经验，然而他们共同的诉求，又是都有"充电"的渴望，有成大家的梦想，所以因了冥冥中某种命运的感召，汇聚到了一起。

关于文学教育，历来也是分歧明显众说不一的，有人坚称"大学不培养作家"。这话一定程度上是对的，大学的使命很多，成败胜负的确不在乎是否出产了一两个作家。但这话的"潜台词"值得商榷——其意思是有轻蔑的，是说"你培养不了作家"，"作家不是谁培养出来的"。这当然也对，没有哪个大学敢说自己"培养"了几个作家，而只能说，那儿"走出了"哪些个作家和诗人。但这么说是否意味着文学教育是无必要的呢？似乎也不能。因为照某些人的逻辑，我们就可以反问，大学不能培养作家，难道就可以"培养"经济学家、政治家、科学家和法学家吗？谁又敢于说，他们"培养"了那些伟大和杰出的人物呢？很显然，各行各业的杰出人才都是很难通过"定制"来培养的。但从另一方面说，大学又必须要提供人才成长和受教育的条件，从这个角度看，宣称大学不培养作家又是不负责任的。回顾当代文学的历史，文学的变革和作家的成长与大学教育的恢复和发展密切相关。"文革"及"文革"前大学教育的草创和荒芜时期，也出现过许多作家，但他们要么是从战争年代的洗礼中锻炼出来的，要么是在长期的自学中成长起来的，因为没有条件受到良好的教育，他们的文学道路多有延宕，艺术成长和成就也都受到了限制，这是人所共知的常识。正是"文革"后教育的全面恢复与发展，才让文学事业出现了人才辈出蓬勃兴旺的局面。

所以，正确的理解应该是，作家是无法培养的，但文学教育是必需的。当然，文学教育对于高校而言，其目标确乎主要不是"培养作家"，而是为所有学生提供一个素质养成的环境条件，这才是成立"国际写作中心"、引进著名作家执教的核心意义所在。换句话说，能不能出产一两个作家或许不是最重要的，其培养的人才是否具备写作的能力，成为文学的内行才是重要的。传统的文学教育虽然有各种各样的问题，但是所培养的读书人大都是既能够研究，又可以写作的双料人才。新文学的早期，大学的教授也有许许多多是学者和作家集于一身者，之后才逐渐文脉不彰，大师不存，大学教育渐趋沦为工具化和技术化的知识教育，名实不符的学术教育。

但无论如何，北师大与鲁院联办的这一培养模式，其目标还是直接而干脆的，就是"培养作家"。当然，这培养不是从根上栽植开始的，而是"选苗"和"移栽"的过程，甚至有的就属于"摘果子"。即便是后者也不是无意义的，当年莫言、余华、刘震云、迟子建、严歌苓等这批人，在进来之前早就是声名鹊起的青年作家了，录取他们无疑也是"摘果子"，但系统的阅读与学习，大学综合环境下的熏陶成长，谁敢说对于他们后来的写作没有助益？所以，我们坚信这一工作是有意义的。


最后再来说说这批作为"文学新势力"的新人。显然，他们都属于"70后"或"80后"的一代，较之他们的前辈，这批新人的主要差异在于代际经验。前代作家的成长期大都经历过历史的大波大澜，童年也大都有原初和完整的乡村生活经验，所以某种程度上还是受到"总体性经验"支配和支持的一代作家。莫言笔下的"高密东北乡"，可以说寄寓了他对于农业社会生存的全部感受和想象，也寄寓了他对近现代中国历史巨变的全部记忆与理解，读之如读一部血火相生、正邪相伴、生死轮替、魔道互换的史诗。这种具有总体性和原生性的经验与美学，在下一代作家这里早已变得不可能，他们都命定地处在某种"晚生"和"后辈"的自我想象之中，不得不在碎片化、个体化的历史经验与记忆中探索前行。

这些都并非新鲜的话题，我们也只是重复了前人既成的说法。但这也是所谓"新势力"的根基与合法条件，"新"在哪里，又何以成为"势力"，这是需要我们想清楚的。在我们看来，所谓"新势力"其实就是指：一是有新的文化特质的，他们在文化上所拥有的"新人"特色或许很难用一两句话说清，但一定是更具有个性、自主性和独立思考的一代，是拥有新知和新的经验方式的一代，是用新的思维与视角看取人生与世界的一代，是在网络信息时代生存和写作的一代；二是有新的美学属性的，这些属性自然更难以总体性的概括来描述，但毫无疑问他们是具有陌生感的一族，是难以用传统范型所涵盖和统摄的一族，是游走和不确定的一族，是空间化和个体性得以充分彰显的一族，当然，也是相对琐屑和相对真实，相对平和和相对日常性的一族。有时我们觉得是这样的不满足，但有时我们又会觉得，他们离着理想的文学，离所谓普世性的"世界文学"的距离越来越近了。

旁观者说一千句，不及读者自己去观照、去体味其中的丰富和微妙，"总体性"之不存，我们的概括也自然显得苍白无力，不如读者们自己去一一打量和细细辨识。

看，这就是"文学新势力"，他们来了。

2019 年 7 月，北京西山暑热中

# 目　录

打铁打铁　　001

诗兄弟　　047

山有灵兮　　170

梅　山　222

# 打铁打铁

一件家伙好不好，铁质当然很重要，打没打熟、打成什么样也绝对不能马虎，但最关键的是淬火。这是个火候功夫。早了或是晚了，快了或是慢了，一块好料也要变成虚胚子，早晚会崩裂。这道理，关师傅闷在心里。几十年来，徒弟们进进出出，全靠他们自己悟去。自己悟出的才算真本事，才扎实，刀子刻在心里一样，永远不会忘掉。再说，猫教老虎也要留一手呢。多少年留下来的规矩，错不了。

铺子靠近西门，大同街上。西方金，大利，所以这街上两排有八九家铁铺，有两家还是关师傅徒弟开的。关师傅这家最老，从他爷爷的爷爷手里传下来的，家传绝学，玩意最灵。两个徒弟虽然脑袋不坏，也用功，但还少那么一点灵气，所以生意永远比不上师傅。"关大兴铁记"这块牌子，虽然旧，但敲起来还是当当地响。

龚建章从小就住在西门外。大同街穿过西门就叫化夷街，其实还不是一条街？这是条老街，上世纪八十年代中期还是一路青石板垫脚。多少辈人踩过的青石板，都能照得见人影了。夏天的时候，龚建章不穿鞋，早上穿过西门去紫气街的东方红小学上学，脚底凉冰冰的——两边的铁匠铺都开门了。打铁火气大，早上这段辰光清凉，最好。每次经过"关大兴铁记"时，龚建章总要喊一声关伯。关伯很严肃，但看见龚建章时脸上就不由自主有了笑意。龚建章还在妈妈怀里时，关伯就很喜欢他，说这孩子眼睛亮，骨子里有劲。龚建章也觉得关伯亲，没上学时常在关伯门前玩，站在门槛边上看他们打铁，一站就是个把小时。关伯歇工的时候，就对龚建章说："小四子，以后你就跟我学打铁吧！"龚建章很认真地想了想后，才点点头，关伯就笑着拍他的小脑壳。到了过年时，不用妈妈喊，龚建章就跑去给关伯拜年。关伯在过年这一天最和气，一张方脸笑得倒跟弥勒佛有点像，还会给龚建章一个小红包，里面是十张一分钱的小票，崭新。龚建章当宝贝一样收到怀里，过了一个晚上后才下决心拿去买小挂炮，拆下来用香一个一个地点着放——到了中午，太阳照顶，学校的水泥操场有些烫脚了，靠屋檐边的石板路还是凉，像是变硬了的大凉粉块子。

　　西门洞子里有两个卖凉粉的老婆婆，摆了两只木桶，几把椅子。木桶够大，几乎可以让个小孩在里面洗澡，颜色黑黄黑黄的，只怕龚建章还没出世它们就摆在这里了。照例有块湿布罩着，掀开来，里面闪着一些透明的银灰色的块子，用小木刀划一块出来，盛到白瓷碗里，再划成一小方块一小方块，像是些透明的小银砖，那个诱人呀，瞧着都口里涨水。龚建章小时候经常站在木桶边流口水，有时候他的妹妹也跟他一起站在那里，咬着小手指，一起流口水。他爸爸路过时，脸色总不好看，旁边的人就说："龚师傅，给小孩来一碗吧。"

"饭都没得吃了，还吃这个。"龚师傅横着眼睛，甩出一句。他才三十岁的人，背就有点弯。其实也不是累弯的，他就喜欢摆出个这样的态势——老街上的闲人总喜欢缩着头，哈着背，到冬天了还要把手笼进袖里，只有吃饭和打牌时才抽出来。老街上的闲人也是有祖传的。同治年间，小梁县的龚家开药材铺发达了。到了民国，家大业大，子孙多了，麻烦也多，老祖宗干脆分了家。龚建章的曾爷爷承袭了西门外的铺面，却不用心经营，成天喝酒打牌，没几年就败了。到了龚建章爷爷手里，只剩下几间老屋了，也幸亏如此，"文革"时候躲过了一劫。龚家的其他后人，生意做得好，一九六六年就被揪了出来，批斗，游街，胸前还挂了块大牌子。

龚建章的爸爸当时还没进二十，躲在人群中看，想起这些亲戚平时的威风，胸中未免有几分快意，同时下定决心向曾爷爷学习，做个逍遥自在的快活人——看准了，那时代做穷人最划算。不是讲吃大锅饭嘛，大锅饭就是给穷人吃的，就是谁都吃不饱，谁都有一口；再精打细算，再起早贪黑，也没你的小锅饭吃。他是标准的无产阶级，而且响应人多力量大的英明号召，生了一堆娃娃。龚建章上头还有两个哥哥一个姐姐，都是张开嘴要饭吃、伸出手没力气干活的年纪，一家人吃饭确实成问题。

不过懒人自有懒福，龚师傅讨了个好老婆，就是化夷街过去柳坪生产大队黎家的满女。虽然就在城边上，但还是农村，嫁到化夷街上便是城里人了，所以她很知足，一点也不嫌龚师傅空有师傅之名，却什么都不会做。倒是龚师傅时常吼道："要不是我，你怎么能到城里来？"龚家娘子想到自己一个农村妹子，嫁了个白白净净的城里人，确实是高攀了，因此感恩不尽，里里外外用心操持着。她针线好，到处揽活儿，替人缝缝补补。邓小平出山开过会后，她又在门口试着摆了个摊子，卖些瓜子香烟之类的，居然没人来干涉。哪天要是实在揭不开锅，就跑回娘家，在地里扯些瓜菜，也算是一顿饭。

这样子居然也把一大堆小孩慢慢地拉扯大了，龚建章的哥哥姐姐居然还读完了小学。小学毕业后，两个哥哥一个跟木货街的龙木匠学手艺，一个在戴家园的白铁铺里打下手，姐姐就送到亲戚家开的面馆里做事。龚建章读书上心，成绩不错，龚家娘子就暗地里下决心，要送他读大学，经常千叮咛万嘱咐，要攒劲，读个书不容易。龚建章懂事早，心疼妈妈太苦自己，一点不敢松劲，也不愿再提什么额外要求，想吃凉粉想得要死也不开口。妹妹龚建红人小，嘴更馋，吵着回家要钱，被龚建章甩手一巴掌，坐在地上哇哇大哭。这一掌其实是打在龚建章自己心口上。他很疼这个妹妹的，但又不愿惯了她，只在一边冷看着。龚建红见无人搭理，哭得没劲，也就止了。龚建章把她拉起来，说："不准问妈妈要钱，明天哥哥给你买。"龚建红抹了一把鼻涕，点了点头。

第二天中午放学回来，龚建章饭也不吃，把龚建红喊出来，急急忙忙地走到城门洞里，一只手贴在裤袋里，说："宋奶奶，要两碗。"

他语气有点紧促。宋奶奶翻开眼皮，看了他一会，才慢腾腾地盛了一碗。龚建章要妹妹接着，说："吃快点。"

碗很大，龚建红嘴巴很小，居然一下子就空了。不过龚建章比她吃得还快，一大碗凉粉，嗖溜就滑下去了，连水都没剩，碗给舔得干干净净。

龚建章从裤袋里挖出了一张毛票，两张五分票。宋奶奶笑着看他，说："发财了？"

龚建章不吭声，拉起妹妹的手转头就走。龚建红仰着头问："四哥，明天还给我买吗？"龚建章骂了句馋鬼，龚建红就笑起来，过了一下又问："那明年呢？"龚建章也笑起来，他最喜欢妹妹这点小俏皮。

到了傍晚，阳光从城郊那边照过来，化夷街显得半明半暗。从西边进城的农民大都沿这条街走回去了，没回的就留在城内的小旅馆喝酒打牌，跟女服务员调笑，也算享受了一遭，回去好在乡人面前抖一抖。龚家娘子坐在自家小摊边，想着补完这一件就该收摊了。她是个能一心多用的人，虽然补得细心，城门洞子里出来两个人还是马上就晓得了。就瞟了一眼，但一高一矮，一女一男，穿着上没有乡里味，心里清清楚楚。兴许是去城边上走亲戚的吧。正想着，眼前暗了下来。没抬头，她等着暗影过去，耳边却听到："请问这是龚建章的家吗？"

声音有点熟，抬头看了一眼，她慌忙站起来，说："谭老师，你怎么来了？快到屋里坐。"

屋里却黑，扯开了灯，四十五瓦的，还是显得暗淡。没多久，谭老师和她带来的学生就走出来了。谭老师边走边回头说："龚建章还是个好伢子，跟他好好讲一下就行了。"

龚建章是看着谭老师和龚建国走出大同街口的。他想不回去算了，却又晓得躲下去只有更糟糕，反正要了结的，晚了不如早了，省得悬着个心又吊了块蛮重的石头。这么想清楚了，他就一步分两步地走到了家门口。龚家娘子正靠在门边，望着对面出神。龚建章怯怯地喊了一声，她似乎没听到。龚家娘子有点瘦，皮肤黑里透红，有些干，眼睛却很有神。这会她的眼睛有点空，还有点红。龚建章刚进门口，就挨了劈头盖脑的一顿竹扫子。他马上蹲在地上，用手护住头。竹扫子从背后急雨般地打下。

"我叫你去抢！我叫你去做强盗！谁不好抢，你去抢自己的亲戚干什么？人家有钱，我们穷，穷人也有穷骨气，我叫你去抢！我叫你去抢！"

龚家娘子骂得咬牙切齿，龚建章能听出她内心的愤怒和失望，一声不吭，也不躲，他只是努力抑制住眼泪。他想哭，不是因为妈妈打他，而是因为妈妈是如此伤心。耳边听得妹妹在哭喊："不要打四哥！不要打了！"过了一下又听到她喊："是我想吃凉粉，四哥才去抢的。"

"想吃凉粉，为什么不跟我讲？"

龚建章抬起头，看着他妈妈，半天才说："我再也不吃凉粉了。"

龚家娘子哭了起来。

说到做到，龚建章非但不吃，而且连看也不看了，每次穿过城门洞口时都是急匆匆的，一副不屑一顾的样子，让想做他长久生意的宋奶奶失望了好多次。

　　夏天的傍晚实在长。为了节省电，龚建章搬出条长凳到门外，把作业本摊开。龚家娘子这时候就把常坐的矮凳递过来，自己站着照顾生意。趁着天色还亮，龚建章要一口气把作业做完。街道上响着叮当叮当的声音，此起彼伏。如果仔细听，还可以听出其中的节奏各有不同。他就当是在听音乐，开始时还能入耳，慢慢地就浑然不觉了。

　　龚建章做作业的时候，龚建红就在一边看着，眼睛睁得很大，很专注，似乎是她在做作业。有时龚建章想翻页了，手刚抬起，龚建红就帮他翻过去了，并且注视着他，看是否能赢得表扬，至少是想看到赞赏的神气。龚建章不理她，心知她不过是想借机亲近一下他的课本罢了。龚建红对哥哥的课本无限仰慕，经常偷偷地翻出来看，有次还对龚建章说："你们老师写的字真好看。"

　　龚建章一愣，才明白她把书上印的字当成学校老师写的了，口里却说："那当然。"

　　龚建红从此对学校更加向往，经常缠着他问这问那的，并且一有机会就把他的书翻出来看，虽不识字，却也看得津津有味。爱看就看吧，龚建章无所谓，只是有次偶尔发现语文书的一页彩色插图不见了，而且被撕得干干净净，边缘很齐整，不仔细看还看不出来。放了学龚建章就冲回家里，把正在街道上跳绳的龚建红拖到屋里。见他凶神恶煞的样子，龚建红马上从小口袋里把那张彩页掏了出来——折叠得整整齐齐的，粘回去还严丝合缝。龚建章放了这个爱书的小可怜虫一马，只是从此不许她碰他的书。他在一面空墙上高高地钉了根钉子，作业做完了就把书包挂上去，龚建红非得长高一头再踩到高凳上才能摸到它。从此，除非龚建章在做作业，否则她很难看到课本。街口的小人书摊她又没钱去看，只有守着哥哥做作业。龚建章心里早就原谅她了，但又晓得妹妹是个得一寸进一尺的小精怪，再让她碰书本，恐怕手痒之下，所有的彩页都要失踪。旧课本以后复习要用，早就压在箱子底下，也懒得翻出来。那就让她看着做作业也好，以后读书说不定会用功一些。

作业很容易，龚建章简直不把它们当回事，当天色暗下来时，便做完了。耳边的叮当声变得很微弱，有时干脆是没有，铁匠们也要吃饭了。家家门口都飘起一股菜香味。现在是夏天，夏天大家都爱蹲在或站在门口吃饭，有的人家干脆连小方桌都搬出来了。龚建章家对面就是一家铁匠铺，老铁匠和小铁匠这时候总会蹲在台阶上，手里捧的大碗盛得下半斤饭。铁匠师傅们似乎都不爱说话，低着头用力咀嚼着。看着他们的一身肌肉，龚建章很羡慕。他想自己长大了也要跟他们一样强，他们的样子才像个男子汉。他不喜欢做爸爸那样的人，松松垮垮的，没劲；要像铁一样，结实，沉甸甸的，不用说话就让人觉出分量来。为此龚建章总有意无意模仿铁匠们的言行举止，想说话时故意忍住不说，吃饭时也捧了个大碗，蹲在地上。

龚师傅毕竟是世家子弟，身上有先人遗风，举止总要和寻常俗人区别开来，所以经常骂龚建章站没站相坐没坐相，连吃饭也跟那些做工的人一模一样。龚建章不反驳，心里却不服气，觉得爸爸才是站没站相坐没坐相，走起路来飘飘的，一点都不扎实。倒是龚家娘子很看得惯，乡下农民蹲在地头吃饭不就是这样吗？她打趣道："老四是像我们家的人呢！哪像你，城里相公，拿杯子还要翘个兰花指。"

说归说，她其实还是很爱男人这一点的。龚建章却讨厌得要命，他喜欢铁匠们的手，不做作，有力，像两把钳子。让他庆幸的是，自己的皮肤像妈，微黑，还透着红润，跟铁匠们差不多，不像爸爸，简直是苍白。

饭吃完了，爸爸又要出去打牌，妈妈的事业就是串门，顺带捎些针线活回来。大哥、三哥都回来了，二姐却还在店子里，要打烊才回来。对两个哥哥，龚建章没什么感情。他觉得大哥太拿腔作势，不亲近；三哥呢，跟爸爸是一个胚子里出来的，瘦长，小白脸，在女孩子面前走路居然翘着兰花指，什么东西！老大、老三也嫌龚建章小小年纪就不活泼，眼神有点阴阴的，他妈的简直跟街上那些打铁的一样，也不爱搭理他，两个人凑在一起议论女孩子。听这个，龚建章倒是不讨厌，但他也不发言。听着听着，他就想到一个女同学身上去了。她叫王芬。

在龚建章眼中，王芬是城里最好看的女孩子。她斯文，白净，就像是龚建章家里供养的水仙，谭老师总夸她是个大家闺秀。在这个小小的大家闺秀面前，龚建章总有点自惭形秽，他觉得自己什么也配不上她——人家长得美，家里是县政府的，又穿得那么好。龚建章觉得她身上有一种光辉，总是不敢正视她，他只有找机会从侧面偷偷地打量她。王芬的眼里嘴角都似乎带着一点笑意，她总是静静地望着老师讲课，就算是举手答问，也显得娴静，不像其他女生那么急于表现。龚建章不敢看久了，通常就是一眼，但这一眼总能让他长久地感动。他从不主动跟王芬说话，下了课，只是暗暗地搜索她的身影——或是在跳绳，或是在踢田。远远地望着她的背影，龚建章就觉得满足。

龚建章晓得，班上许多男同学都喜欢王芬，他就亲耳听到其中几个公然宣称要跟王芬那个。对于这些才读小学六年级的小痞子，龚建章恨不得把他们痛打一顿。王芬是仙女，哪能动这种下流的念头？但几个小痞子脑袋里没有下流的概念，他们不但想，而且总是跃跃欲试。

这天王芬和几个女伴在跳套绳。王芬打桩，弯下腰去把绳子移到身上来，屁股就翘了起来。小痞子中的吴伟简直是个行动天才，别人脑袋还没转过弯来，他就走了过去，用那个部位去擦王芬的屁股，脸上露出享受的表情。王芬居然没有觉察。龚建章却一直靠着栏杆，在偷看她们跳绳。吴伟贴近王芬的时候，龚建章还没弄明白他想干什么。等他反应过来时，吴伟已擦了过去，然后转身朝龚建章这边走来，扬扬自得。脑袋一热，龚建章就冲了上去。这下轮到吴伟没反应过来，脸上就挨了一拳。吴伟是从小打架打大的，有些经验，挨了一下后马上箍住龚建章，两个人滚在地上，扭作一团。女生们尖叫起来。上课铃正好响起，两个人松开，站起。吴伟一边拍身上的灰一边指着龚建章说："你等着。"龚建章没拍衣服，眼睛瞪着吴伟。吴伟的眼神很凶，而龚建章的则充满了怒火。

下午放学后，照例是排队走出校门。王芬正排在龚建章一侧，她趁人不注意，小声对龚建章说："你不要紧吧？"

"没事。"龚建章板着脸说。

王芬一笑，就转过脸去跟别的女孩说话去了。这一笑让龚建章几乎凭空飘了起来，本来心里还有点怕的，这下全没了。

走出一段路后，队伍就散了。在化龙寺前面的那条路上，龚建章听到背后有人喊他，一回头他就看到了龚建国。自从上回"借"了他次钱后，有一年龚建章没跟他说话了。其实若细细算起来，他们还是未出五服的堂兄弟。龚建国跑得气喘吁吁，说："龚建章，吴伟他们在后面追来了。"

对他的报信，龚建章似乎不感动，木着脸说："来就来。"

"他们有几个人呢。"

"还怕他？"

龚建国急得不得了，似乎龚建章是他亲哥哥。远远地看到吴伟他们来了，龚建章把书包递给龚建国，站在那里不动。吴伟带的是班上几个打架能手，每一个都够龚建章应付的。龚建章却一点都不怕，他还在想着王芬那一笑。

吴伟本想把龚建章吓住的，却看到他若无其事地站在那里，微觉气馁，运了运气后，指着他说："你今天充什么狠？"

"你要不要脸？"龚建章也把手戳了出去。

"关你屁事！"

吴伟身后蹦出个声音："打啊！"

于是一团尘土滚起。

龚建国站得远远的，大喊："不要打了！再打我就去告诉谭老师！"

他的威胁很到位，一下子尘土就息了，几个人都是一身灰。龚建章流了鼻血，他抹了一下，脸上就有点骇人。吴伟被猛踢了一脚，肚子还隐隐作痛，但他不想打了，带着一帮人得胜回朝。龚建国这才走过来，从口袋里掏出块手帕。龚建章没接，走到个摇井边上，握住把手摇了一下，管子里就喷出水来。把脸和手洗干净，拍拍身上的灰，又把书包拿过来，龚建章才正眼看了龚建国一下。

龚建国一笑，他的脸白里透红，很好看。龚建国也很喜欢王芬，对吴伟也很痛恨，只不过不敢上去跟他打架而已，所以他很佩服龚建章。何况他一直想跟他和好，他觉得上次为了两毛钱就告状确实有点过分。为了这事，他还挨了爸爸一掌，爸爸吼道："再穷也是亲戚，你告什么告？"龚建国这才醒悟到他跟龚建章原来有亲。龚建章倒是早就晓得的，不过是妈妈告诉他的，爸爸从不讲这些事。爸爸虽然懒散，但这点子傲气倒还有。龚建章承袭了这点傲气，所以装作不晓得。不过现在龚建国做到这样，龚建章倒也觉得不能再板着脸了，他也笑了一下。他们一起过骧龙桥，插进五显巷，很快就到了龚建国的家门口。

"进去玩一下吧？"龚建国的口气恰到好处，毫无炫耀的意思。

抬头看看眼前这栋嵌着白色马赛克的楼房，龚建章摇摇头，说："快黑了，我回去算了。"

天色其实还早，关伯的铺子还没收工。站在门槛边上，龚建国盯着关伯那一身横肉，快五十岁的人了，还是那么硬朗。天气热，关伯只穿了条大短裤，却套了件长长的皮护兜，把前面全部护住。火星不时溅出来，炉火也一跳一跳的，一条条的汗爬满了关伯的背。他一手持钳，夹住铁器，一手拿着把小锤，不停地在烧红的铁器上敲打。他敲到哪里，徒弟的大锤就落在哪里，敲得快，落得急，只听得满屋的叮叮当当之声不绝于耳，倒像是两个刀客在过招。立在一边，龚建章看得有些发痴。不知不觉间天色就暗了下来，关伯收工了。关伯一点也不累，嗓子依然带着铜音，他说："小四子，最近考试得了头名没有？"

龚建章没有应，等关伯走到面前了，才抬起头问："关伯，你怎么练手劲的？"

"练手劲？你每天天没亮就起来，莫撒尿，靠着墙倒立，晚上再吊门楣，练一百天劲就出来了。"

龚建章晓得关伯是练过两手的，不会说外行话，兴奋得脸都红了。他左右看了看，还好，除了关伯的徒弟，再没有人听到了。秘诀在心让龚建章整个晚上都亢奋，没怎么理会妈妈关于他回迟了的唠叨，就着昏黄的灯光做完了作业后他便去吊门楣。伸手还够不着，跳了两三回方勾住，才做了四个引体向上，十指马上觉得生疼，勉强又做了两个，整条手臂都是麻的。还不罢休，龚建章又勉力向上，头只过了门楣一半，就撑不住了，一松劲，落了下来，差点摔着。龚家娘子坐在堂屋的桌边补衣服，眼角瞟了他一下，说："慢慢来，莫伤了筋。"

龚建章应了一声，就去洗澡，然后上了床，比平常要早。躺在枕头上他心里不停地念，一定要早起，一定要早起，却怎么也睡不着，眼前老是晃动着王芬那好看的鹅蛋脸，过了一会儿吴伟恶狠狠的眼神也进来了，然后又加入了方面大耳的龚建国。这些影像交织在一起，水波一样晃来晃去，迷迷糊糊间龚建章就睡着了。

也不知过了多久，龚建章半睁开眼，打了个激灵就弹了起来。还好，天色没亮。洗了把冷水脸，龚建章蹑手蹑脚开了堂屋的门。其他人都睡得沉，只有龚家娘子耳目精灵，在里屋喊道："谁？"

"是我。"龚建章回了一句，就走出去，把门掩上。

门缝里漏出龚家娘子一句话："起这么早干什么？"

龚建章暗自一笑，心中有种偷练绝技的窃喜。屋外清凉，飘着点寒气，老街之上的天空幽蓝，高悬一钩冷月。深深地吸了口气，又重重地呼出，龚建章这才明白原来早起可以有这么好的感觉。紧了紧皮带，他就靠着墙倒立起来。没过多久，手倒不累，脑袋却重了起来。闭上眼又支撑了一会，全身的血都往脑袋那里冲。龚建章睁开眼，感觉好过了一点。很快他就发现只要去想点别的什么，就没那么难受，于是王芬就飘到了眼前。王芬注视着他，像是在注视一个少年发奋的英雄，目光中满是仰慕，龚建章得以多支撑了一会，方才落地。

天色依然很早，长长的老街上浮动着一股雾气，像条幽蓝色的河流，轻柔流淌，穿过西门无声而去。龚建章活动了一下手脚，他不想回屋，就站在门口。门前的石板上有点点清冷的反光，踩在石板路上往郊外方向跑去，拐个弯就到了尽头，再转过身回跑，还没到拐角处他就听到隐约有叮当之声。心跳了起来，龚建章猫着腰，探出头，前面的老街空寂依然。但响声仍旧在继续，隐约但清晰，那声音似乎来自屋顶上。他抬起头，眼睛立刻睁得老大。

两把短刀正在老街的上空搏斗。两把深蓝的刀在月光下翻滚飞旋，像是有两只无形之手在操纵。它们之间仿佛有深仇大恨，且武艺十分了得，劈、削、撩、拖，身法快捷，不时恶狠狠地碰撞，恨不得一下子把对方拦腰砍断，溅起一星一星金色的火花，在寒白的月光下煞是好看。龚建章揉了几次眼，才相信自己没有看错。他看到其中的一把刀往街心沉下，另一把刀立刻追来，两把刀一前一后，在两排老屋之间飞驰。龚建章连忙退回去，抱成一团。他深信自己要是被这两把刀发现了，项上人头定然不保。还好，两把刀又上了天。龚建章听了一会，又放出一只眼睛去看。这两把刀正缠在一处，互相绞杀，声音嘎嘎的，听得龚建章牙齿都酸了。这时远处响起了鸡叫，两把刀一下子分开，一把飙进关伯的铁铺，一把钻入斜对面的刘铁匠屋中。又等了一阵，龚建章确信它们不再现身后，才走了出来，心想：关伯跟刘长子不和气，连他们的刀也对打。

整个白天龚建章都神情恍惚，上课时靠在座位上，脑袋晃来晃去的。龚建国在一边看着，倒担心他把脑袋晃掉。谭老师正在台上讲人是万物之灵，龚建章隐约听见了，嘴里嘀咕道："不对，不对，每样东西都有灵性，人也有，刀也有。"

谭老师耳朵尖，问："龚建章，你在讲什么小话？"

他打了个激灵，赶快端正坐姿，眼睛看着黑板。

下了课后，龚建章把头埋在桌子上，正睡得有点深度，耳边响起个女孩子的声音："龚建章，你没生病吧？"

龚建章抬起头，就看到王芬的脸。他是第一次跟她贴这么近，却什么也没看清楚，只感受到一种似香非香的味道袭来，几乎醉倒。

"没有。"他说话时明显感到呼吸不畅。

"你昨晚上没睡好吧？这样对身体不好。"王芬嗔道。

龚建章只有点头的份，等王芬直起腰走开，他才松了口气，浑身自在起来。

下午放学，照例是男同学一队，女同学一队，排成两列走出校门。没走多远，队伍照例散了。吴伟他们几个把王芬围住，说："王芬，去耍么？"

王芬白了吴伟一眼，绕着走了过去。吴伟他们不敢硬拦，却像糨糊一样黏在后面。龚建章和龚建国走在前面，回头看见了，龚建国就喊道："王芬，一起走吧！"

王芬提着书包快步走了上去。龚建章和龚建国马上分开，让王芬走到前面，又立刻合拢，正好把吴伟挡在后面。几个成绩好的也跟他们走在一起，一群人有说有笑，让吴伟他们在后面恨得牙痒痒。到了骧龙桥，王芬就要跟他们分道走的。但王芬没动，也不说话，眼睛中有种忧色，显得楚楚可怜。龚建国说："我们送一下你。"

三个人穿过南门口城门洞子，沿着都梁路一直走。县政府在都梁路一侧，还要上个坡。坡下有卖凉粉的，王芬侧过头来说："吃凉粉吧，我请客。"

龚建国马上说："我来请。"

龚建章本来也很想说这一句的，但他口袋是空的，说不出。第一碗凉粉盛好了，王芬看着他，说："你先吃吧。"龚建章本想最后吃的，但为她的眼神所动，默然接过。凉粉的口感纯净明爽，龚建章吃在肚子里，却什么滋味都有。

接下来的日子过得飞快。龚建章总是在鸡叫后爬起来练功，下午放了学他就和龚建国一起送王芬到县政府门口。王芬在玩熟了的人面前其实很活泼，龚建国嘴巴子也会讲，就龚建章话最少。王芬和龚建国都穿得好，人也漂亮，和他们走在一起，龚建章总觉得有点自卑。但王芬似乎毫不理会这些，总是和他挨得很近，说东说西，显得龚建国倒像是个小电灯泡。不过龚建国一点都不介意，有机会就插话。三个人的友谊发展得很快，他们约好，一起考上一中，争取分到一个班上，以后再一起考大学。他们的约定看上去很容易实现，因为这三个人在班上成绩都排在前五名。

毕业考试过后，王芬就没再看到龚建章。有次在路上碰到龚建国，她开口就问："你看到龚建章没有？"

"我也在找他。"见王芬一脸失望，龚建国接着说，"我们去他家里找吧。"

王芬咬着下唇，想了想，用力点点头。

王芬很少来城边上。城边上也很少有王芬这样的女孩子。不是穿得好不好的问题，主要是神态和举止。城边上的女孩大都过早地染上一股小市民的味道，显得尖利而轻佻。龚建章家门口就倚着个这样的小女孩，守着个小摊子，七八岁的样子，身上的衣服有点脏，脸瘦小，眼睛却大，有股精灵劲。她斜着眼瞥了王芬一眼，不客气地问："你找谁？"

"这是龚建章家吗？"

"你是谁？"

"我们是他同学。"

"他出去了。"小女孩似乎对他们不再感兴趣，低下头去玩弄着手里的橡皮筋。

"他到哪儿去了？"王芬依然很有耐心。

"不晓得。"

龚建国在一边说："他要是回来，你就说他的同学王芬和龚建国来找过他。"

小女孩漫不经心地应了一声。龚建国有点气恼了，拉起王芬说："我们走吧。"

现在正是铁匠铺里最热闹的时候。王芬还没见过有这么多铁匠铺聚在一条街上，她很感兴趣，慢慢地走，慢慢地看，其实也是想延长点时间，期盼能正好碰到龚建章回来。他们经过一个最大的铁铺，里面的人正干得满屋子是火气。王芬也感受到了那种迫人的热意，往后退了一点，突然眼睛一亮，叫道："龚建章！"

铁铺里有三个人。一个半老头，一个十八九岁的小伙子，最矮的那个在拉风箱。听到这一声喊，谁都没偏过头来。火继续在往上蹿，锤子继续一上一下。王芬又喊了一句。半老头瞟了他们一眼，对着里面说了句什么，拉风箱的才迟疑着从暗影里走出来，光着膀子，套着件过于长大的护罩，额角的汗珠直往外蹿，不是龚建章又能是谁？看到王芬他们，他的脸变得跟黑屋中闪动的火光一样红，半张开嘴，也不晓得说什么好。见他这样，王芬眼睛立刻红了。龚建国见两个人都不讲话，遂道："晚上七点半，我们在骧龙桥等你。"说完就拉着王芬走了。

王芬又回头看了一眼，龚建章站在那里看她，木头一样。王芬喊道："你一定要来啊！"

龚建章低着头走回去，继续拉风箱。关伯看了他一眼，没说什么，倒是关伯的徒弟二和尚笑嘻嘻地说："听到没有，你一定要来啊！"后面一句他是模仿王芬的腔调说的，显得怪里怪气。龚建章把脸藏在暗影里，理都不理他。关伯瞪了二和尚一眼，二和尚吐了吐舌头，抡起了大锤。

整个下午龚建章都没说一句话。歇工后回到家，龚建红报告道："四哥，今天有两个同学找你，我……"

话还没说完，龚建章就扇了她一耳光，吼道："我要你莫告诉别人的！"

龚建红大哭起来，一边哭一边喊："我没告诉他们！我没告诉他们！"

龚建章一愣，意识到自己可能是打错了，闷不作声地走向屋后。屋后有口露天井，不一会儿那里就溅起了哗哗的水声。

吃饭的时候，龚建章给妹妹夹了筷菜。龚建红眼睛还是红红的，并再次申冤——她没有告诉那两个人。龚建章点点头，三口两口吃完饭，撂下碗就走了。

夏夜的街道总是热闹非凡，不但人多，蚊子也多，在昏黄的路灯光下聚众旋舞。龚建章头上也跟着大批蚊子，一抓就是一把，只是他无心理会，脚步有点艰涩。他走得并不快，却浑身燥热。他很想转身回去，但想起王芬的眼神，龚建章还是硬着头皮往前走。只有寄希望于这路已改了道，并没有通往骧龙桥，然而道路依旧，骧龙桥很快就到了。桥上人来车往，但站在那里的只有一个女孩，穿着红裙子。看到她，龚建章心就跳了起来。王芬一直往这边望，有时还微微踮起脚。见到龚建章，她就转过身去，面向栏杆。龚建章也不说话，就站在她身边，看着栏杆下的流水。过了一会，王芬横着眼看他："你是不是不想读书了？"

"没有。"

"那你去打铁？"

"挣学费。"龚建章吐出这几个字很艰难。

王芬的心立刻就变软了。她猜到龚建章家境不好，但没想到上个初中还要龚建章去帮工攒学费。她轻声道："你为什么不告诉我呢？"

"我已经告诉你了。"

王芬含嗔带笑地看了他一眼，她就喜欢龚建章这股倔强和傲劲，像个大人。

"你们来得这么早？"龚建国飞跑了过来。

王芬哼了一声，说："迟到了要罚。"

"罚什么？"

"吃凉粉。"

吃凉粉的时候他们碰见了吴伟。吴伟是一个人，衣服披开，露出肚子，一晃一晃地走着，纯粹是个街头小流氓。看到龚建章他们，他眼里闪了一下凶光，却又装作没看见，自个儿走进灯光球场。

灯光球场在坡的一侧，是"文革"时县里用来开批斗大会的。

有人试着在这里摆了几张乒乓球桌，还有一张罕见的台球桌，结果生意特别好，晚上都是吊起电灯继续营业。灯光既然茂盛，飞蛾之多也就可以想见，往往是一球拍下来，球没接住，飞蛾倒是扫死几只。但这丝毫不影响小城青年们的兴致，他们光着膀子，带着各自的女朋友在此现身，高声打招呼，奋力击球。据说县里为此开了次会，反对者认为不成体统，但终究还是赞同者多——这也是改革开放的繁荣景象嘛，以前就没有嘛，哈哈。消息传出，球桌越摆越多，竟占据了半个操场，这操场便被称为灯光球场。那些卖瓜子的，卖冰棍的，卖水果的，卖卤菜的，也都聚集在这里，用实际行动证明着改革开放的好。

吃完凉粉，龚建国数钱，王芬也不客气。龚建章眼睛看着操场那边，突然感到触动，似乎有什么东西往他裤袋塞。侧过头他就看到王芬对他一笑，然后挥手说拜拜，急急地走上坡去。龚建章伸手往裤袋里一摸，马上明白过来，抬头看坡上，王芬的红裙在暗影中一闪而没。龚建章对龚建国说了句"你等一下"，就冲了上去。

王芬正在林荫道中轻快地走着，为自己的举动而微笑，不防后面响起急遽的脚步声，接着自己的手被人抓住。

"龚建章，你别这样。"

"我不能要。"

"你别。"

王芬终究拗不过龚建章，一只手被他强迫捏成拳头，里面是自己攒下来的五十元钱。

"谢谢你。"龚建章说完就走了，走得很快。

龚建章的县一中录取通知书如期到达，让街坊邻居称羡了一番。龚建红抬起头问："妈妈，我什么时候上学呢？"

　　龚家娘子抚摸着她的头，无言以对。学费一天天贵起来了，单为老四，就够费劲的了，老五怕是读不了书了。这话，她却不能说。龚建章在一边听了，很难受。等妹妹走了之后，他说："妈妈，把老五送到乡下去读吧，乡下便宜。"

　　龚家娘子想了一阵，叹了口气。

　　对于到乡下读书，龚建红一点意见都没有，相反，她还高兴得很，不要人送，两条小腿走得飞快。中饭就在外公家吃了，要到下午放学才回来。乡下小学放学早，三点多钟就散了，往往是龚建红回到家做完作业了，龚建章还在上课。

　　龚建章跟龚建国分在了一个班，王芬却在另一个班。起初他很不习惯，老是在想王芬在隔壁做什么。有一次因走神回答错问题，惹起哄堂大笑后，龚建章才决心控制自己，尽量不去想。中午和下午放学后三个人照例一起走，这让王芬班上的男同学很不满意，说钓走了他们班上的班花。其中有个胖大小子，仗着有几斤肉，做完课间操就来挑衅，结果被龚建章两下就放倒在地上。那小子事后被同学大大地嘲笑，他把两眼一瞪，说："你去打一下看？他的手跟铁一样，你去试一下看？"

　　结果没有人去试，龚建章因此威信大增。班上几个比较调皮的男生都来奉承他，想捧他做头。龚建章既没推辞也没答应，有时也跟他们玩一下，但大部分时间还是在学习——他不敢忘了妈妈深夜在灯下替别人缝补的场景，也不敢忘了王芬就在隔壁。何况身边还有个很用功的龚建国，就为了不被他甩下，也得努力才行。龚建国是班上的学习委员，他变得越来越斯文、白净，循规蹈矩，深得一帮乡下女生的倾慕和拥戴。龚建章是数学课代表，虽然穿着上陈旧了一些，还是很得老师宠爱。总之，在这样的重点中学，成绩是唯一重要的，所以大家都还算发狠，并体会到了一种无形的压力。小学时代的那种无忧无虑像只珍贵的飞鸟一去不复返了。

每次经过关伯的铁匠铺门口，龚建章还是要打声招呼，不过很少守着看了。初二了，作业越来越多，往往做到天黑也做不完，只有吃了饭后再继续做。老大和老三似乎在外面找了妹子，吃完饭就出去了。爸爸没钱打牌，经常在屋里骂东骂西，这一阵迷上了下象棋，也是一抹嘴巴就出去了。龚建红做完作业，家里又没电视看，只有在门口玩。龚建章就和妈妈共用一盏四十五瓦的灯，各自低着头做事。

龚家娘子近来显得有些憔悴，也不太爱说话了。她的脸上有一种奇怪的潮红，时常咳起来。别人劝她上医院看看，她总是笑着说："我身体好得很，从小到大都没进过医院，未必现在还去进么？"她是真的相信自己挺得住，直到有一天咳出了血，她的心才有些凉了。她很清楚地记得，自己的三姨就是这样咳血咳死的。但她不跟任何人讲，照样每天忙上忙下，显出一副很精神的样子。她还是相信自己扛得住——自己的身体，不是三天两头生病的三姨所能比的。看着龚建章用功的样子，她心里一阵熨帖。她对自己说：

"这才是最好的药。"

龚建红在门口玩厌了，走回屋里，说："四哥，你以前的书还在吗？"

"就在柜子里，你要干嘛？"

"我要看。"

"先看完你自己的书再说。"

"我已经看完了。"

龚建章心头一震，明白妹妹是个读书种子，心下庆幸自己当初的提议。龚建红是太聪明了，不用功也能考第一。有次龚家娘子回乡下，碰见了系副断腿眼镜的老班主任，班主任说："龚建红灵性得很，是要放到城里重点小学培养的，送到乡里来干什么？"

龚家娘子只笑了笑，她倒觉得无所谓——女孩子家，认识几个字就行了，关键是要能干，读那么多书干什么？

很晚了，老大、老三都没回来，龚家娘子心里有点急了，嘴里也念叨着。

龚建章说："我去找找看。"

龚家娘子说："我去，你睡。"

"我不想睡。"龚建章说完就走了出去。天气有点冷了，月亮也没出来，夜色中的老街不再是幽蓝，而是沉沉的黑，路边人家漏出的几点微弱的光根本无力捅破这种沉黑。穿过西门，走了长长的一段路，才到街口。龚建章正犹豫着该往哪边走，一旁小巷里钻出两个人，几乎把他吓了一跳。龚建章还没看清他们，其中一个就开口叫道："老四。"声音透着凄楚。

走近一看，龚建章吃了一惊，平时很威风的老大居然靠在老三身上，一件新中山装开了个大口子，脸上颜色比较复杂。老三倒是很齐整，但脸色很难看，似乎挨打的是他。见龚建章站在那里没动，老大吼道："还不来扶我！"

龚建章没扶他，说："你现在不能回去。"

老大、老三都睁大眼睛看着他，似乎他是打人凶手。

"你这样子，怎么向妈妈交差？"

想想也是，两个人都垂头丧气。

"老三，你店子里不是有个铺，让老大到那儿先睡一晚。"

老三还在犹豫，龚建章已走上去扶着老大走了。他这两年长得快，个头比老大没矮多少了。看着老大一边脸肿起，龚建章心里还是痛了一下，问："怎么回事？"

老大没作声，倒是老三说了："还不是跟人争妹子。那妹子本来跟老大好了有一个月了，突然有个人跑来称她是自己的女朋友，虽然闹了点矛盾，却还不想分手。那妹子倒偏向老大，不愿跟那人走。于是争起，在灯光球场那里动起手来。本来看着他只有一人的，没想到旁边一下子冲出五六个小混混。老大还算能打，但到底双拳难敌四手，被一帮小毛子给收拾了。"老三说："那些小混混跟你差不多大，对了，有个人好像是你小学同学。"

"是不是鼻子很塌的那个？"

"对，对。"

"你那同学叫什么？"老大问，眼睛中射出一股凶光。

"叫吴伟。你想报仇也要养好伤再说。"

把老大安顿好后，老三留下来陪他。龚建章怕妈妈担心，几乎是小跑着回去的。刚进大同街，他就碰到了二和尚。二和尚住在迎春亭，离这远着呢，他不是关了铺就回去了吗？龚建章满肚子疑问。二和尚对他笑了一下，慌慌的，低着头快步走了。龚建章回头看了他一眼，二和尚的光头在夜色中闪着幽光。经过刘长子家时，龚建章发现临小巷子的那一间窗子还是半开着，里面的灯光似乎还在微微晃动。他晓得那间屋是刘长子家的杂屋兼澡堂，心想：他家不怕贼么？

　　回到家，龚建章说老大在老三店子里打牌，今天就在店子里睡了。龚家娘子也没起疑心，只是骂道："一屋子都是牌鬼！"

　　龚建章也不作声，上了床，他担心睡这么晚，明早上能不能爬起来练功呢？现在可是练到能撑十多分钟了，正是长劲的时候，不能断了。

　　第二天下午放了学，龚建章就跑去看老大。他好了很多，还好，只是些皮肉伤——那帮小混混手上没有透劲，伤不到筋骨。老大火气依然天大，扬言要把他们一个个砍死。龚建章说："算了算了，他们都是些社会渣滓，你去跟他们争？"

　　"你以为我不敢？"老大鼓起眼睛。

　　龚建章不说了，他晓得老大还是有些胆量的。


　　这一阵龚建章都心事重重，有次在街上碰到吴伟，很想跟他打一架。他相信自己能打赢，不过还是忍住了。他对自己说："读书才是正道，不要跟这种人一样。"

王芬看出他不开心，课间休息时悄悄对他说："明天九点我在水南桥等你。"

"明天是星期天。"龚建章有些愕然地看着她。

"你别告诉龚建国哦。"

龚建章的心怦怦跳起来，他不明白王芬为什么会选他而不是龚建国。一直以来，龚建章认为他们才是一对，都是那么白净、斯文，家里又有钱，不像自己，换件衣服就是副打铁的相。这天晚上，龚建章对着家里唯一的镜子照了很久。这面镜子从中间斜着裂开一道缝，把龚建章的脸分成两半。镜中的龚建章脸型有点窄，鼻子像斧头劈出来的，一双眼睛幽然生光，看上去像一只年轻的鹰。

水南桥又叫梯云桥，其实后者才是它的本名。桥这头有家著名的粉店，从清朝传到现在，做出的粉细腻莹白，口感上佳，周边几个县的人都晓得，来小梁县总要到这里吃上一碗。过了桥，那头就是去云山的路了。

龚建章八点半就到了桥上。天气有点阴，远望云山，只见一片白雾中露出几条蓝线。听过世的爷爷讲，云山是什么道教福地，秦朝时上面就住着神仙在修炼，所以现在还有秦人古道、卢仙岭什么的。有仙人就有仙女，要是自己和王芬住在上面，那不也成了一对神仙了？再生一大堆小孩，不就是仙童了？对自己突然冒出的这些个念头，龚建章感到好笑，他对自己说："王芬还是个仙女相，你住在山上，就纯粹是个土匪。"这时背后嘿了一声，龚建章扭头一看，真的看到个仙女，脖子上还系了条粉红色的绸巾。

"你怎么来得这么早？"

"我晓得你会来得很早，所以也就早来了。"王芬眼睛一闪一闪的，腮帮故意鼓起来，粉雕玉琢的，像个瓷娃娃。龚建章很想在上面亲一口，只是碍着桥上人来人往，再者又怕王芬生气。正在他胡思乱想时，王芬已经往沿河路走了。

沿河路通往自来水公司，自来水公司旁边是一大片河滩，一直通向郊外。河水很浅，蹚着就可以到对岸。对岸的草长得几乎跟远方的树一样高，掩映着不远处的村庄和田野。龚建章经常跑到这里抓泥鳅、摸田螺，有时也用烧弯的针穿上蚯蚓钓鱼。要不是王芬约他，他今天就会在这里摸泥鳅的——家里打牙祭多半就靠这个。龚建章心里正想着，王芬问："这里有螃蟹吗？"

"靠碰。"

"你帮我抓一只喽。"王芬口气娇娇的。

龚建章顿时动力无穷，明知希望很小，还是蹲下去东翻西找。拳头大的鹅卵石被一块块掀飞，大多落进水里，扑通之声不绝。王芬也蹲了下去，却不动手，看着他找，脸上微微笑。生怕找不到，在王芬面前丢脸，心里急，龚建章额角上竟然出了汗。他这一通乱舞，居然把只小螃蟹吓了出来，仓皇往河里逃窜。王芬先看见，伸手去抓。螃蟹虽然小，在王芬这样的嫩妹子面前还是很凶，一钳子就夹住伸过来的手指。其实力道有限，但王芬条件反射似的叫了声。龚建章见机不可失，出手如电，把小螃蟹甩在滩上，然后抓住王芬的手，一边问道："没出血吧？"一边凑过去看，看见两道浅浅的印痕。他抬起头，还抓着不放。王芬的脸几乎碰着他鼻子了。王芬对着他笑，露出整齐洁白的牙齿。龚建章也傻傻地笑，很想再做点什么，却不晓得如何行动。两个人笑得脸都红了，也不晓得过了多久，手才分开。小螃蟹早就逃得无影无踪了。

两人在河滩上一直玩到中午，肚子饿了，就到粉店要了碗五毛钱的粉。粉是过了几道汤的，好吃，汤，更好喝。龚建章连汤都喝了个干净，王芬却还只吃到一半。王芬皱起眉头说："我吃不了这么多。"然后把粉往龚建章碗里赶。有人重重地咳了一声，龚建章和王芬一瞟，顿时像被兜头浇了一桶冰水——教他们两个班的英语老师侯小杰正看着他们，一双鼠眼闪动着正义的光芒。

走出店门时，两个人都不说话。过了一会儿，龚建章说："要是谁问起，你就说我们正好在粉店碰上的。"

"那他看见我给你夹粉呢！"

龚建章默了一下，说："他又没录像，怕什么？"

"你真的不怕？"

"不怕。"

"那我也不怕。"王芬很勇敢地说。

龚建章情不自禁拉了一下她的手，王芬像触了二百二十伏的电，马上甩开。龚建章心里一沉，把手放进裤袋，脸也不由得硬起来。

"是在街上呢。"王芬小声说，偷眼看他，有点怯怯的。龚建章没作声，不过心里原谅了她。

走到大同街口，龚建章说："我回去了。"

王芬点点头，有些六神无主的样子。前面一辆警车呼啸而去，让龚建章顿感心烦意躁。

还没进门洞子，龚建章就感到气氛不对。加快脚步，穿过西门，他就看到家门口围了一堆人，妈妈哭天喊地的声音从人堆里进出来。

"我个崽啊，你为何这样不灵性喽！你杀了别人自己也要偿命的啊！"

龚建章马上明白了七八分，他三步并作两脚，撩开人群。龚家娘子正瘫在地上，看到他，马上又号起来："老四啊，你是读过书的，你去跟人民政府讲，把你哥哥放出来，他不是故意要杀人的啊！"

眼睛一红，龚建章马上把妈妈扶起。一直木在旁边的老三见状，也来帮忙扶。老二和老五在一边哭，他爸爸就在那里高声骂政府不清白，也不看杀的是好人还是地痞流氓。龚建章几乎不想听事情的经过，但还是闷着头听了。是对方说老大揩了他女朋友的油，要老大赔一千块青春损失费；老大不理，他就带了几个小混混跑到老大的店子里闹，惹得老大的师傅很不高兴，发话说你再不摆平就不要在这做了。老大涨红了脸出去讲理，却被迎面扇了一巴掌狠的。这一掌把老大的真火扇了出来，转身捞起把斧子就是一下。只一下，就要了那人的命，其他的小混混马上一哄而散。见出了人命，老大跑回屋里收拾衣服要跑路，还没出门几个警察就到了门口。他想从后墙翻过去，却被一电棍电了下来，铐走了。

这一夜，龚建章都没有睡，陪着妈妈在堂屋里坐着。龚家娘子哭得喉咙都嘶了，她不住地责怪自己，说不该让老大去当学徒，要是还在读书，怎么会出这种事？龚建章听得心酸，他想老大读不起书还不是因为家里穷，要怪就只能怪爸爸。但爸爸在里屋睡得正香，鼾声一起一伏的，用他的话说，就是天大的事也不能耽误了瞌睡。老二、老三明天还要上工，也都睡了。龚建红靠在妈妈坐的竹椅边不肯睡，小脑袋却一点一点的，被龚建章赶到床上去了。龚建章一点儿睡意都没有，他呆呆地望着门，看到一团黑云从门上方涌进，他感到深重的阴气伴随着妈妈的哭泣声正在向四周无可阻止地弥漫，内心顿生一股悲凉之感。

第二天一早，龚家娘子抹了把冷水脸，就出门去了。龚建章学也不上了，跟着妈妈到了县政府大门口。守门的一脸恶相，喝住了他们。

"找谁？"

"我找县长。"

"哪个县长？"

"就是电视里那个张正官。"

"张县长忙得很，哪有空见你们？快走！快走！"守门的一脸不耐烦，似乎不愿跟这些平头百姓多说话。

"当官的就是要为人民服务，毛主席讲的。"

"你算什么人民？"

龚家娘子不理他，往里面冲。守门的一把揪住她："你还不走？"话还没说完，他就被斜着来的一股大力冲翻在地上。龚建章正对他怒目而视。

"造反啦！造反啦！"那人并不敢还手，大喊起来。

这时正是上班的时候，门口围了一大堆人，人又堵住了一大串车。有领导的秘书下车来过问，把龚家娘子和龚建章劝到一边，然后又领着他们到一间办公室问了一阵。最后这个戴眼镜的白面书生认真地说："我们会秉公处理的，你们要相信人民政府嘛！"

因为这句话，龚家娘子才落了心。虽然没见着县长，但是人民政府还是有人讲了话，她相信老大不会被冤枉。只有龚建章对那个眼镜货不太信任，心存疑虑，但他不敢讲出来，他怕妈妈担心。

因为担心老大在里面吃不好，龚家娘子天天去送饭，她却没想到这饭菜根本没传到老大手里。饭是好饭，菜是好菜，花的都是她辛苦存下的私房钱，预备给老四读大学用的。为了补上，她只有更刻苦，每天都做事做到深夜，双颊迅速陷了下去，咳得更厉害了。她每咳一次，龚建章心就跳一回。他要妈妈去看病，龚家娘子死活不肯，还说什么自己命硬，死不了。她确实还不会死，因为她还没等到老大被宣判的那一天。


龚建章家里出了事，学校的老师都晓得了，没有人来责问他跟王芬在店子里吃粉的事，只有侯小杰有时还瞟他几眼，似乎有点不甘心。龚建章没心思去理会这些，连王芬他也放在角落里。下了课他就独自走了，龚建国动作慢点，就赶不上他，王芬就更别说了。不过课间休息龚建国还是找得到他，他通常就在走廊的栏杆边上，一个人站着出神。迎面吹来的风有点寒意了，龚建章却挺得笔直。龚建国缩着脖子，在一边小心翼翼地问："没什么事吧？"

龚建章没作声。

"要不要我帮忙？我爸爸认识检察院的人。"

龚建章搞不懂检察院的人跟这案子有什么关系，在他脑袋里，好像只有公安局和法院才管这事。他摇了摇头，说："谢谢你。"

龚建国拍了拍他的肩膀，叹了口气。

龚建章没去找王芬，但他内心深处还是希望王芬来找他，但王芬没有。龚建国告诉他，王芬被家里打了一顿，至于为什么被打，龚建国也不清楚。龚建章听了，再没有怪王芬的意思，但是一种愈来愈深的无助和悲凉攫住了他，让他骨头里都发冷。

秋天的第二个月，老大因为故意杀人罪被判处死刑。家里没有上诉，也不晓得上诉。龚家娘子听到消息后吐了半盆血，龚建章狂奔到紫气街找到开诊所的王大夫，王大夫看过之后摇摇头，说："怎么不早点来看，晚期了，没救了。"龚建章整个人都僵了，他费了很大的劲才转过身面对着屋子。他看到这栋祖传的老屋在一片蓝光中缓缓倒塌，屋中的人一个个都飞离而去。

老大被枪毙后，政府的人来要子弹费。龚建章拿了把菜刀就要砍人，被老三和妹妹死死拖住。龚建章大吼道："你要子弹费，杀了你把我也枪毙算了！"来收的人脸有愧色，退了出去。

把妈妈和老大送上山后，龚建章走到关伯铺子里，说："关伯，我不读书了，跟你学打铁，你给我一口饭吃就行了。"

关伯看着他，眼睛有点红。关伯是条硬汉，多少年了，没流过泪，但他觉得龚建章实在惨。连二和尚也一改平时的嬉皮笑脸，低头看着地下。

龚建章自动休学，班主任上门来劝过两次，龚师傅指着空荡荡的屋子说："你看看，我们家里还交得起学费吗？"

两鬓已见白发的班主任无言以对。

龚建国在班上发动大家捐款，凑了两百块钱。王芬晓得了，送来五百块钱。龚建国诧异她哪来这么多钱，王芬却叫他不要问，只管送去。但龚建章坚决不要，他对龚建国说："我是不想读了。我不是读书的命，真的。你和王芬才是读书的命，你们要考个好大学。我晓得你喜欢她，你们会在一起的。"说完，他就对龚建国一笑，这笑凄凉得让龚建国简直想哭一场。

王芬后来也来找过龚建章，但龚建章不理她。龚建章在学打铁，他学得很投入，已经能够使用中号锤子打在点子上。火光映照着他沉浸在暗色中的脸，一半是火红一半是黝黑。王芬扶着门框，咬着下唇，就那么站了一个多小时。最后龚建章对她吼道："你还不走？这不是你站的地方，以后不要来找我了！"

王芬的脸一下子变得惨白，转过身去的时候眼泪像断线的珍珠一样直往下坠。龚建章晓得她哭了，那一瞬间，很想冲上去抱住她，但他没有。他只是把全部的冲动、愤恨和悲哀倾注在手中的铁锤上，不停地锤着那通体透红、已渐渐成形的刀。

正如关伯所预言的那样，龚建章是块好料，只有半年，他塑铁成形的技术已经相当不错。这半年里，龚建章的食量大得惊人，没一天吃饱过，饥饿感常常迫使他半夜里醒来，肚子隐隐作痛。二姐到广州打工去了，音讯全无。老三搬出去住了。龚师傅早上就出去游荡，很晚才回来，也不晓得他是怎么应付肚子的。龚建红待在乡下，跟着外公过。这样屋里就没有一丝烟火味了。看着墙壁都是空的，再想起死去的妈妈，龚建章忍不住失声痛哭。怕邻居听见，他就闷在被子里哭。谁也想不到，白天里的那个龚建章，跟深夜里这个无助的少年是一个人。

白天的龚建章看上去就像一件铁器：硬挺，沉默，整日辛勤劳作。对他，关伯很满意。倒是二和尚，关伯越来越看不上眼了。这家伙，铁不好好地打，倒跟对面刘长子的老婆眉来眼去。刘长子跟关伯是打过冤家的。本来这条街上的铁器价格都是由关伯定，为的是防止同行互相拆价，卖贱了。刘长子却偏不听，说自己跟关伯对面，价格一样，别人就只会到关伯铺子里去打。最后是大伙把他硬压了下去，总算没有私自降价，但刘长子那口气憋在心里，时不时要露出来的。现在，二和尚却跟刘长子的老婆勾上了，关伯担心出事。他也点过二和尚几次，但二和尚总不接招，让关伯很是气闷。

二和尚，人聪明，眉眼好，力气也有，就是飘了点。刘长子的老婆，水灵灵的，一双眼睛透着狐相，和二和尚正好套起。这件事，龚建章最先看明白，而且认定他俩已经成了事。龚建章只是纳闷，刘长子也是个精明人，怎么就没看透？龚建章是个想事的人，他想到刘长子老婆结婚有五六年了却只开花没结果，就隐隐觉得这里面有文章。

说实在话，刘长子老婆那凹凸有致的身体，对龚建章也很有吸引力。他快十五岁了，身体已经开始起了一些奇异的变化，那种隐约的欲望越来越明显。但关伯告诫他，男子二十岁之前不能近女色，否则就会大伤元气。关伯的话，龚建章一向信服，所以他只有强行抑制住那股迷狂的冲动。每天鸡叫后醒来，他那里胀得简直是有些痛。他尽量不去想，几乎是从床上弹起，洗把冷水脸就去练功。他已经能够不靠墙倒立二十分钟了，再练一年，他相信力气就会定下来，融入筋骨，再也不会跑掉。现在呢？用关伯的话说，还有一半是浮的。

龚建国有时候也来看他。他们坐在一起，长久地沉默着，有时龚建国也会说说自己的苦恼。他们之间已经有种亲兄弟般的默契。龚建章诚心希望他能够上大学，当大官——在内心深处，他已把龚建国当成另一个自己。龚建国呢，尽管在班上深得老师宠爱，当干部，当三好学生，但他觉得自己没什么朋友，心里有些话只能讲给龚建章一个人听，甚至王芬也不行。他和王芬已经很好了。现在他的苦恼是，吴伟这个流氓，经常到校门口等着他们放学，骚扰王芬。"那家伙自从他老大被你哥哥杀了后，就成了老大，现在很有势力了。"龚建国说着，叹了口气。在这一点上，他自认软弱，没有勇气去保护王芬。龚建章没接口，只抬头望了望老街上的天空。天空中有一个黑点在移动，龚建章眼睛尖，看出那是一只山鹰。

这个晚上，他梦见了王芬。王芬就站在他面前，没穿衣服，身上有光，是那种乳白色的光，很柔和。王芬轻轻咬着下唇，看着他，眼神幽怨而纯净。龚建章偏着头，不敢去看那片乳白色的光。但他感到王芬在慢慢地靠近，他又闻到了那股熟悉的处子幽香，返身紧紧抱住她。龚建章感到自己下面突然裂开了，一股洪水喷涌而出，畅快难言。

第二天早上，阳光照进屋里，龚建章才爬起来。打开门，外面乱糟糟的。穿过城门洞，他看到了一摊紫色的血迹，还有几只嗡嗡飞舞的苍蝇。

二和尚的死神秘离奇。据验尸报告，他是被一种锋利的类似镰刀的利器割下了头颅，横死在半夜的街头。这种镰刀型的铁器整条街都有，所以每个人都被带到公安局审问，连龚建章也不例外。但最后连最有嫌疑的刘长子也被放了出来，因为那天深夜他岳母得了急性阑尾炎动手术，一家人都在医院里陪着。最后这件案成了疑案，不了了之。龚建章却陷入了长久的思索。他在想象中看到半夜里前来偷情的二和尚在月光中东张西望，他看到刘长子家中的刀被激怒已久，早已跃跃欲动，而主母的突然离去使它没有了顾忌。可怜的二和尚被情欲之火烧得昏头涨脑，忽略了空气中潜藏的那股杀气。而关伯铺中的刀却因为二和尚的淫行而感到丢脸，失去了挺身而出的勇气。于是刘长子家的刀得以理直气壮，呼啸而起，临空一击而取淫贼之首，为主人雪了耻。龚建章甚至能看到二和尚在临死前的那一刻，脸上充满了惊疑和不信。

几个月后，龚建章看到刘长子的老婆挺着个大肚子走来走去，心里暗自叹了口气。


龚师傅近来形容灰暗，一张白脸早已失去了光泽，像一只被抽空的米袋在街道上晃来晃去。有时候他蹲在路边看人下棋，有时又袖着手看人打牌——他现在连参加的资格都没有了。龚建章很看不惯他，有一次忍不住吼道：“你就不晓得自己找点事做？”

龚师傅眼睛一翻，血液里潜伏着的那种少爷脾气就要发作。但他实在有点怕老四了。老四现在抡得动大锤了，天气冷，却只穿一件衣服，还敞开着，里面的肌肉很有些威势。何况他确实觉得自己没什么底气，嘴里咕哝着什么，走开了。

他去找老三。老三像他，是个只顾自己的人，虽然口袋还装着张大团结，头发也梳得很光滑，却死也不松口，硬说自己没钱。龚师傅骂骂咧咧地走开了。经过穿城河时，他有跳下去的念头，不过也只是一闪念的事情。何况他也晓得，穿城河跟条沟差不多，淹不死人。好死不如赖活，能多吃一天饭就多吃一天吧。穿过大同街时，龚建章正在抢锤子，没看见他。龚师傅怕他看到，加快了一下脚步，到了家门口，欲进不进的。抬头看看天色，还早，他想了想，沿着化夷街往乡下走去。

打完铁，吃了饭，龚建章把刚领的月钱藏到神龛的香炉里。他晓得爸爸迷信得很，就算没钱买香了，神龛始终要供的，而且碰都不敢碰。再攒一个月，老五下学期的学费不愁了。看着神龛下方副业已破旧的小对联：苏才郭福，姬子彭年。龚建章看着，叹了口气，他想人要是不努力，不做工，就什么都不会有。这时门口有人喊龚建章，一听就晓得是龚建国。今天不是周末，他居然有时间来？开了门，就看到龚建国低着个头，肩上尽是灰，额头上见了红。看到龚建章，他的眼睛立刻就红起来，鼓着个腮帮不说话。龚建章把他让进来，拖出条长凳，招呼他坐下，刚开口问他怎么回事，龚建国就呜呜地哭了起来。龚建章倒觉得他这做派像妹子，觉得好笑，又有点看不上眼，就坐在一边不吭声，等他哭完再说。

"吴伟去抱王芬，还去亲她。"龚建国取下眼镜，擦着眼睛，终于蹦出了这句话。

龚建章心里像是碰着了烙铁，全身筋骨都紧了一下，问："他亲着了没有？"

"我没看清。我就看见王芬在骂他，踢他。"

龚建章尽力不去想当时的情景，但心仍像被一只手揪着，痛得很。本来在他心里，这个世界上只有一个人可以碰王芬，那就是他自己。因为不得已，他放弃了，那么也只有龚建国能够。吴伟是什么东西，垃圾一样的货色，脏得不得了，也配去碰王芬？龚建章很想提把菜刀冲出去，把吴伟剁碎，但他晓得自己不能由着性子来，所以他只是坐着，尽量让自己残忍一点，不去应承龚建国什么。龚建国也不说话，两个人就这么呆呆坐着，直到深重的夜色从门外挤进来，把他俩包围。冬天的夜晚总是过早地降临。

在关伯所有的徒弟中，龚建章是学得最快的。关伯很想把最后一点诀窍传给他，但还没满三年，还没出师，关伯只有忍住不说。关伯喜欢让徒弟自己去悟，他相信龚建章会悟出来的。"小四子，灵性足着呢！"关伯又想起了二和尚，有点伤心。男人啊，最过不了就是女人这一关。过了这一关，就好像一把家伙最后炼成，什么都砍得动，破得开了。不想了，不想了，关伯只想让心里平和一点。人老了，求的就是这个。什么雄心，什么霸气，都冷了灭了去。他看看龚建章，这小子正在把玩一块铁，这是昨天收的货。好铁啊！关伯有十多年没见过这种材质的货了，他想：打把什么好呢？

龚建章的外公就是在这时出现的。外公七十多的人了，瘦，但身体硬朗，短短的白发一根根竖着，精神得很，天气好时还可以下田，把式还是很利索，让后生小子佩服。龚建章打小就尊敬外公，他觉得自己身体里流的更多的是外公家的血。放下手中的铁，龚建章一步就下了五层台阶，迎了上去。

外公劈头第一句话就是："红妹子呢？"

龚建章懵了，问："她不是在你那儿吗？"

外公顿时跺着脚，口里嚷道："我就晓得不对头！"

龚建章赶忙把他扶进屋子里去，倒了杯茶。外公不喝，只大口大口地喘气。

原来两天前龚师傅突然出现在外公家门口，这是他第三次来——第一次是相亲，第二次是迎亲。外公倒还觉得惊喜，起身要到塘里去打两尾鱼，龚师傅却说要带龚建红回家，检查一下身体。外公没去想龚师傅怎么有钱给红妹子检查身体，只觉得这是好事——红妹子身体是不太好，要看看，所以吃过饭就让他带走了。本来说好第二天就送回来的，外公在门口盼到天黑，没个人影，还以为是检查身体要这么久。今天早上老师来问红妹子怎么没上学，学生的作业也没人收了，外公才感到不妙，赶了来。

才听到一半，龚建章头就炸了。爸爸这两天都没归屋的，天晓得他会干出什么事。龚建章不敢往深里想，只有安慰外公，要他在这里住两天。

龚师傅在失踪了三天后，才带着满身酒气出现在老街上。还没进屋，他就看到岳父端坐在堂屋里对他怒目而视，顿时酒意就去了一半。他怯怯地赔着笑，又东倒西歪地去找杯子，要给岳父倒水。对他的殷勤，岳父丝毫不领情，盯着他问："红妹子呢？"

"到，到外面打工去了。"龚师傅不敢正视他的眼睛，嘴角抽动了一下，算是笑，难看之极。

"打工？她才多大的人，去哪里打工？你是不是把她卖了！"

龚师傅被戳着了痛处，顿时恼羞成怒，仗着酒意，他嚷道："她是我龚家的人，我想怎么样就怎么样，你管不着。"

"那我呢，管得着么？"

龚师傅回头一看，龚建章不晓得什么时候进来了，眼里全都是火，灼得他不敢看。

"你把老五卖到哪去了？"

龚师傅还在迟疑，脸上就挨了重重一下。他立刻大号起来："不得了啦，儿子打老子啦！"

龚建章一下就把他掀翻在地上，转身把门关死了。

"你讲自己还是不是人？我打你是正打。"龚建章没办法控制自己，抬起脚就要踩。外公冲上来死死抱住他。龚建章怕把外公弄伤，没敢用力挣，哑着嗓子说："你把老五卖到哪里去了？你不说出来老子今天就砍死你。"

龚师傅号啕大哭起来："我也是没办法啊！"号了一阵后，他又转过去，对着神龛连连磕头，骂自己是败家子，对不起列祖列宗，祖宗积德，讨了个贤惠的婆娘，也活活累死了。外公在一边听得老泪纵横，连连跺脚。龚建章就像是站在个大火炉上，五脏六腑都快被烤干了。

龚建红是大前天被个操外地口音的人买去的。那时天色已晚，外地人的面目看不太清，只是当着龚师傅的面用药把龚建红熏得迷迷糊糊，跟着他走了。龚师傅得了一千块钱，当晚就赌输了一半，喝了两天酒才回来。龚建章始终问不出那人到底说的是哪里话，带着妹妹是往哪边走的。他急得差不多要动刀子了，龚师傅还是说不清，只说是在迎春亭那里卖的。迎春亭是个路口子，往哪边都可以走；小梁县又是个大路口子，往哪边都有路：可以上云南，可以走广西，也可以往昭市再去长沙，如果是朝大山里卖，那就更没边了——小梁县四周都是如海的大山，有的小山村就仿佛是在化外，外人根本找不到。报案吧，这个人毕竟是自己爸爸。何况自从老大出了事后，龚建章对公安就种下了恨，更谈不上去找他们帮忙了。怀着一丝侥幸之心，龚建章独自一人，满城地走，满城地问，连不远的乡里也去了。

"你们有没有看见有个男的带了个小妹子？那妹子大概十一二岁，眼睛很大，人很瘦。"

被问的人大都茫然地摇摇头———一个男的带着个小妹子，他们每天都能看到很多，谁晓得是其中的哪一拨呢。也有的说看到了，但答案太多，东南西北都有。龚建章绝望了，他回到家，往床上一躺，就睡了过去。

再次拿起铁锤时，龚建章发现自己没有了动力。他这才明白一直以来，自己是为别人而刻苦的——以前是为妈妈，后来是为妹妹。现在妹妹也没有了，他又是为谁？心里空空的，手上就乏劲。关伯呵斥了他一下，龚建章才勉强提起神来。这一天的铁打得很糟糕，老是跟关伯套不起。

吃了饭回去，龚建章往床上一躺，才合上眼睛，就听得有人在敲门。门其实没关，那人却不推开，只是轻轻地敲。龚建章不理，响声过了一下就停了，有个女孩的声音滑了进来："龚建章。"

　　龚建章浑身一震，劲道立刻恢复，弹了起来。

　　王芬看上去有点憔悴，但她依然让龚建章有种魂动神摇的感觉。坐下来没多久，王芬说："我是来向你告别的。"

　　龚建章所受的打击太多，似乎麻木了，他看着王芬，目光直直的。

　　王芬低下头去，过了一会，又抬起来，轻声说："我下个星期就要转到飞龙县一中去了。"

　　"你爸爸调到那儿去了？"

　　王芬摇摇头。

　　龚建章默了一下，缓缓道："是不是因为吴伟？"

　　王芬眼睛红了，显得哀怨可怜。

　　"你爸爸不是县政府的吗，怎么摆不平？"

　　"他又没当官，我家里都是老实人。"王芬的声音愈发低了。

　　血涌了上来，龚建章扶住她的肩，说："你自己想不想转？"

　　"我不想，我那边只有个小姨。"

　　"要是吴伟不再来找你，你可以不转么？"

　　王芬泪光涟涟地看着他，用力点了点头。

　　"那你可以不转。"龚建章的语气中有种让自己都心惊的冷。

　　王芬没说什么，扑在他怀里，紧紧地箍住他，像是小鸟找到了最可靠的大树。龚建章低下头去，放肆地亲她。王芬热烈地回应着，她似乎在后悔，为什么不早点让他亲到自己。只一下，龚建章体内的火种就被王芬温软的身体捂燃了。他犹豫了片刻，就抱起她，往里屋走去。

"不要。"王芬挣扎了几下。但龚建章的手臂如同铁铸，她根本挣不脱。想喊，但她却不忍心。等到内裤被扯下后，有一种莫名的快感攫住了她，王芬反而不动了——她感到自己很早以前就等待这一刻了。双腿间痛了一下，那一痛让她这么久以来所受的屈辱和害怕顿时烟消云散。

进去的那一下，龚建章竟然对着床头的墙壁笑了。他感受到一种施行邪恶所带来快感，很深，很透。

两个人起身后，王芬要穿上短裤。龚建章却一把抓过去，说："送给我。"

短裤很普通，棉布制，乳白色，上面被血染出了一朵红云。看到这朵血，王芬像是突然明白了什么，又倒在龚建章怀里，呜呜地哭了起来。

第二天，龚建章浑身是劲地抡着大锤，令关伯一扫胸中不快。中午吃饭的时候，龚建章指着新收的那块好铁说："关伯，这铁我要了，抵这个月工钱。"

关伯愣了一下，点点头。两个人都蹲在门槛上，很响地嚼着饭菜。有一片白飘在饭钵上端堆积的腌白菜上，然后迅速就化了。望了望天空，龚建章兴奋地说："下雪了。"

真的下雪了，而且是鹅毛大雪。一眨眼的工夫，青石板路上就是一片白，整个世界都开始变得冷冽而干净。关伯估算着时令，心想：这雪是不是下得早了点？

吃过饭，休息了半个钟头，龚建章站起来说："关伯，你帮我拉风箱，看我打。"

他竟脱了衣服，光着上身，左手持钳夹铁，右手选了一把中号锤子。看着铁在火焰中慢慢变红，锤子就落了下去。关伯眯着眼，审视着他的身手。龚建章没辜负他的调教，桩子沉稳，手中一把锤子抡得圆、落得准，意到眼到，眼到手到，只是转动之间稍微有点僵硬，那是因为还有一小半力没有融入筋骨里去。这没关系，再练练就好了，童子功嘛，快得很。关伯这样想着，脸上却不露笑意。

不到一个时辰，一把两尺长的家伙就成形了。这是一把很像刀的剑，扁而阔，两面都有刃，中间却厚重，几乎没有护手。其实刚开始龚建章并不晓得自己要打把什么样的家伙，他只是由着性子，一锤一锤地打下去——反正是自己的铁，不怕打坏。眼前这件家伙却很合他的意，似乎他一开始要的就是这种样子。最后一锤落下去时，他感到自己的心剧烈地跳了一下。

大铁桶里盛着水，龚建章拒绝了关伯的帮忙，自己用钳子夹着剑放进去。他完全模仿关伯的手法，开始时很慢，像是在试探着什么，然后猛然全部浸入水中，只听"咻"的一响，一股青烟冒起。关伯心里暗叹了一口气——龚建章手法完全正确，但他没有先试水温。这是真传，一句话的事，但关伯现在还不想说。

剑被提出来，悬在半空中。清冷的水沿着剑身流下来，在剑尖上汇聚成珠，再一颗颗滴下。铁铺外面白得耀眼，在半明半暗之间，剑身闪动着幽蓝的光。握上去的那刻，龚建章的心中产生了一种奇异的感觉——他感到这把剑融入了他的生命，从此相依相伴，同进同退。从那一刻起，他下决心要变得像手中剑那样冷酷无情。

吴伟的无头尸首是在南门口城楼上被发现的。白雪掩盖了它整整三天。如今血早已随雪化作脏水流去。没有人能找到他的头。头与脖子分开的地方很齐整，证明凶手有非凡的手劲和眼力。

听到这个消息后，龚建国按不下心中的狂喜，跑去找龚建章。但龚师傅告诉他，龚建章三天前就已经出去了，去找他的妹妹去了。望着黑而空的屋子，龚建国突然感到一种恐惧，转身他就跑了出去。

老街两边的打铁声还是依旧，关伯的铺子里火焰仍然在烧。关伯又收了个徒弟，很精灵的样子。这是块好铁。关伯心里掂量着，又想起他前面的徒弟，眉毛就蹙了起来。好铁还要看火候，不然再好，也是糟蹋了。关伯思量着，微微叹着气。这道理，悟不悟得到，要看各人的造化，所以关伯不说，不说。

# 诗兄弟

一

二〇〇〇年，从昭市学院中文系毕业一个月后，我成了《飞龙信息》的副刊编辑。如果没有出现重大差错，那么，一年后，我就会转为正式公务员，吃上一碗安稳的财政饭。瞄上这个职位的还有两个应届重本生，专业也对口，而昭市学院不过是一般本科而已。虽然在交谈十分钟后，我就判断出他们属于钱锺书所说的那类"文学太监"，不具备先天审美直觉，靠着一堆从教科书上搬运来的理论自欺欺人，但在重视学历的领导眼中，他们的毕业文凭可比我的要压秤得多。虽然我还可以押上六十多篇正式发表的诗歌和散文，但加在一起的分量，按照世俗衡量法则，也不足以抵挡名牌大学颁发的毕业证。只是宣传部的领导重视学历不假，但更重视关系——他们显然不敢忽略我那位当常务副县长的大姨夫。最后的结果是不言自明的，同时也让我暗自郁闷——我明明可以凭借自己的真才实学斩将夺旗，实际上却是仰仗关系才击败对手。我开始切实感受到荒谬是真切存在的，而非仅仅出现在萨特、加缪们的作品中。但是不管怎么样，在找工作越来越难的形势下，我总算拥有了一份还算称心的职业，我想我应该感到高兴，应该意气风发积极有为，应该随时意识到全县有数以千计的文学爱好者在羡慕着我关注着我——起码不应该让他们失望。

我很快鼓起了干劲，重新编排栏目，大力扶植新人，还率先开辟了电子投稿渠道。重新编排的栏目因为配置全面、层次分明、名称不落俗套而得到了李总编和读者的认可。大力挖掘新人也成绩斐然——所谓新人，有大部分写了多年，只是不善于搞公关，而被挡在发表门槛之外，我只要按质取稿，新人就会成群结队地涌现。唯独公布的那个电子信箱，里面来稿寥寥——县城里的大部分作者还是习惯寄手写稿或打印稿，还有寄复写稿的。出于某种逆反心理，我格外关注电子邮箱里的来稿。廖独行的名字很快就烙在我的脑海里——他是乡村作者中唯一给我寄电子稿的人，而且很准时，每隔一个月会发两首诗过来。引起我注意的另一原因是，他虽然也以描写乡村为主，但没有一般乡土诗歌作者笔下那种甜软得让人发腻的牧歌情调，而是浸润着焦虑和反思，语言和意象都称得上奇崛，如同飞龙县山野之中那些突兀而起的青色巨石。当然，来稿末尾通联地址上那个与其笔名反差过大的真名：廖致富，也让我忍俊不禁，记忆尤深。我每个月都会发他一次作品，有时是两首全发，有时是选一首搭配其他作者的诗歌发，而他的必然排在前面。《飞龙信息》

是周报，副刊每期最多只发三首诗。这种发表力度引起了一些诗歌作者的侧目。这些人当然不会直接向我表示异议，而是跑到本县一位老诗人面前叽叽喳喳。该老在"文革"前就以写政治抒情诗成名，资历非凡，在我这个小辈面前说话自然不用顾忌。他很直率地向我表示："廖独行的诗我读不懂。"

我也很直率地说："朦胧诗刚出来的时候，也有人说读不懂。"

老诗人说："朦胧诗到现在我也读不懂。"

我笑着说："现在又有许多诗人嫌朦胧诗太浅显易懂了。"

老诗人板着脸说："看来我落伍了。"然后拂袖而去。

望着他的背影，我在心里说：你要是真的认识到这一点就好了。

为了一位从未谋面的乡村诗人而得罪了一位有话语权的诗坛元老，我并不感到后悔，因为我觉得就算其他原则坚持不了，起码审美原则得坚持。廖独行在我心目中，是飞龙县写得最好的诗人之一，我觉得自己有责任，也有能力帮他争取到这个地位。但廖独行对我的关注似乎没有什么反应，每次来稿就是作品加地址，连起码的投稿信都懒得写。对此我心里难免有点不爽，但转念一想，他要是懂得起码的客套，也不用等到我做编辑才冒出头来，便很快释然了。县里的其他诗人似乎约好了一般，尽量避免在我面前谈论这个人。当我询问的时候，要么推说不清楚，要么贡献出一句：听说这个人性格很怪。所以对廖独行的情况，我除了从通联地址上推测他可能在万石村小学任教外，近乎一无所知。倒是对万石村，我可能还知道得多一些。那是飞龙县最贫穷的地区之一，石头多，讨不到老婆的光棍也多。这让我产生了一个疑惑：他是怎么上网的？疑惑归疑惑，我并不担心他抄袭，因为苍凉倔强的石头和悲苦的单身男人，正是他反复歌咏的对象。而且，嫉妒廖独行的作者实在不少，倘若他有一点抄袭的迹象，那些人是绝对不会吝于举报的。

## 二

秋天明显缩短了，时光似乎是从炎热的夏天直接跳到干冷的冬天。县委所有部门统一安装了空调，李总编拍着我的肩膀说："小王福气好，一来就享受空调待遇。"

我点头微笑，并没有表明自己一点也不喜欢空调——感觉闷闷的，远不如烤木炭火那般温暖入骨。

就在我对空调的嗡嗡声厌烦到极点的时候，有人推门而入，劈出一句："哪个是王文真？"

我慢慢地扭过头，看到两米开外兀立着一个青年男子。他中等身材，体格壮实，穿着一身早已不流行的蓝色牛仔装；头发长而乱，眼睛中像有什么在燃烧。感觉是一头野牛闯进了编辑部，我强忍住不快，慢吞吞地说："有什么事吗？"

他眼睛更亮了，似乎只迈了一步，就到了我面前，咧开嘴笑了一下。因为笑得太用劲，那张多棱角的脸显得有点奇形怪状。

"我是廖独行啊。"

"哦"了一声，我站起来，向他伸出手。看着我的手，他迟疑了片刻，才慌忙伸出双手来，紧紧握住我。我感觉是被两块石头夹住了，粗糙、沉重。我试着往外抽了一下，竟然纹丝不动。他显然没有意识到这个小动作，继续隆重地握着我的手，说："本来早就想过来看你了。我只双休日有空，双休日你又不上班，不晓得到哪里找你，就一直没过来。昨天刚放了寒假，想起今天你肯定还在上班，碰得到，天才毛毛亮就坐车过来了。"

就跟意识不到自己的手有多重一样，廖独行显然也没意识到自己的嗓门有多么炸耳——或者他晓得，但从未想过在有些场合要控制一下。我听到有同事发出不满的咳嗽声，又想想今天也没什么事，遂锁上抽屉，说："你跟我来喽。"

出了门，往左边走上十多米，便是楼梯口。楼梯拐弯处站着个女孩，穿着粉红色的羽绒服。她一直往楼梯口张望，见我们出现，脸上便泛出笑容。这女孩身材单薄，五官只能说是长得规矩，但因为皮肤白，眼神也灵活，看着也还让人愉快。她不等廖独行开口，便问："你是王老师吧？"

"是啊。"

"廖独行跟我提过你很多次了。"

我转头看着廖独行，问："这是你女朋友吧，也不介绍一下？"

廖独行又是咧嘴一笑，却并没有把女朋友的姓名说出来，而是忙于弯腰去提放在墙角边的两只蛇皮袋子。袋子一大一小，大的装了不少条状物，撑得袋子凸一块凹一块，小的则似有活物在里面扑腾。

他女朋友在一边说："王老师，乡里也没有好东西，就给你带了些刚出的冬笋，还捉了只土鸡。"

我吃了一惊，对廖独行说："你怎么也搞这一套？"

脸立刻就红了，廖独行说："我本来说不要带的，你肯定不喜欢这一套，她硬要我带。"

"哎呀，王老师，这也是第一次来看你，带些东西表示感谢。你没来的时候，他在县里的报纸上根本发不出东西。"

我瞟了一眼上面的楼梯口，怕有同事走下来，便不再说什么，快步往下面走去。

出了县政府大门口，我拦了辆的士，直奔沿江北路。

"廖独行，你是教书的吧？"

"是啊。"

"你女朋友也跟你一个学校？"

"她在田桥镇上教书。"

"离你那里好远？"

"还有十多里。"

"……"

正说着话，车子已停在"北岸"咖啡馆。这家咖啡馆才开了两个月，已经在飞龙县很有些名气了，主要是因为装修雅致，服务品种多样——连煲仔饭都卖，价格也还合理。

进去后，我径直上二楼，要了个卡座。二楼是半截悬空式，靠着栏杆砌了一排卡座，坐在里面，不仅可以看到窗外的资江，还可以俯视一楼大厅靠窗边坐着的人。廖独行把两个蛇皮袋放在卡座外面门侧，尽管那只鸡时常要闷闷地扑腾一下，但既不给隔壁造成什么影响，更不会惊扰对面保密性更强的包厢。

看看手机，才十点多钟，离吃午饭还早，我点了杯蓝山咖啡，问他们要什么。廖独行还没搭话，他女朋友就说："王老师点什么我们就喝什么。"见廖独行没发表异议，我接着点了两杯蓝山，一碟葵瓜子，一碟红泥花生，一包精白沙。他女朋友说："王老师别客气，多点一些。"

我本来没想过要他们请客，她这么一说，我想再多点也不好意思，便对服务员说可以了。

廖独行从口袋里掏出半包软壳普白沙，递了根过来。这种烟四块五一包，是白沙系列里最便宜也是劲最大的一种。廖独行抽烟的样子很酷，脸在烟雾的渲染下显得深沉。我觉得他是不能笑的，一笑就破坏了这份酷劲，也不晓得他意识到这一点没有。他女朋友跟他相反，笑的样子比不笑时好看，她应该很明白这一点，不放过一切可以笑的机会。廖独行好像并不觉得有将她介绍一番的必要，倒是她自己主动做了汇报：姓陈，名彩云，跟廖独行是昭市师范的同学，家里就是田桥镇上的。

我对廖独行说："那你要想办法调到田桥。"

廖独行摇摇头，说："很难。"

陈彩云说："其实也不是很难。主要是他犟得很，我要他到学区领导那里多跑跑，他讲什么也不肯。"

看到廖独行板着脸不作声，我笑了笑，说："有才华的人都是这样，不肯为五斗米而折腰。"

"要是领导晓得他的才华就好了。他发表诗歌从不用真名的，那些同事又嫉妒他，明明晓得是他写的，也故意装作不晓得。"

"我才不用真名写诗呢，那个名字太俗了。"

看到廖独行又一次涨红了脸，我笑道："你那个真名很符合国家的政策，以经济建设为中心嘛。"

"那是我爸爸想发财。"

"发财是个好事，跟写诗又不矛盾。"

"问题是发财还要个命。没有那个命，你就是想到吐血也是空的。"

"你收入还可以么？"

"快莫讲了，六七百块钱一个月，还经常拖着不发。算了，讲起这些事就烦躁，干脆莫讲，就讲文学。"

我看廖独行的样子，其实并不真正为这些事感到烦躁，他只是不屑于谈论这些事罢了。倒是陈彩云，听到他这样说，目露忧色，看来这些事是真真切切地压在她心上。我也不愿意多谈这些俗事，便问他怎么通过电子邮箱给我投稿的，莫非万石村那样的地方也通了网络？

"没有。是镇上开了家网吧，我每次去玩的时候，就顺便发过来。"

"那你寄信其实还方便些。"

"我们那里的邮递员越来越不负责，间个把星期才来取一次信。反正我要到镇上去看她，干脆发电子邮件，保险得多。"

"网上那些口语诗你看得多么？"

"看过。那是什么诗喽？都是口水话。三岁小孩讲出的话，都比他们有味些。"

"那知识分子写作呢？"

"他们写的还算是诗，也有写得好的，就是不太像中国人写的。"

"外国诗人里面，你喜欢哪个？"

"我不太喜欢看外国诗。也不是说他们写得不好，肯定有写得极好的，问题是一翻译过来就不是原来那种味了。我是不相信诗歌能够翻译的。李白的诗怎么翻译？一翻译过去肯定就变成口水话，完全变味。"

"那总有你喜欢的诗人吧？"

"我喜欢的基本是古代诗人，屈原，杜甫，李贺，还有贾岛。"

"他们的诗歌都有种苦涩的味道。"

"正是。我就是喜欢他们的那种苦味，最有回味。还有那种语言，很涩，读的时候好像每个字都有重量，压在舌头上，要用力发音才会弹出去。我不喜欢太飘太滑的语言。"

"比如？"

"像白居易的《长恨歌》《琵琶行》，我就不太喜欢。"

"这两首诗的艺术成就还是比较高的。"

"写肯定是写得好，但我就是不喜欢。我喜欢他的《卖炭翁》。"

"你要想提高，喜欢的要读，不喜欢的也要读。"

"我反正只读我喜欢的。"

虽然已经明白他是个率真到极点的人，但我还是有种撞到了石头上的感觉，尽量压抑住不快。我微微一笑，端起咖啡杯，用舌尖去尝那种醇苦的味道。

陈彩云说："王老师的话，你还是要虚心接受。"

廖独行脸又有点红了，但到底没出声，而是使劲抽烟。见气氛有点沉闷，我笑着对陈彩云说："你快莫叫我老师，我年纪跟你们差不多。"

"你是哪一年的？"

"七六年的。"

"那你还是比我们大。他是七八年的，我是七九年。"

"你们哪一年工作的？"

"九七年。"

"那你们比我早工作三年。"

陈彩云叹了口气，说："我们哪儿跟你比得的。你是大学毕业，我们只是中专毕业。你在县委上班，我们在乡里教书。"

觉得她面目并不可憎，但言语着实俗了一点，我把目光调向廖独行，说："乡里有乡里的好，有山有水，空气清新。"

廖独行说："我们那里就是没有条河，尽是石头山。"

"总有点水吧，不然怎么种田？"

"有是有条溪，就是太细了，一到天旱就断流，只有靠山塘来蓄水。"

"通了自来水么？"

"也是前几年有个县委副书记在我们那里搞扶贫点，才通的。"

"没通的时候喝什么水？"

"村里有口井，还是清朝时挖的。我就是喝那口井的水长大的，到现在我还是觉得井水好喝，自来水喝起来总有股怪味。"

"那是。做凉粉都要用井水，自来水做出的一点都不好吃。"

见我赞同他的观点，廖独行又高兴起来。我掏出手机，看着快十一点半了，便打了个电话给妈妈，告诉她我中午在外面吃，然后喊服务员来，每人点了个煲仔饭。等饭的时候，廖独行问了我的手机号码，记在随身带的黑色笔记本上。我问他家里的电话号码，他说家里还没装，把学校里的电话告诉了我，然后说："碰到我接就好了，要是别人接，一般难得喊我。"接着嘀咕着说要买部手机才行。

陈彩云白了他一眼，说："早就要你买了，经常打电话找个人都找不到的。"

"在电话里讲哪有当面讲有味。"

陈彩云粲然一笑。

从这句话里我看出廖独行哄女孩还是有一手的。这也不奇怪，诗人就算再不通世务，在这方面往往还是优于常人的。这算是上天给诗人的一点补偿吧，因为他们在尘世中大多活得比较痛苦。

饭快吃完的时候，我借口上厕所，到服务台先把账结了。廖独行晓得后，反应竟比陈彩云还激烈，涨红了脖子说："是我请你吃饭，怎么还要你出钱？这怎么要得？"

"你们来看我，当然该我请。下次我到你们那儿去，想让我请我都不请，把你们吃穷了再走。"

"那你一定要来，想住多久就住多久。"

我连忙应着好，才让他的情绪平息下来。出了门后，我问他们到哪儿去。陈彩云说去会同学。我马上说："那这两袋东西带去给你同学算了。"

"王老师，你也太那个了吧。"陈彩云的表情和语调都显得哀怨，让我心里发虚，似乎拒绝收礼竟成了一种罪行。

廖独行这次倒没有红脸红脖子，而是满脸惶惑地看着我，从喉咙里挤出一句："又没给你带什么好东西……"

他肯定还想说些好话、客套话，但嘴巴动了两下后，那些话显然不能成型，又缩了回去。他的神态和语气让我心里一酸，一软，便破了自己在参加工作之初立下的规矩：绝不收受作者任何礼物。

# 三

吃完晚餐后，我正想着怎么消磨掉这个冬夜，手机便响了起来。预感到这个电话会把我从无聊中拯救出来，我带着几分欣喜按下了接听键。

"王老师，我是陈彩云啊。"

"哦，你好。"

"你晚上有空么？我们想请你出来唱卡拉 OK。"

"你们还没回去啊？"

"是啊。两个同学硬要我们留下来玩。里面有我们的班花，介绍给你认识一下啦。"

"在哪里喽？"

"真情园。我们就在门口等你。"

真情园设在正对着桥头的林荫道上，离北岸咖啡馆不到三百米远，是飞龙县最早开设的卡拉 OK 厅，很有些名气。怕他们久等，我梳了一下头，就出门打的，结果比他们还先到两分钟。廖独行丝毫没有道歉的意思，反而像个老朋友那样，很大势地把陈彩云旁边的两位女孩介绍给了我。一位叫黄俏，长了张银盆大脸，实在不怎么俏，只是打扮得时髦而已。另一位叫张雅兰，也就是他们的班花，大眼睛，桃子脸，确实算得上文秀。张雅兰看了我一眼后，目光就躲到一边去了。这种羞涩的表情，让我心里痒痒的、酥酥的，因为等待而起的一点不快顿时消散得无影无踪。

开包厢的时候，黄俏提出要小包厢，服务台的人说已经没有了，只能开中包。小包唱到十二点钟要八十块，中包则要一百二十块，还只送一壶茶和两碟瓜子。黄俏有些犹豫，偏头看着张雅兰。张雅兰说："那就点中包吧，另外还要一包红泥花生，一包开心果。"

见黄俏欲言又止的样子，我猜这次请客是由她俩平摊费用，便觉得黄俏未免有点小家子气，而张雅兰明显大方利落，对她又多了些好感。不过进了包厢后，我却选择了单独的一张小沙发坐下——因为看重，所以我很谨慎，不敢让她觉察到我有进攻的意图。这招"欲擒故纵"果然有效，张雅兰特意看了我一眼，略显诧异。我装作没有觉察，对递烟过来的廖独行摆摆手，说："唱歌最好不要抽烟，对嗓子不好。"

廖独行说："你来唱第一首。"然后把烟收回去，塞进自己嘴中。

陈彩云虽然在跟她的两个同学聊着天，却很关注我这边的动静，听廖独行这样说后，马上拍掌响应道："欢迎王老师演唱。"

"你不要叫我王老师好么，好像我已经很老了，已经不配跟你们这些美女坐在一起了。"

"那就叫你王哥。"

"这还差不多。女士优先，你们先唱。"见她们没有响应，我对廖独行说，"包厢这么大，你还可以喊些玩得好的同学来。"

廖独行默然以对。我觉察出他在同学中可能没什么朋友，便走到点歌机前，点了首《如果你是我的传说》。这是首老歌，也是我的拿手之作。一曲唱毕，陈彩云说："唱得比刘德华还好。"

我说了声谢谢，飞快地瞟了张雅兰一眼，见她嘴角带笑地看着我，便知道收到了预期效果，放话筒时手格外轻，以尽量显得文雅。

廖独行在我唱的时候就点了歌，是张学友的《想和你去吹吹风》。他才唱了两句，就让我吃了一惊——嗓音颇有磁性，乐感也好，唱到第三句"还是可以迎着风"时，居然使用了颤音。侧面沙发上立刻溅出掌声来，我也跟着鼓掌。廖独行很快进入了歌曲情境，全然忘掉了身边的人，只顾对着那个"你"反复诉说内心的愿望，神情既热烈又忧伤。我想，大概就是他唱歌的样子，打动了陈彩云。

接下来轮到女孩们出场了。陈彩云唱歌实在不敢恭维，像鸭子在叫。黄俏说话时还是成人腔调，一唱歌就变成了童音，矫揉造作得让我心里发麻。只有张雅兰的歌声还让人听着感到愉快，但她表演的欲望并不强。为了让气氛热烈一点，我主动邀请女孩们对唱。先是陈彩云再是张雅兰最后是黄俏，这个排序显然是无可挑剔的，女孩们都没有推辞。

跟张雅兰合唱《东方之珠》的时候，我感到她的声音不如独唱时那样放得开，似乎是因为太想唱好，所以显得有些拘谨。但这反而让我高兴，因为这说明她比较在意。其实唱不唱歌都无所谓，跟她站在一起，闻着她身上淡淡的香气，就让我感到一种身心微微发颤的幸福。但是这一曲太短了，相比之下，跟陈彩云和黄俏合唱的那两曲又未免太长了。很想再邀张雅兰合唱，但我觉得第一次打交道，还是要适可而止，便强行忍住，坐下去喝茶。

廖独行倒是很专一，只跟陈彩云合唱。似乎早已习惯了他的这种作风，张雅兰和黄俏并无任何不悦，反而表扬他的歌越唱越好，简直可以去做专业歌手了。面对如此称赞，廖独行连笑容都不露一下，傲然受之，让我简直有点愤怒。但转念一想，这样反而会产生一种酷之魅力，能够对女孩形成别样的吸引力，倒也值得参考学习。

唱到十一点多钟的时候，我见张雅兰神态有些疲倦，在不到十分钟的时间里看了两次表，便提出不早了，该散场了。黄俏却说："还没到时间呢。"似乎非要唱到满点，才值回包厢费。我不好再说什么。

陈彩云在一边表态说："我有点累了，还是回去吧。"

我赞许地看了她一眼，觉得这女孩虽然略显做作，但确实善解人意，对木讷的廖独行来说，当是贤内助。

结账的时候，有个长着双桃花眼的青年到服务台来买烟，转身的时候他撞了陈彩云一下，却并无道歉的意思，晃着肩膀继续往包厢区走去。廖独行上前两步，喝道："喂，你站住！"

"桃花眼"回过头，却并不转身，斜着眼睛说："何事？"

"你撞了人，连对不起都不讲一声？"

"哎呀，乡巴佬，你还蛮恶呀！"

我正想告诉此人他家里上溯三代，肯定也是乡巴佬，廖独行已一记左直拳打在他脸上。他的拳头当得是一块岩石，"桃花眼"被打蒙了，竟不晓得还手，只是愣愣地看着他，似乎不敢相信这乡巴佬居然敢出手。不容"桃花眼"反应过来，廖独行又是一记右摆拳，竟把他打晕在地。

我拉住廖独行，说："快走！"

一行人匆匆往门外走去。好在这边是休闲娱乐区，很快就拦到的士。因为怕"桃花眼"带人追出来，我们五个人挤进了一辆车里。廖独行坐前位，陈彩云坐他身上，我跟张雅兰、黄俏坐后面。

等车启动后，我对廖独行说："这种人是在街上混的，你最好明天清早就回去，省得被他们碰到寻仇。"

"我还怕他？"

"一个打一个你当然不怕，就怕他喊起一伙人来，你再厉害也是空的。"

黄俏说："廖独行，你脾气一点都没改，还是这么冲。"

廖独行说："其实我改了很多。刚才要是我自己被撞到，也就算了。"

黄俏说："陈彩云，你听到没有，廖独行可是把你看得比他自己还重。"

陈彩云叹了口气，说："他这个脾气呀，让我不晓得担了好多心。"

张雅兰说："陈彩云这口气叹得好幸福。"

大家都笑了起来。

说话间，出租车到了新华书店门口，黄俏先下了车。再往前过十字路口，就到了张雅兰家门口，是临街的一栋三层楼房，一楼是门面，二、三楼住家，廖独行和陈彩云今晚就住她家。我特意下了车，跟他们一一握手道别。廖独行要我上去玩一下，仿佛这是他自己的家。这个提议还真让我心里一动，但因为摸不清张雅兰的想法，我推说太晚，该休息了。跟张雅兰握手的时候，我握得很轻，仿佛握住的是一件蛋壳瓷器，稍一用力就会破碎。她大方地和我对视着，即便是在夜色中，也能看得出她眼睛闪烁着愉快的光泽。那一刻我几乎就要飘起来。

# 四

第二天，廖独行并没有遵从我的叮嘱，而是和陈彩云、张雅兰逛了一上午街，给自己买了部手机，给陈彩云买了件衣服。请张雅兰吃了中饭后，两位方施施然打道回府。这些，都是两个月之后，张雅兰告诉我的——此时我已经能在僻静的小巷里牵着她的手而不被甩开了。鉴于张雅兰的手机号码和相关情况都是廖独行提供给我的，所以我并没有丝毫不高兴，只是说："廖独行，就是独行其是。"

对于我这个评判，张雅兰深表赞同。她还说了不少廖独行在昭市师范读书时的光辉事迹，以资佐证。

其一，廖独行只对三门课表现出了兴趣——语文、体育和音乐。

语文老师是位老牌文学爱好者，兼任校文学社的指导老师，正是他把廖独行引上了写诗之路。不过廖独行后来对他所写的那类郭小川式的政治抒情诗嗤之以鼻，让该老师伤心不已。文学社中有人劝他不要太过直言，有时不妨敷衍两句，哄老师开开心，廖独行瞪着眼睛说："诗写得好就是好，不好就是不好，未必还有什么情面可讲？"此话让该同学为之语塞，此后逢人就说廖独行让诗歌迷了心窍，连做人都不会了。

指导老师听说这事之后，倒也没有责怪廖独行，只是叹了口气说："这个小廖啊，快成诗痴了。"于是大家都叫他诗痴。但廖独行对这个外号不甚满意，觉得只是表现了他对诗歌的热爱，还不能让听者体察到他在诗歌方面的造诣。他认为自己应该被称为"诗魔"，因为他觉得在艺术上有大抱负的人，不成仙成圣，就成魔成鬼，而诗仙、诗圣和诗鬼的名号已分别被李白同学、杜甫同学和李贺同学占据了，自己只能成魔。

有人指出，诗魔的名号也已被人占了，那就是台湾诗人洛夫。廖独行说："到底哪个是诗魔，那还要比一下才晓得。"此话一传出去，全校师生都晓得了162班有个诗歌狂人，认为自己超过了洛夫。从此廖独行又落了个外号：诗狂。对这个外号，他虽然不是百分之百接受，但认为，比"诗痴"的封号要正确许多。

说到喜欢体育课，也跟任课老师有关系。体育老师刚毕业没多久，满脸青春痘，是个不错的业余拳击手。他上课的兴奋点不在于传授规定动作，而是利用自由活动时间推广他的爱好。他甚至自费购买了沙袋和速度球，在室内运动场一隅开辟了小型拳击训练基地，召集一帮精力过剩的学生进行培训。廖独行就是这帮学徒中的积极分子。与其说他热爱体育，不如说他是热爱格斗。因为对其他体育项目，无论是单双杠，还是各种球类运动，他都毫无兴趣，唯独喜欢跟沙袋和速度球过不去。他那标准迅猛的直拳和摆拳便是得自那位体育老师的真传。该老师常当众叹息："廖独行就是生矮了，不然可以去打职业拳击赛。"

对此，廖独行并不觉得有什么遗憾，他喜欢拳击只不过是因为该项运动能让他体内狂躁亢奋的情绪得到充分发泄。更何况拳击运动为他带来了一些便利，比如说，尽管他根本不愿意去学剑术（他认为那简直就是小孩子在耍把戏），在剑术考试时只是胡乱比画了几下，体育老师还是让他过了关。

同喜欢体育一样，廖独行的所谓喜欢音乐，也可以做次简化：喜欢流行音乐。他在这方面的品位跟其诗歌追求截然相反，什么流行就唱什么，从崔健黑豹到四大天王，一概兼收并蓄。因为音乐老师总是喜欢教些风格稳健的老歌，廖独行在课堂上公开发难，要求老师教流行歌曲，这一举动马上得到了众多同学的拥护。音乐老师向班主任寻求支援。班主任是个青年教师，那些老歌从小学时代就听起，心里早就发腻，便趁机建议音乐老师不妨适当增加一些新歌。音乐老师本来性格就比较软弱，又考虑到班主任是校长的外甥，遂打消了去教务处寻求支援的念头。最后竟然是廖独行取得了胜利。因为这个原因，虽然他平常很少跟同学来往，却在班上享有一定威望。就算那些喜欢在背后讥讽他的人，当面还是要叫上一声廖哥。

至于上其他课，廖独行就在下面看文学书，考试时就抄同学的，抄到认为能够及格的程度，便交卷了事。被抄的人起初是怯于他的勇力和威望，后来觉得他虽然几近不劳而获，但总算没有贪得无厌，对自己的成绩排名不构成任何威胁，也就任他抄去。靠了这招，廖独行居然顺利混到了毕业文凭。

其二，廖独行刚入校的时候，因为沉默寡言，长得不帅，几乎不被女生们所关注。直到有天夜晚，廖独行半夜醒来，因为是靠窗的下铺，能看到月光镀亮自己的手背。再往外看，万物沉寂，月独彷徨，他突然感到一阵难以遏制的激动，竟然爬起来，站到横置窗前的桌子上，对月高声吟咏。至于所吟咏的内容，估计不是李太白的把酒问月诗，就是苏东坡的水调歌头词。被惊醒的几个室友目睹此景，皆目瞪口呆。睡在右边上铺的那位定了定神之后，小心翼翼地问："廖致富，你这是在……"

廖独行转头盯了他一眼，竟是目闪精光，吓得该同学连忙用被子蒙住头。好在廖独行并没有进一步关注他，而是继续高咏，吟到动情处，还在并不长大的桌面上徘徊，全然不顾寝室里有好几道目光正从暗处射出，咬着他不放。有人实在忍不住了，正想出声呵斥，廖独行却已吟咏完毕，昂首向天，在窗前呆站了片刻，长叹一声，然后回到床铺上。

有室友疑心他是梦游，第二天便问："你昨晚上做了什么你晓得么？"

"我起来看了会月亮，吟了首诗，何解？"

见廖独行目光凌厉地看着自己，似乎对方是在质疑自己为何半夜起来上厕所一样，再加上他已在体育课上通过做俯卧撑展示了惊人的臂力，那位室友便有些心虚，仿佛半夜吟诗的乃是自己，连忙说："没什么事，只是随便问一下。"便赔笑而退。不过转过背，他就把此事宣扬出去，其目的在于让大家都来看廖独行的笑话。未料此事竟让不少女生对廖独行刮目相看，认为这是真正的诗人才能为之。

过了两个星期，新一期的文学社团刊物出来了，上面赫然登了162班廖独行同学的两首诗。虽然162班只有一个姓廖的，但还是有人试图否认这个廖独行就是廖致富。好在几个热爱文学的女生在语文老师那里得到了确认，并在班上大力揄扬。过了个把月，同学们便都叫他廖独行了。那几个最初大力揄扬他的女生中，就有陈彩云。

据张雅兰说，应该是陈彩云主动接近廖独行的，虽然她后来否认这一点。那时的陈彩云比现在更加单薄瘦弱，虽然性格活泼，喜欢交际，但并无出众之处，廖独行的剽悍和诗人身份显然对她构成不小的吸引力。而廖独行显然并没有考虑其他外在的因素，他喜欢的就是陈彩云这个人本身，这从他曾写诗赞美她的眼睛和笑容可见一斑。总之，在那三年里，他们是全校关系最稳定的一对情侣，受到不少人的羡慕。

其三，按廖独行的才华和资历。到了二年级第二期，在上届校文学社长和主编依照惯例退位后，他不当社长也能做主编。但因为廖独行目无组织纪律，社里开会很少参加，也不跟社长做任何解释；还当众嘲笑主编写的诗是掺了水的古典诗歌，这类假古董倒不如不写；至于其他社员，他看得上眼的几乎没有，更谈不上与他们密切交往，群众基础薄弱；结果换届选举的时候，他依然是普通社员一个。

有同班的社员替他抱不平，鼓动他去争取，起码要做个副主编，也好造福本班社员，廖独行却说："社长主编有什么好当的喽，未必当上了就能把诗写好？"

新任社长和主编又都是写诗的，听到这话后，敏感的心灵顿时受到严重伤害。在编新一期社团刊物时，他们统一了认识，将廖独行的来稿摆到诗歌栏目的倒数第二个位置。

蒙此羞辱，廖独行勃然大怒，提着刊物前去质问主编到底有没有审美眼光。主编却推说是社长定的。因为主编是个女生，廖独行不想跟她过多纠缠，便又去找社长。社长傲然地说："怎么编排，轮不到你来过问。"

廖独行把刊物摔在他面前桌上，指着他说："别忘了，入社考试的时候，我是第一名，你是最后一名。"

该社长颇具政治家的风范，以唾面自干的精神微笑道："那怎么你没有当上社长，是我当了呢？"

廖独行顿时气得说不出话，掏出社员证，掷在他脸上，大吼道："老子退社！"

"随便你。"

话音刚落，该社长就挨了一记耳光，左耳几乎被打聋。他还没回过神来，廖独行就扬长而去。该社长人缘不错，有同班的好汉愿意为他出头报仇，但他考虑到廖独行是个猛人，就算仗着人多打赢了一场，也会惹来无穷后患，便再次以政治家的胸怀忍受了这记耳光，只是说："廖独行是个半疯，跟他计较什么？"

作为校文学社的台柱诗人，廖独行愤然退社，自然在内部引起不小震动。指导老师是个仁厚长者，不计较廖独行曾批评过他的作品，出面调和，想把廖独行留在社内，做个挂名的副主编。社长一百个不情愿，但师命难违，便串通主编，提出廖独行得向他道歉，否则两人会一起辞职。这个要求非常合理，指导老师无法驳斥，便去做廖独行的工作。但他对廖独行的了解显然不如少年老成的社长——廖独行一听就火冒三丈，说："要我跟他道歉，除非是把廖字倒过来写。"

见调和无望，指导老师说："廖独行啊，你诗是写得好，但这个性格要改一改，不然将来到社会上，会吃大亏的。"

廖独行不作声。

此后廖独行照旧读诗写诗，还在《诗歌报》《绿风》上发表了一些作品。陈彩云拿着样刊，带着几个姐妹，跑到文学社主编面前，说："廖独行的诗在大刊物上发表了，你的诗在什么刊物上发表呢？"

该主编连《昭市日报》的副刊都不曾上过，顿时脸上飞红，挤出一句："我才不往外面投稿呢。"

"不往外面投稿，只怕是被退了稿不作声吧？自己当主编，就把自己的诗歌排在廖独行前面，怕不怕丑？"

该主编羞愤之下，动用了与她的诗歌语言截然相反的词汇："骚×，关你什么事？"

在使用这等词汇方面，陈彩云的本事绝不在她之下。两人大把的秽词甩出来，让旁边的男生们听得既惊讶又兴奋。倒是张雅兰实在听不下了，强行把显然是进入亢奋状态的陈彩云拉了出去。

……

我正听得入神，手机响了。此时是星期四下午，我边掏手机边说，十有八九是廖独行打来的。张雅兰还不信。一看来电显示，果然是他。见我不接，张雅兰问为什么，我说："这家伙，一谈起码就是半小时。跟你在一起，每分每秒都很宝贵，我要珍惜。"

张雅兰嗔道："油嘴滑舌，你就不怕别人讲你重色轻友？"

"我就重你这一色，别的色我都看不入眼。就算廖独行晓得了，也不会讲我轻友的。他会充分理解我的。"

"未必你们就这么心意相通？"

我正色道："我跟他确实能成为知己，他几乎每天都会跟我打电话。"

"哦，你们就这么好喽？"

"所以说嘛，你跟我要加快进度，要一直保证我们两个才是最好的。"

"讨厌。"张雅兰白了我一眼，眼睛瞟向窗外，嘴角却带着笑意。虽然这神态已欣赏过多次，但我依然为之心醉。

# 五

每次跟我打电话的时候，廖独行都在山上，这是因为万石村信号不好。他跟我说，他几乎每天下午都会去山上，抽烟、看风景、想心事，有灵感了就掏出笔记本写诗。他还说："你不要以为是因为你当编辑，我才老是跟你打电话。我是喜欢你的诗，才想跟你多聊聊的。"

其实廖独行不说，我也明白他是觉得终于找到了同道，想把在心中郁积了很多年的想法都说出来。我欣赏他的诗，也是因为感觉他的美学追求跟我比较接近。如果说他的诗是苍凉倔强的青石，我的诗就是寒光闪动的刀锋，都有一种冷硬峭拔之美。我提出要跟甜熟媚软的诗风和潦草贫乏的诗风作战，他在电话那头予以热烈的响应，甚至提出要起草一个宣言。我说："这要等我们有了影响，最好还要多找两个同道，才能做这件事。否则就等于把黄金丢进江里，连个泡都不会冒。"

他沉默了片刻，说："你在这方面比我懂，听你的。"

因为遇上廖独行这个真正的同道，我写诗的劲头也足了许多。常常写好了之后，用短信或者邮件发给他，他看完后，会直接打电话过来，说哪几句过瘾，哪几句不怎么样。他得了佳句，往往按捺不住兴奋，立刻拨通手机向我大声朗诵，有时我能依稀听到山上的风声在他诗句的间隙中鼓荡。我还仿佛能看到，每当得到我的赞赏，他会站在岩石上手舞足蹈，而他背后，血红的晚霞正涂抹着青黛色的天空。我很想和他一起站在山上，向着满坡石头朗诵我们的诗句。这个念头越来越强烈，终于，在春分过后不久，我说动了张雅兰，结伴去乡下看望她的同学。

我们是在星期五下午出发的。为了让张雅兰坐得舒服，我包了辆的士。到达田桥镇，还不到五点钟。廖独行和陈彩云早站在镇口迎接我们。我提了个旅行袋，廖独行劈手夺去，简直不容我反抗。他说先去宾馆放了东西再吃饭。我晓得到了这，绝不会有自己掏钱的机会，而廖独行经济状况不佳，便说："住什么宾馆，今晚就住陈彩云学校，让我们也体验一下乡镇小学的生活。"

"那怎么行？你来了还让你住教师宿舍。"

"你是人，我也是人，你住得，我怎么就住不得？"

廖独行被我问住了，便看着陈彩云。因为在车上就把这意思跟张雅兰说了，她不等陈彩云开口，就说："住你的宿舍要得，这里的宾馆我还不放心。"

陈彩云踌躇了一下，说："这样吧，你住我家，他们两个住我宿舍。"

我已晓得陈彩云父母嫌廖独行家里条件差，不同意他们来往，而我跟张雅兰也还没到能够同住一室的份上，这个安排十分恰当，便立刻同意。张雅兰也说好。三票对一票，廖独行只好服从。陈彩云所在的学校离镇口不远，校门似乎新近修葺过，贴着白瓷砖，但里面的教室显得陈旧，有一栋在我看来，应该属于危房，但显然仍在使用之中。校园中到处站着高大的梧桐树，在拥挤喧闹、尘土飞扬的小镇，倒也是一方幽静之地。

上了道坡，左侧有个五六百平方米的土坪，坪上还竖着两个水泥篮球架，横着一方水泥洗衣台。四个男青年教师正在靠路边的篮球架下打半场，五六个小孩则聚集在洗衣台边玩乒乓球。在土坪的右侧，站着一排红砖平房。经过篮球架的时候，那些人都停了下来。

"陈彩云，又在搞玫瑰之约了？"

陈彩云避而不答，只是笑着说："你们周末不回去？"

"我们光棍一条，回去也没什么卵味。哪像你，爽得死。"

我见他们嘴里跟陈彩云说着话，目光却全往张雅兰脸上奔，便牵起她的手，加快了步伐。廖独行绷着脸，也不跟这些人打招呼，径直向那排平房走去。他有陈彩云宿舍的钥匙，捅开了门，里面正屋只有八九个平方米，靠窗处放了张桌子，靠里侧摆了张床，床和桌子间放了个火炉。墙上贴满了明星像，无非是王祖贤关之琳酒井法子等大众型美女，唯一荣获入选的男明星是金城武，倒还带点野性的另类气息。桌上没看到多少书，占据主要位置的是台收录机和一些磁带、化妆品。床上坐着只硕大的白色玩具熊，还打着红色领结，比廖独行时髦得多。

尽管已过春分，但山区里还是弥漫着冷气。炉子里的火没熄，我们就靠着炉子烤火。陈彩云给我们倒了开水，又从抽屉里拿出一大包瓜子。这瓜子是素炒的，比商店里卖的包装五香瓜子滋味要纯得多。我们嗑了半个小时瓜子，倒被人探看了四五回。这些人要么是成了家的女教师，要么是职工家属，居然也跟单身职工一样挤在这种平房里。陈彩云跟她们十分亲热，倒是廖独行显得有几分不耐烦。到了六点钟，他不顾还有个四十来岁的胖女人靠在门边跟陈彩云说话，就站了起来，断然说："吃饭去。"

外面空气中的寒意渐渐加深，远处深蓝色的山峦正合力将夕阳往背后拖。出了校门口，旁边小店里的老板娘目光热切地注视着我们。陈彩云含笑跟她打声招呼，就正过头去，不顾她的目光还粘在自己脸颊上。我怕到这种遍布油垢的小店吃，委屈了张雅兰，也就没讲客气，任由陈彩云把我们带到一家酒店。

这酒店照搬县城豪华酒店的格局，从彩灯招牌到室内空调，一应俱全。我说坐大厅就可以了，陈彩云也没反对，但廖独行执意要开个包厢。菜单拿上来后，廖独行让我点，我推给张雅兰，张雅兰点了两个素淡的小菜，一道野菌汤，又转给我。我点了家常豆腐、猪血丸子炒腊肉、酸辣椒炒小鱼。廖独行听到我报的菜名，说："你们怎么尽拣些便宜的菜点？"就把菜单拿过去，点了鱼头王和青椒焖鸡。张雅兰说可以了，再多点就吃不完了。廖独行又要了一壶米酒、两瓶椰子汁。我便要服务员再泡一壶浓茶来。听到我申明不喝酒，只喝茶，廖独行嚷道："写诗的人不喝酒，怎么像话？"

"这就是我跟你之间最大的区别。"

"那不行，到我这里，不喝个痛快，不放你回去。"

"廖独行，你要这样搞，我下次就不敢来了。"

见我很认真的样子，廖独行愣住了。张雅兰说："他真的滴酒不沾。"

陈彩云笑道："哟，才多长时间，你就这么向着他了。"

张雅兰白了她一眼，说："你向着廖独行有多少年了，还讲我？"

"我才不向着他呢，看着他就恨心，一点都不长进。"

廖独行瞪着眼睛说："我哪里不长进了？"

见他来气了，陈彩云放低了声音说："就晓得凶我。"

张雅兰说："廖独行在学校里为你打了好多次架，你就不记得了？"

"我就是记着他过去的好，才……"

"未必我现在对你就不好？"

"对我好，也要对我家里人好才行。在我爸爸妈妈面前服个软都不愿意，还讲呢。"

"是他们要我把带上门的礼拿回去的，你还怪我？"

陈彩云不说话，低头看着桌面，眼睛都有些红了。张雅兰连忙劝道："这件事，慢慢来。我要王文真再劝劝廖独行。"

陈彩云说："王哥，你真的要好好劝劝他，把脾气改了，省得到处碰壁。"

我连忙应着好。这时第一道菜上来了。廖独行把印有"青岛啤酒"字样的玻璃杯斟满了，又看着我，问："你真不喝？"

"我什么时候跟你讲过假话，你只管自己喝就是。"

"那好，你喝茶，我喝酒，看哪个喝得多。敬你，第一杯干了。"

他仰脖咕咚咕咚，竟是一饮而尽。我也把杯中的茶饮干。这是乡里人自己焙制的茶叶，香得很野。几道土菜也都是地道的农家风味，主要是材质好——鱼是附近溪里捞上来的；鸡是放养的正宗土鸡；至于猪血丸子和腊肉，更是北面这几个乡镇的招牌菜，尤以田桥镇所产最为著名。我问制作到底有何秘诀，陈彩云说："做猪血丸子一要豆腐好，二要肉下得足；做腊肉肥瘦比例要搭配得当。这两样都要用锯末火慢慢地烘烤。还有就是放盐，不能多也不能少。材料若是一样，做得好不好就要看经验，镇上做得最好的就是几个老婆婆。"

"你还很懂，看来你炒菜一定炒得好。"

陈彩云一笑。张雅兰说："以前我们出去野炊，都是她掌厨。"

我对廖独行说："你这小子很有福气啊。"

廖独行咧开大嘴，脸上的笑容鼓了出来，又硬生生冻住，也不去看陈彩云，伸手夹了块鸡肉塞进嘴里。这家伙嚼菜的声音特别响，让人强烈地感受到他进食时的快感。我看得出廖独行是因为我和张雅兰在场，下筷才有节制。等到我们吃得差不多了，他才露出食豪本色，以风卷残云之势，将桌上的菜一一扫荡完毕。那一壶酒，也没能让他的脸有半点红。我这才醒悟到上次用咖啡和煲仔饭招待他，真是以杯水来供大鱼了。

这餐饭吃了差不多有个把小时。出来后，夜色已完全罩了下来。但月亮把夜罩捅了个明朗的窟窿，再加上小镇灯火密集，人心亦无黯然之感。我们沿着主街散步。这街有一里来长，尽头处接连着广阔的田野，田野那边，就是浩瀚的山影。野外的风，寒凉中透着清新滋润，使人觉出毕竟已到春天，无数生机正在逐渐绽放。我近乎贪婪地呼吸着这几乎绝迹于城里的新鲜空气，竭力把它灌注于体内的每颗细胞，心神顿时清爽不少，便说："难怪古代的修真之士，都要远离城市，到这山野之地来。看来乡村有城市永远无法比拟的好，起码这空气就比城里新鲜得多。"

陈彩云笑道："你要是住在乡里，就会想着城里的好。"

怔了一怔后，我说："你这话也有道理。这就看个人的选择了。"

陈彩云说："我是喜欢城里，城里比乡下热闹得多，好玩得多。"

我问张雅兰："那你呢？"

张雅兰想了想，说："我住还要住在城里，因为城里比乡里方便得多。但经常可以到乡里玩，最好在乡下还有栋小别墅。"

我笑了笑，说："那你还很贪心嘛。"

"你呢？"

"我希望能长住乡下，但在城里有份工作，可以不去上班，工资照发的那种。"

"你比我还想得美些。"

我一笑，问廖独行："你呢？"

"我从来不想这些事，只要活得自在就要得了。"

张雅兰说："看来还是你境界最高啊。"

廖独行默不作声。我虽然有种被比下去的感觉，但也不得不承认，廖独行对一些物质条件似乎感觉迟钝，这在有些人看来，未免是愚蠢，但换一种角度看，又称得上大智。只可惜能欣赏这种智慧的人，越来越少，陈彩云肯定就不是。这样一想，我心头便起了层忧虑。正好廖独行递了根烟过来，我看着他那张岩石般的脸，心想：今晚要跟他好好谈谈。

回到宿舍后，从旅行袋中取出张雅兰装洗漱用具和护肤品的小手提袋，我和廖独行把她俩送到陈彩云家门口。返回的时候，我在路边的小商店买了两包精白沙，廖独行又要了软包装的普白沙。我问："两包还不够啊？"

廖独行说："精白沙味道还淡了点，吸起来不过瘾。"

我提出要退掉一包。他说："反正一包吸不了好久，莫退了。"又抢着付了钱。

回到宿舍，廖独行换了个煤球，又告诉我走廊靠围墙那边有公用龙头，要洗脸刷牙就到那儿去，厕所则在平房后头。我问他困不困，他说自己十二点钟前从没睡过觉。我便从旅行包里翻出茶叶盒，泡了两杯碧螺春。

廖独行说："你还很会享受嘛。"

我嘿嘿一笑，说："喜欢什么就要尽量享受。"

"我觉得你有点小资情调。"

"小资情调有什么不好？小资情调就是把生活过得精致一点，诗意一点。"

"我觉得诗意是种感受，感受到了就行。"

"那也要有一定的物质做基础。"

"我穿得差一点，吃得差一点无所谓。"

"你总不能不穿不吃吧？总之是离不开物质。"

"那倒也是。不过感觉是最重要的。如果为了追求物质条件，让自己感觉不好，我是做不来的。"

"物质追求就是为了让感觉更好。古人讲得好，以人御物，不要为物所御。做到这一步，也就真正活得潇洒了。"

"问题是现在大多数人都是为物所御。"

"你要理解他们，这世界上终究只有少数人看得开。"

廖独行长叹一声，默默地抽起烟来。

我抿了口茶，直视着他，说："你自己到了这个境界，别人未必就到了，所以有时候考虑问题要替别人想想。比如陈彩云，她当然希望能过得好一点，舒服一点，这是很正常的想法。你就算为了她，也要努力改变一下处境。"

"我也不是没想过。但是要我去巴结领导，实在是做不来。"

"也不是说要你去巴结什么人，但你要想办法让别人认识到你的才华，晓得你是个人才。"

"我就会写诗，连教书都提不起劲。"

"我给你出个主意，你写点关于你们学区的通讯报道，我帮你放到一版发出来，就用你的真名。多发几篇，就会引起你们学区领导的注意。"

廖独行不作声，大口地吸着烟，喷出浓浓的烟雾。

"通讯报道很简单，你总不至于不会写吧？"

"也不是写不出，只不过我觉得那跟拍马屁是一回事。"

"怎么是一回事？又不要你捏造事实。"

"你不晓得，如果把事实报道出去，我还愿意，只是学区领导看到了，肯定会火冒三丈。"

"总还有点成绩吧，你只报道成绩好了。"

"这还不是拍马屁？"

我一时语塞，过了片刻说："你就当是为了陈彩云，为了爱情，委屈自己一下，总可以了吧？"

廖独行又点了根烟，一直抽到烟头快烧着手了，才把烟丢到炉里，看着它化成一小团火，然后说："我再想想，要得么？"

"随你。反正我是为你好。"

廖独行看着我笑了一下，那笑很腼腆，也很真，让我感到他其实还是个小孩。我把话题转移到诗歌，他一下就来了神，从北岛、多多一直扯到从本土走出去的匡国泰、莫雅平，直聊到我哈欠连连还不肯罢休。后来我一看手表，已经是一点多了，便强行终止了聊天，出门洗漱。回来后，因为洗了冷水脸，又被夜气一冻，我睡意又去了许多。陈彩云床上的被褥厚实软和，还有淡淡的香气，可见这妹子过日子应该是精致的。我跟廖独行各睡一头，又聊了会儿，突然一齐陷入沉默。过了一会儿，廖独行说："你以前谈过恋爱没有？"

"你问这干什么？"

"我们是哥们，问一下有什么紧。"

"我要说没谈过，你信么？"

"那你跟女的上过床没有？"

我犹豫了一下，觉得不应该在这样的人面前撒谎，缓缓地说："上过。"

"不是跟张雅兰吧？"

"我跟她，还没到那一步。"

"那你和那女的怎么会分手？"

"缘分尽了就分手了。"

"是大学同学？"

"嗯。"

"应该不是本地人吧？"

"江西的。"

"现在还有来往么？"

"她给我写过信，我没回。"

"你还很干脆。"

"回了也没用，不如早断。"

"你还是写诗的呢，怎么这么现实？"

"过程就是结果，难道两个人恋爱，非要结婚生子不可？"

"她会有你这么看得开么？"

"不晓得，反正我也不是她第一个男朋友，她也不是我唯一的女朋友。"

"你是不是因为这个，就不太珍惜？"

"可能有一点吧。其实仔细一想，毫无道理。为什么男的可以跟很多女人上床，女人就不可以跟很多男的上床？问题是一落到自己头上，就总看不开。"

"这是男人普遍的弱点，几乎没有哪个能克服。"

"是啊。那你呢，有别的女人没有？"

"没有。我就一直跟陈彩云好。"

"你到底喜欢她哪里？"

"喜欢就是喜欢，没道理讲的。"

"你跟她谈诗么？"

"她就觉得席慕蓉的诗最好，你讲我跟她能谈出什么来？"

"那你们平常在一起谈什么？"

"也不谈什么，就是做爱，陪她买东西，听她唠叨。"

"你还很坦白。"

"我跟你不坦白，还跟哪个坦白？"

"我们也算有缘。"

"那当然。说不定前世你是李白我是杜甫。"

"那我们的前世就太辉煌了。"

"李杜也是人，又不是神。"

"难怪你叫诗狂，果然狂到家。"

"你怎么晓得我的外号？嘿嘿，肯定是张雅兰告诉你的。"

"未必还是别人告诉我的？"

"她还讲了我什么？"

"也没讲什么，她是个不多话的人。"

"她是跟别的女同学不同，不喜欢讲闲话。"

"她在学校有没有人追？"

"一大堆，有同班的，有邻班的，还有高年级的，经常有人在广播里给她点歌。"

"那她跟哪个谈过没有？"

"没有，我听陈彩云说，她自制力很强，刚进学校就立下誓言，在学校里绝不谈恋爱，专心读书。"

"那她成绩肯定很好。"

"那当然。不然她家里没什么关系，又怎么会分配到重点小学教书？"

我不再言语，在心里对自己说："张雅兰可是个真正的好女孩，王文真你可得好好把握。"

# 六

第二天，我们睡到张雅兰和陈彩云来敲门才爬起来。吃了所谓的早餐后，我们上了辆中巴。这辆中巴早该进修理厂了，一路上连蹦带跳，居然没散架，也算是内力深厚。颠簸了大半个小时，下得车来，张雅兰眉头深锁，捂着胃蹲在路旁，想强忍，却终于忍不住，把早餐全呕出来了。其实她半路上就有反应，但挨到现在才吐，算得上意志坚强。我心痛不已，说："那个卵书记，来蹲点怎么不把路修好？"

陈彩云冷笑一声，说："这条烂路，怕要市委书记来蹲点才能修好。"

廖独行似乎对这条路无甚意见，但看到张雅兰如此，便说："这条路是不太好跑车。"

张雅兰呕完了，我让她再休息一会。她摇摇头，慢慢地往前走。我心里一半是歉意一半是惶恐，担心她怪我把她策到这种地方来。这里四周全是石山，没看到几棵树。如果不是中间凹下去一块巨大的平地，可以耕田种菜，那就几乎没人能住得落。廖独行指着平地尽头两道对峙的山梁，说穿过那两座山，还有一块平地，也是属于万石村的范围，本村的人都叫那里后村。

"万石村有蛮大啊。"

"有一千六七百人呢，在田桥这一带算是最大的村了。"

进了村后，撞进眼中的是一栋接一栋的土砖屋；也有红砖屋，呈鹤立鸡群之态；偶尔发现一栋贴白色瓷砖的楼房，让人疑心是天外来客。不少房屋都是大门紧闭，路上碰见的多为老人和孩子，田里也看不到几道人影。我说："你村里只怕六七百人都没有。"

"年轻人都出去打工了，只剩下些老弱病残。"

"那田里的活哪个干？"

"能够租的都租出去了，不能租的就荒着。"

"农民不种田，那还叫什么农民？"

"种田不合算，累死累活也赚不了几个钱，打工收入还是高很多。年轻人里面，没有几个安心待在田里，都想往外跑。"

"这样下去，以后岂不是没人会种田了？"

"是啊。田里的功夫深得很，我教了几年书，也有些上不起手了。"

"你以前都做过？"

"除了犁田，都做过。偏偏犁田又是最要功夫的，我们村里三十岁以下的人，基本不会犁了。"

"那岂不是快成为失传的武林绝技了。"

这话说得他们三人都笑了，我自己也觉得语妙天下，得意地笑了两声。不过笑过之后，心里却有点沉。我虽然生于县城长于县城，但从县城跨出两步便到了农村，从小就经常去乡下玩的，再加上不少亲戚同学都身在农村，对农村有种血脉相连的感觉。想起过去农村里的热乎，再看看眼前的荒凉，实在觉得情况不妙。如果说县城是一座楼房，农村就是托起这座楼房的基脚，基脚不牢，楼房花的本钱再大，也终会坍塌。现在这样子，明明就是基脚开始松动了。问题在于，假如我在农村，十有八九也会出去打工的。这般一想，我头都大了，觉得简直是无解。正忧国忧民间，我们到了廖独行家门口。

他家坐落在道路转弯处一块半月形的平地上，前面是路，背后是一片菜地，平地上并排立着一栋土砖屋，一栋红砖屋。土砖屋外墙显出苍黄的颜色，很有些年岁了，所幸还很结实，并无歪斜之相，像个硬朗的矮老头，戴着深黑色帽子，稳稳地站在那。红砖屋颜色很新，第二层才开始砌，只有一面砌了半截的墙孤零零地站在空中。第一层门口贴着大红对联，两扇木门一边贴着个连体喜字，窗户后面被绿色帘布遮住，看来已经有人迫不及待地住了进去。木门紧闭，当中那把黑铁挂锁大得有点过分。

廖独行把我们领进了土砖屋。屋门半掩，屋内却是静悄悄的。廖独行喊了两声妈妈，又喊了声爸爸，都不见回应，便说了句："只怕是到田里去了。"然后请我们在堂屋神龛前的八仙桌边坐下。我见张雅兰眉头还是微微蹙着，便要廖独行倒杯热开水来，给她暖暖胃。廖独行便钻进灶屋，拎出一个塑料开水瓶来，给张雅兰倒了一杯，又给我倒了半杯，便没水了。他显得很不好意思，连忙说："我去烧壶水。"便又钻进灶屋。

趁廖独行烧水的空当，我站起来四处略略看了看。堂屋后面是里屋，应该是廖独行的爸爸妈妈住。左侧有间厢房，大概是廖独行睡觉的地方。灶屋和里屋并排，又连着厢房。我走进灶屋，见廖独行正蹲在灶前，往里面塞柴。灶也是土砖所砌，灶上蹲着个特大号白铁水壶，灶前那面墙被熏得黑黑的。灶上方悬着大大小小七八块腊肉，都吊在一种阔嘴铁钩上。铁钩连着粗铁丝，铁丝另一头挂在屋梁一侧横出的铁钉上。

"到了你这灶屋里，就好像回到了过去。"

"我还是喜欢这种老式灶屋些，里面的气味闻起来就舒服，尤其是冬天，待在这里面，烧着柴火，感觉很温暖。那种新式厨房，冷冰冰的，纯粹就是个屠宰场，在里面待五分钟我就受不了。"

"那是因为你从小生活在这种环境，已经习惯了，有种情感上的依恋。"

"反正我喜欢老式的东西。"

"所以你对城市一点都不留恋。"

"我是不觉得城市有什么好。虽然有很多新鲜把戏看，但待在那里，心里总是很空，飘起的，不踏实。"

"如果有人要批判你，就会讲你反对文明社会。"

"我才不怕别人批判呢。要讲起来，乡里的这一套也是种文明。我就是喜欢这种文明，哪个能奈我何？"

见他又激愤起来，我笑道："你这个人，哪个也奈你不何的，因为一般人认为重要的东西你都不放在心上。有句老话讲得好：'人到无求品自高'，说的正是你。"

廖独行却叹了口气，声音低了下去，仿佛在喃喃自语："要是真的无求就好了。"

虽然他蹲在地上，背对着我，我还是能感受到他突如其来的伤感和无奈。默立片刻，我退了出去。陈彩云正跟张雅兰说着话，语气中颇有些不平。听了一会儿，我才明白原来旁边那栋未完成的新屋是廖独行和他哥哥合伙修的，修到第二层就没钱了。他哥今年初结婚，就先搬了进去。嫂子来自毗邻飞龙的小梁县，跟他哥在同一个厂打工，长得像根瘦柴，人又特别刁钻，却被他家里人当成宝贝。回来过完年，办了酒，又去东莞了。临走前他嫂子把屋门锁了，连钥匙都不留一把。听到这儿，我忍不住说："这新屋廖独行也有份，她凭什么这样做？"

她说："第一层归他们住，等以后修了第二层，就归廖独行。"

"万一修第二层她不肯出钱怎么办？"

"我看她打的就是这个主意。廖独行也觉得她是这么想的。"

"那廖独行怎么也答应了？"

"哎呀，他太重兄弟感情了，说是为了他哥哥，自己受点委屈算了。"

"那也是。他哥哥讨个老婆可能不容易。"

"问题是做哥哥的也要为弟弟着想啊。我看他全凭自己老婆摆布，廖独行付出再多，也得不到回报的。"

这时廖独行拎着开水瓶出来了，皱着眉头对陈彩云说："你少讲两句好不好。"

"我就是要讲。你这人心太实，老是让自己吃亏，害得真正对你好的人也吃亏。别的不讲，你嫂子把新屋全占了，今天晚上我们住哪？我可不想住你学校宿舍，那里的男老师像是从没见过女的，跟苍蝇一样，讨厌死了，晚上睡觉都不放心。"

"那我和王文真去学校住，你和张雅兰住我家里。"

"你那间房，又黑又脏，你也好意思让张雅兰住？"

廖独行低头不语，耳朵全红了。

张雅兰连忙说："没关系的。"

廖独行还是不出声。我说："现在还早得很，睡觉的事，等下再论。先喝点茶，暖暖胃。"然后把茶叶盒翻了出来，就着新烧开的水，每人泡了一杯。廖独行寻出些红薯干和炒花生来，这两样都是不错的茶食。四人围坐在八仙桌边，只听得见喝水和嚼东西的声音。

大约过了半个小时，廖独行的父母回来了。原来他们并没有下田，而是听说后村的黄三毛捉到只六斤重的大竹鼠，想着今天有贵客来，杀鸡还不成敬意，这竹鼠在城里难得吃到，正好买来待客。本来这只竹鼠虽大，廖父一个人还是足以把它捉回来，但因为担心黄三毛未必肯卖，而廖母跟黄三毛妈妈拜了干姐妹的，两口子便一同上阵。果然，黄三毛想留着给自己下酒的。磨了好一阵嘴皮子，黄三毛的妈妈又在边上搭了句腔，黄三毛才同意把肉卖了，但皮得留下。于是在黄家当场给竹鼠放了血，剥了皮，用蛇皮袋装了拎回来。

听了两位老人的讲述，我心里又感动，又有点发怵。因为我是最讨厌老鼠的，虽然这只老鼠前面还有个竹字，但终究是鼠类，到时如何下得了筷？瞟了眼廖父手中那个小蛇皮袋子，装着沉甸甸的一大坨，我实在无法想象一只六斤重的老鼠会是什么样子。虽然答案就在眼前，但我绝没有要当场揭晓的想法。好在廖父并没有打开袋子请我们鉴赏，而是和廖母一同进了灶屋。

趁两位老人家忙着做饭菜的时候，我向廖独行打听这种竹鼠的底细。原来后村有一片山没长石头，而是长满了竹子，竹鼠就住在竹山里的地洞里，靠吃竹子的根、茎和竹笋为生。它的毛皮厚实柔软，可以卖出很高的价钱；肉也鲜嫩，比鸡鸭鱼的味道只好不差，山里人特别喜欢捉来打牙祭。廖独行介绍了一通后，总结说："竹鼠简直就是鼠中极品。"

我说："苏东坡讲得好：'宁可食无肉，不可居无竹'。这竹鼠终生只与竹为伍，肯定是具有高雅的情操。"

陈彩云和廖独行都笑了起来。张雅兰没什么反应，捧着杯茶，小口小口地喝着。我问她是不是还有些不舒服，她说已经好很多了。

过了个把小时，菜全部上了桌。两大碗鸡肉，一盘笋子炒腊肉，一盘猪血丸子，一碗菠菜豆腐汤，当中那只最大的海碗，装的就是竹鼠肉了。廖父从屋角提起只白色带嘴长方形大塑料壶来，此种塑料壶一般是用来装农药的。等他拧开壶盖，里面却蹿出股酒香。廖父满面笑容地看着我，大有要跟我痛饮一场的态势。我连忙声明自己从不喝酒。廖父的笑容顿时黯淡了许多，疑惑地看着我，说："乡里没得什么好酒，就是自己家里酿的几斤酒。"

听他这么一说，我头上都快冒出汗来了。幸亏这时廖独行出面证明我确实滴酒不沾，廖父才勉强打消疑惑，说："那你多吃些菜。"

廖母擎出一瓶饮料，居然是金贝花生奶。她对陈彩云说："我昨天到集市上去买饮料。你喜欢喝的那种椰奶没得卖了，卖货的讲这种也还好喝，你尝下看。"

我听出廖母口气竟然有些惶恐，而陈彩云并没有安慰她，只是矜持地一笑，任凭廖母给自己倒饮料，心里便有些不舒服。廖母给陈彩云倒上饮料后，又要给张雅兰倒，张雅兰连忙说："我自己来。"便把饮料接了过去，给我倒了一杯，再给自己倒上。完了，见廖母面前的杯子是空的，又要给她倒。

廖母慌乱地直摆手，说："你是客，还要你给我倒，要不得，要不得。"

"你炒了这么多好菜招待我们，我给你倒杯饮料是应该的。"

廖母满脸绽开一沟一沟的笑，一边看着张雅兰给她倒饮料，一边赞叹说："是个好妹子哦，生得乖态得很。"

张雅兰说："陈彩云也乖态嘛。"

"那没有你乖态，你可是班花。"

我说："都莫谦虚了，都乖态。"

陈彩云脸上这才活泛起来，端起杯子说："还是王哥最会讲话，来，我敬你和张雅兰，祝你们事业爱情双丰收。"

我说："你跟廖独行也一样。"

陈彩云叹了口气，叹得刚活跃起来的气氛为之一沉。廖独行却像没听到一样，大口地吃菜、喝酒。见我始终没有动竹鼠肉，他有些诧异，用筷子点着那只海碗说："吃呀，蛮好吃的。"

廖父也看着我，说："竹鼠肉又补又清火，吃了最好，多吃点。"

我实在却不过情面，硬着头皮夹了一小块。看形状颜色跟我吃过的野猪肉差不多，入口后觉得比野猪肉要鲜嫩许多。在我吃过的山珍里面，是肉质最接近家畜的一种。有了第一口就有第二口，鼠字所造成的心理障碍很快就被实实在在的口味冲破了。但是张雅兰的筷子却始终避开那只海碗。她连续赞美着两碗土鸡的醇香滋味，居然在廖父廖母面前成功掩盖了对竹鼠肉的冷淡。土鸡确实味道上佳，绝非城里那些吃饲料长大的鸡所能比拟。至于腊肉、笋子、菠菜、猪血丸子，都是没有受过化学激素污染的原生态产品，让人吃得放心。总之，这顿饭开局有点艰难，但吃到最后，皆大欢喜。把最后一块鸡肉送进肚后，我说："乡里的菜就是比城里好吃。"

得了我这句表扬，廖父廖母满脸都泛着光。廖父说："那你就多到这里来。"我敬了他一根烟，他看我的神态就更加亲热了，显然彻底打消了因我不喝酒而引起的隔膜。

吃过饭后，廖独行问我是休息一下，还是就去外面转转。我看了看张雅兰，建议还是先休息一下。陈彩云不吭声，只用目光剜着廖独行，想看看他到底如何安排我们休息。他转身走进厢房，片刻后又出来了，也不看我们，昂然向门外走去。廖独行跨过门槛的时候，我才注意到他手里提了只钉锤。过了一会儿，他出现在门口，对陈彩云说："你带张雅兰到新屋休息。"

我帮张雅兰提着包，送她们过去。新屋大门洞开，那把黑色挂锁已不见踪影。屋里地上铺着彩色瓷砖，上面绘有一些拙劣的花草，没有绘画的则带着半截"福"字或"寿"字，两块拼在一起才显出整字来，中间那条缝看上去像是把"福"或"寿"腰斩了一样。墙壁刷得惨白，但有些地方并没有刮平。屋子里没多少家具，显得又空又冷，反而没有土砖屋那么暖和。卧室里的那张席梦思倒是很大。陈彩云看着席梦思，说："在这里休息还差不多。"

我怕她又对廖独行的哥哥嫂嫂发表什么意见，说："你们休息一下吧。"

廖独行叮嘱陈彩云把大门从里面闩上，两人便出了新屋。因为早上起得迟，不需要睡午觉，我便对廖独行说："到你写诗的那座山上去看看。"

廖独行颇有些兴奋，说："行起。"

山离廖独行的家还有一里路，在村子的左侧。这座石山所处的地势高，跟其他石山并不连接，有种孤峰耸立的气势。山上的石头块头大，很少有短于一米的，或直立，或平躺，或对峙，或交叠，看得久了，竟觉得不像是石头，而是满山活生生的人。石头之间的空地长着茅草和矮小的灌木。廖独行告诉我，本地人烧柴火，主要靠这两种植物，如果要烧大柴，得到二十里外有树的山上去。

爬到山顶，一块巨石闯进眼帘。石头长约一丈、宽约六尺、高约五尺，石面大致平整，周围一丈之内都不长石头，仿佛一位雄踞在此的王者，无人敢近前跟他平起平坐。我忍不住喝了一声彩，说："这才叫石头！"

廖独行手脚并用，爬了上去。我也学他的样。站在岩石上后，叉腰四顾，近处村庄，远处田野，尽收眼底。天空似离头顶不远，一碧如洗。虽然山顶风大，但毕竟是春风，透着润泽之意。阳光照在身上，暖而不热。我觉得一股生机在体内蓬勃着，忍不住对着天空大叫一声。廖独行也跟着大叫起来。四面山谷荡起隐隐的回声，此起彼伏，更增兴味。我们加起来共叫了十来声，方觉尽兴。我说："在这上面，不写出好诗来，简直是不可能的！"

廖独行点点头，脸上漾起许多根粗犷的线条，虽不好看，但颇能表现他内心的高兴劲儿。他率先矮下去，盘腿而坐。我也效仿他的姿态坐在石头上。两人几乎是同时掏出烟来，却并没有各抽各的，而是递给对方，彼此接过，相视一笑，感觉十分亲密。我的打火机有防风功能，虽然风从四面围攻，但仍能够顺利将烟点燃。廖独行用的是普通打火机，我担心他点不燃，正想把打火机递过去，却见他将左手一裹，嘴上的烟和右手的打火机同时遁形，瞬间后两手分开，烟头已闪着一星红焰。他深深地吸了一口，在胸中闷了片刻，再喷出浓浓的一道青烟，神色悠然，自在至极。

我有很多次憧憬着在这山上跟廖独行谈诗，在我的想象中，那将会比在任何情境中都要谈得痛快、谈得透彻。然而坐在这里，看着他的表情，我觉得谈论已是一件多余的事。只要抽着烟，吹着风，看看石头、田野和天空，就已经进入了诗的内部。

　　廖独行似乎明白我的想法，因为他和我同样沉默着。他坐得比我正，并不随便动摇，凝望着远方时，眼睛微微眯起，眼神又悠远又凝重。我感觉他的形神跟山石极为契合，甚至可以说，他就是它们中的一分子。在我变换了好几种坐姿，屁股隐隐作痛的时候，廖独行扔掉几乎要燃着手指的烟蒂，说："我带你去看个地方。"

　　从岩石上跳下后，他带着我往山后走去。这一面比上来的那面要陡峭许多，得使劲稳住身子才不至于冲下去。大概往下蹭了五六丈，我们来到一个岩洞前。这洞开口只有一米高，宽度却略大于高度。廖独行用手撑着地，先把脚伸进去，然后整个身子迅速没入洞中。等到他在里面叫我，我才依样画葫芦，慢慢地先把脚探进去，腰部才到洞口的时候，脚就踩到了一块石头，心里便踏实了。不过我还是谨慎地屈膝矮身，直到全身都进了洞，仰面看见洞顶离头有近两米高，才直起腰。

　　脚下是块长方形的岩石，高约一米，是道天然的台阶。从石头上跳下后，四面一看，这洞方圆有三丈，洞底洞壁洞顶全是石头，竟是个天然石室。因为洞口开在向阳的山坡上，室内半明半暗，光线倒也不差。最妙的是洞里还躺着块巨石，面平如镜，虽然没有山顶上那块长大，但也足可供一个成人平卧其上，像是老天爷特意打造的一张床。地面上散落不少烟头，都是白沙牌的。在洞里走了一圈后，我说："这讲不死是古代哪位高人隐居的地方。"

"有可能。反正这地方气场好，冬暖夏凉。我到山上来，有时碰上突然变天，就躲到这里，风也刮不到，雨也淋不到。"

"未必别人不晓得这个地方？"

"村里很多人都晓得。以前还有些男女躲到这里面谈对象。不过现在年轻人大都出去打工了。这地方又险，一般的小孩子都怕摔下去。有几个胆大的，我吓唬他们说这里是个蛇窝，基本上就没人来了。"

"你说这里冬暖夏凉，只怕蛇真的喜欢。"

"石山上很少有蛇的，因为这里没有其他小动物供它们吃，一般都在地里和竹山上。我又天生不怕蛇，五六岁时就敢赤手玩菜花蛇。到现在为止，生蛇胆都吃过十多个了。讲出来你不信，蛇好像有些怕我，有时在路上碰到，都会主动溜走。"

"你怕真的是个神仙。"

见我不甚相信，廖独行也不多说，躺到石床上，两手枕头，跷起二郎腿，对着吊在洞顶的钟乳石哼起小曲来。这曲子，耳熟，一时却想不起名目来。见他如此，我说："你到了这里，比在你家里还自在些。"

"我本来就觉得住在这里才是最适合我的。"

虽然能理解他，但我觉得他这个想法未免过于惊世骇俗，便说："住在这里是不错，但陈彩云坚决不会同意的。"

廖独行说："她呀……"然后就把后面的内容硬生生吞回肚里去，停了片刻，改哼为唱，我才想起这首歌曲是《沧海一声笑》，便跟着唱了起来：

……

　　苍天笑

　　纷纷世上潮

　　谁负谁胜出天知晓

　　江山笑

　　烟雨遥

　　涛浪淘尽红尘俗世几多娇

　　清风笑

　　竟惹寂寥

　　豪情还剩了

　　一襟晚照

……

　　我们都放弃了任何演唱技巧，只顾扯开喉咙，怎么畅快怎么唱，虽然前所未有地出现不少破音，但也是前所未有地唱得酣畅淋漓。唱完后，我笑着对廖独行说："就算黄霑听到了，也要承认我们唱出了这首歌的意境。"

　　"他不是承认，而是肯定要表扬我们唱得到位。"

　　"其实做个像他那样的词人也不错。"

　　"他在我心目中，就是个诗人，起码比很多在诗坛上混饭吃的家伙更像诗人。"

　　"这样讲的话，崔健、朴树就更加是诗人了。"

　　"那还用讲，尤其是崔健，那歌词就写得跟惊雷闪电一样，没有几个诗人能达到他那种力度和深度。"

提到崔健，我们都更加来神，从他的《一块红布》说到《像是一把刀子》，再说到《快让我在雪地上撒点野》和《假行僧》，几乎在这个石洞里举行了一场小型的崔健作品研讨会。讨论到彼此口袋里的烟都快抽完了，我才惊觉到出来很久了，张雅兰她们只怕已起来，说不定还等得不太耐烦了，便提议下山去。廖独行意犹未尽，说："干脆你打张雅兰的手机，要她们上来。陈彩云来过一次，晓得路。"

我觉得廖独行未免不太体谅女性，说："这山有点险，还要走这么远，两个女孩子只怕有点为难，还是下去吧。"

我的语气斩钉截铁，神态严肃，廖独行也就没再坚持。出洞的时候，是爬上去的。那一刻，我感到自己就像只野兽，在巢穴中出入。这是种全新的体验，但于我而言，也只能偶一为之。至于廖独行，进洞出洞都动作利索，神态自若，似乎真就是只穴居动物。

回到新屋，张雅兰和陈彩云已经起来好一阵了。廖独行说后村有座清朝留下来的牌坊，提议去看看。出门的时候，他喊母亲来守屋。对他擅自砸锁的行为，廖母明显感到不安，但又没有说出一句责怪的话。陈彩云对此好像一点也没觉察，拉着张雅兰往前头走了。廖独行注视着他矮小的母亲，似乎还想说点什么，但最终没有说，转身勾着头跟了上去。我走在最后面，回头瞥了老人家一眼。她双手插在上衣口袋里，斜靠在门框边，一副六神无主的样子。心里一酸，我加快了脚步。

女孩们毕竟步子碎，很快我和廖独行就走在了前面。通往后村的路弯弯曲曲，是条弓背路。廖独行带我们拐到田垄上，显然是想理出条弓弦路来。正是春耕时节，一眼望去，广阔的田野中却人影稀疏。不少田都荒着，间杂在那些秧苗青青的田中，使整片田野看上去像个巨大的癞子脑壳。好在早春时节田野里的气息毕竟清新，间或也能看到白鹭飞起，在阳光下轻快地翔舞。走了一里多路，我看到耕作的人大都在四五十岁左右，也有头上闪烁着霜雪的老头。虽然早就听廖独行说过原因，但目睹实景，我心里还是有些堵。正暗自郁闷，从前头抛来一个脆亮的声音："富伢子，家里来客啦？"

"是啊，来了两个朋友。"廖独行的声音也很明亮，"你莫太发狠了，没日没夜地做。"

"没办法，才插了秧，田里的草就长得飞快，不除掉那就只有吃草了。"

等走近了，我才看清是个少妇，正赤脚站在田里。因为站得离田垄近，我能看清她的鹅蛋脸黑里透红，眼睛清亮，看人时目光很定，边说话边笑，露出雪一样白的牙齿，年纪最多只有三十。廖独行郑重地向她介绍了我和张雅兰，又对我们介绍说："这是永芳嫂。"

她看着我俩，喜气洋洋地说："富伢子，莫看你吊儿郎当，交的朋友都是很高级的。"

张雅兰显然对她印象不错，一改不主动跟陌生人搭话的习惯，说："永芳嫂，你站在水里不冷啊？"

"不冷的，我从小就站惯了的。你们这是去哪里啊？"

"我带他们去看牌坊。"

"那东西有什么看头。听我爸爸讲，那是旧社会用来迫害妇女的东西，早该推倒了。"

"现在那是文物了，城里都没有的，我带他们去看个稀罕。"

我们说话的这阵，陈彩云已经自个儿往前走过一块田了。瞥了一眼她那孤军深入的背影，廖独行对永芳嫂憨憨地笑道："那我们先行了啊。"

"好呢，垄上路不平，你带他们慢慢行，莫跌到田里去了。"

往前走出一段路后，我对廖独行说："你这个永芳嫂气质还蛮好。"

"她是隔壁村的，结扁担亲才嫁过来的。"

张雅兰问："什么叫结扁担亲？"

"她哥哥讨的是她男人的妹妹。"

我问："那讨她的是你的正亲戚么？"

"也不算正亲戚，但也没出五服。我们这里廖是大姓，凡是姓廖的拐弯抹角都能理出点亲戚关系。反正平辈里面比自己大的，就可以算是堂兄堂姐。"

"那怎么不见她男人下田呢？"

"她男人到外面打工去了。"

"怎么不带她去的？"

"想是想带，她不肯。"

"为什么？"

"她讲自己在乡里生活惯了，别讲去沿海，就是往县里跑一趟，闻到街上那种怪味，脑壳就晕，就想吐。他男人要她在家里玩，莫做事，她也不肯，说是在田里做着事，整个人才通泰，一闲下来，就会生病。"

"那她田里的活都清得起？"

"何止田里，地里、屋里，里里外外都是一把好手。她爸爸是老生产队长，劳动模范，有遗传的。"

张雅兰问："她生小孩了没有？"

"生了两个，一男一女，把她公公婆婆下巴都笑脱了。"

我说："那你堂兄这个扁担亲就结来了。"

廖独行叹了口气说："算他运气好。"

在前头听见我们越来越近的说话声，陈彩云便放慢了脚步，终于在一道月口前跟我们会合了。张雅兰问："你怎么不等我们一起走呢？"

"我是不想跟那个什么永芳嫂讲话。"

"怎么啦？她人看起来很好。"

"我也讲不清，反正一看到她，心里就觉得不舒服。"

廖独行说："哎呀，人家又没惹你，你干吗这样子？"

"哼，一提到她，你总是偏心。"

"我哪里偏心？"

"你是没偏心，你就只会帮她下田干活。"

"我是看她可怜才帮她的。田里的活，你又不是不晓得，看起来惬意，做起来累死人。她一个女的，也太不容易了。"

"那你怎么不去帮那些五六十岁的？他们也是一个人在做。"

"哎呀，她家离我家没多远，邻居之间，总要多帮点忙吧。"

"那你干脆还帮她带小孩算了。"

陈彩云控制不住自己，语气越来越激烈，廖独行虽然在竭力忍让，但脸色明显不好看。这种事，我觉得最好别插嘴，但又不能不劝，便说："你们搞辩论赛，也要选对地方。这田里除了我跟张雅兰，就没有其他听众了，你们辩论得再精彩，也是浪费口水。我看不如回到家里，把村里人都请来，请村里的干部当裁判，搞一场大辩论。"

张雅兰忍不住笑出声来。陈彩云想必意识到自己的不妥，说："王哥，其实就你嘴巴最厉害，搞辩论赛就要你上场。"

"其实所谓嘴巴厉害，就是说出的话要恰到好处，能收到预期效果，而不是起反作用。"

陈彩云不再作声。接下来的路途比较沉默，但并不沉闷。走在这辽阔的田野中，我的感官一下子全打开了，捕捉到了风在禾苗上跳舞的声音、渠水汩汩流动的声音、鞋子跟草叶摩擦的声音、老牛沉沉慨叹的声音，燕子欢快鸣叫的声音，还有一只白鹭哗啦啦急遽起飞的声音。

张雅兰轻轻地哼着一首歌，这首歌遥远而又亲切，就像小时候带过我们后来又回到乡下的外婆。歌名我已忘了，但其中一段歌词她才哼的时候我就记起来了："你从哪里来，我的朋友，好像一只蝴蝶，飞进我的窗口……"

田野上也有蝴蝶在飞，粉白色的、淡黄色的，身姿皆娇小，虽然不艳丽，但自有一种朴素轻灵的美。这些蝴蝶陪伴着我们，把我们送到了接通前村和后村的青石板路上。我感觉这条面容沧桑的青石板路是从另一个朝代延伸过来的，也许跟我们即将见到的牌坊有着直接的血脉关系。跟随青石板路穿过两山之间的时候，我总忍不住去望两面山崖切割出的天空。那道狭窄的天空跟撑起它的青色岩石几乎是同种颜色。崖顶寂寂，没有什么东西从上面突然飞下来，像我所莫名担心的那样。

大约走了半里路，眼前豁然开阔。这后村的地盘竟比前村还要阔大，阡陌纵横，屋舍林立。右边两座自成体系的大山蓬勃着翠绿的颜色，在众多苍凉石山间显得格外醒目。张雅兰指着前方一大片紫云缭绕的田土，问："那是什么？"

廖独行说："那是紫云英。"

"好乖态，我要去看看。"说完，她拉着陈彩云的手向前跑去。

我还是头一次看她这么欢欢地奔跑，心里也觉得轻快起来，跟着往前走去。

那片紫云英地看着就在眼前，其实还得走上七八分钟。地里早就人影晃动，欢声如潮了。是些小男孩小姑娘在花丛中打闹、追逐，不时迸发出欢快的尖叫。地上还散落着一些竹篮，不少篮中盛着杂草，只是还没有满篮。看来这些小孩子是出来摘猪草的，因为玩心重，又没有大人监督，于是干脆甩下各自的工作，先玩够再说。别说他们，就连我们这些大人看到满地细巧可爱的紫色花朵，心情也彻底放松下来，只想跟着花丛中众多的蝴蝶翩翩起舞一回。有几个小孩停止了打闹，目光狐疑地看着我们。当张雅兰和陈彩云伸手摘花时，当中个子最高的男孩迸出一句："不准摘，这是我们村的花。"

张雅兰含着笑对他说："小朋友，这都是野花，阿姨就摘一束，好不好？"

"你是哪里的？"

"我是从城里来的。"

"那你要出钱买。"

张雅兰顿时怔住了。廖独行大喝一声，说："搞得没名堂了，这么小就晓得敲诈了，我告诉你爸爸去！"

听到这本村的口音，那男孩顿时气焰矮了一半，但还是不肯输口，说："你是哪个呀？"

"我是哪个？以后你上学就晓得我是哪个了！"

有个小姑娘走过来，凑到那男孩耳边小声说了两句什么，男孩听了后，眼中生出些畏惧之色，抛下句"我是讲着玩的"，然后撒腿就跑。

廖独行不再理会他，笑着对张雅兰说："你只管摘。"

张雅兰却没了摘花的兴致，说："看那个牌坊去。"

廖独行便带着我们往右边走去。在路上张雅兰对陈彩云说："我还以为农村的小孩子都很淳朴，没想到张嘴就是要钱，还没有城里的小孩子单纯可爱。"

陈彩云说："那是你跟农村接触少。其实农村的小孩野得很，骂架时讲的痞话，连我听了都脸红。"

廖独行说："骂痞话，城里的小孩也会。主要是现在农村里风气没有过去好，大人开口就是讲钱，小孩不就跟着学样。"

我没有开口，心里沉沉的。在我的记忆中，农村最美的地方在于农村人的淳朴和勤劳。然而现在这种淳朴和勤劳虽然还存在，但其前景显然不令人乐观，因为青年人大都不会种田，而小孩子竟然学会了开口就讲钱，这些人恰恰又是代表了农村的未来。当这些人成为主体人口时，我都不敢想象那时农村会成为什么样子。越想越觉得这个问题很严重，我感觉头又大了起来，晃了晃，把思绪强行拉回到眼前的田野和越来越近的竹山上。叹了口气，我暗暗对自己说："反正你现在也无能为力，姑且欣赏一下眼前的景致吧。"

在离竹山大约还有一里路的地方，坐落着十来户人家，其中有一户竟然是带院子的青砖老宅。牌坊就立在这老宅一侧，青石制成，高约一丈半，四柱三门，虽然没有多少雕花，但看得出，当初是打磨得很精细的。牌顶的"节孝"两个大字一笔未损，跟我在岳麓书院所看到的朱熹手迹很相似。我想朱熹是理学的集大成者，生前大力宣扬"饿死事小，失节事大"之类的观念，估计他配享孔庙后，历代皇帝旌表节妇，这"节孝"二字便干脆采用他的手迹。其他一些小字多有磨损，只能从中看出这牌坊是道光年间所立，旌表的是一位姓廖的节妇。我问廖独行："这位节妇应该跟你们一族的吧？"

廖独行点点头，说："她很年轻时丈夫就死了，公公逼她改嫁，她不肯，独自带着一个儿子生活。儿子长大后考上进士，从县令一直做到道台，官声不错。当时的宝庆知府将她的事迹呈报上去，道光皇帝就下令建了这座牌坊。据乡里的老人说，她守寡后，每晚上都要把一大碗黄豆倒在地上，直到把黄豆全部捡起，才上床睡觉。"

张雅兰问："为什么呀？"

廖独行一怔，转头看着我。我干咳了一声后，说："以后你就会明白的。"

张雅兰疑惑地剔了我一眼，总算没再追问。我晓得她是真的不懂，而把目光投向别处的陈彩云一定懂。为了逃脱有点尴尬的气氛，我提出干脆到去竹山看看，说不定还可以捉到只竹鼠。这个提议让张雅兰又兴奋起来。没想到廖独行却大摇其头，说竹山上有不少青竹蛇，有毒。竹鼠住在地洞里，没带专门的捕猎工具是不可能捉到的。他的理由很硬，我无法反驳，只好把手一甩，说："那就回去吧。"

这天晚上，我和廖独行就窝在厢房中那张吱呀作响的老木床上。他精神依旧旺得可以点把火，大有聊到公鸡鸣号的架势，而我却因为白天话说了很多，路也走了不少，觉得有些乏，有一搭没一搭地跟他碎扯，不知不觉就睡过去了。还好，他并没有把我摇醒，强迫我继续做深夜之谈，估计是把烟全抽完，才不情愿地睡下。

这夜我睡得很沉很香，连廖独行那么扎耳的鼾声也丝毫没有影响到我。第二天起来，神清气爽，看来这失眠多梦的病症，一定是人类脱离大自然进入城市后才产生的。吃过并不早的早饭之后，我提出到廖独行学校去看看，没想到他断然说："那有什么好看的，就是几栋烂屋，一个土操坪，比陈彩云的学校差远了，莫去看了。"陈彩云也说那里没什么好玩的，不如早点回镇上。我瞟了眼张雅兰，见她神气索然，也就取消了这个提议。

本来要廖独行留在家中算了，但他坚持陪我们颠簸到镇上。张雅兰又吐了一回，竟比上次还厉害，在陈彩云宿舍休息了两个小时才恢复过来。吃中饭的时候，她略略动了几筷，便再不肯吃。我劝她说："等下坐车全是平路，不用担心晕车，多吃点没事。"她很坚决地摇摇头，看来已然患上晕车恐惧症。

饭后廖独行要我们干脆明天早上再走，我笑着说："我还想一直玩到你们放暑假呢，然后你们跟我们回城里玩，问题是都要上班啊，下次再来吧。"

廖独行想不出挽留的理由，一路上对我说了好几次有空就过来玩。上了中巴后，因为要等客满才走，他俩又陪我们聊天，直到车子即将开动时才下去。从窗口挥手说再见的时候，我看到廖独行的眼睛中满是不舍，还带着一些惆怅。

虽然路比较平，但中巴车到底有些摇晃。我晓得晕车有一半是心理因素，便刻意引张雅兰说话，好让她别去想晕车的事。张雅兰一向不多话，更不喜欢谈论别人的私事，但这次却主动跟我说起陈彩云的担忧。原来廖独行几次公开顶撞校长，领导对他很有看法，结果教了几年书，连个初级职称都没有评上。因为他有个在镇上教书的女朋友，同事都心存嫉妒，又恨他为人高傲，便合力排挤他。如果不是廖独行性格强悍，又是本地人，简直就毫无还手之力。总之，廖独行如果一直待在那里，是绝对没有出头之日的，陈彩云的父母也绝对不会允许他俩结婚。只有把他调上来，事情才会有转机；但廖独行一点都不配合，让陈彩云空自着急。张雅兰叹着气说："陈彩云跟我讲的时候还流了眼泪，我觉得她其实好可怜的，一个人要承担这么大的压力。"

我说："我来帮他们想想办法。"

张雅兰照了我一眼，说："这可是你讲的。"

"难道还是别人讲的？"

嫣然一笑，她把头靠在我肩膀上。

# 七

回到县城后的当天下午，我打了个电话给廖独行，要他尽快写点关于田桥学区的通讯发过来。他仍然推脱，我只好说："如果你想让陈彩云继续为难，那你就别写。"

廖独行当然不想，于是我安心等他的稿子。等了个把星期，还是没有动静，便又打电话过去。

"不是没有写，是写了两句，就硬是写不下去，试了几次都这样。"

听口气，说这句话的时候，廖独行十有八九是苦着脸的。他唯恐我不理解他的感受，接着打了个比方："比蹲在厕所里想屙又屙不出还要难受。"

这个比方让我实在发不起火，只好说："你把陈彩云的电话告诉我。"

他也不问我要陈彩云的电话干什么，老老实实告诉了我。因为办公室有人，我是回家后给陈彩云打的电话，还没等我说上两句她就开始感谢我了。在此后三个月的时间内，她陆续寄来了五六条消息和两篇通讯。修改之后，我统统署上廖致富的名字，推荐发表在新闻版面上。对我这番举动，廖独行打电话来抗议了一次。我说："有意见你对陈彩云提。"

他口气弱了下来，说："我晓得你们是为我好，但也不能这样搞啊。"

"不这样搞还能怎样搞呢？"

他当然讲不出还要怎样搞，在那边闷不作声，又不挂电话。我说："你想不想经常跟我见面聊天？"

"想。"

"那就按我讲的办。"

"哎呀，随你。"

听他的口气，我好像在逼他做贼，顿时觉得又好气又好笑。不过从他嘴里钓出句这样的话出来，事情总算能够名正言顺地运作了。这三个月来，我有意识地接近教育局的领导们，跟分管办公室的龙副局长接触得尤其得多。办公室主任杜进我倒早就认识了——他在公务之余，还写点甜蜜蜜的抒情小散文。因为这段时间在报纸上抒情的次数比较多，他主动请我吃过几次饭。每次饭后，我都请他去洗脚，结果每次都是我请客，他买单。我说："你要这样搞，那以后你请吃饭，我都不好意思来了。"

"那你请我吃饭，我请你洗脚。"

"要得。"

结果下次请吃饭的时候，又变成了我请客，他买单。结完账后，他显然很得意于自己的抢先一着，摇晃着过早秃顶的扁脑袋，向我亲密地微笑着。虽然觉得他神态有些滑稽，但我还是觉得愉快，因为我要的就是这份亲密感。

教育局办公室原来专门写材料的人提了副主任后，动笔的积极性就立刻锐减，杜进正在为此事发愁。探明此点后，我不失时机地向他推荐了廖独行。没有说明这位搞新闻报道的廖致富就是写诗的廖独行，因为我担心有些嫉妒廖独行而又认识杜进的人晓得此事后打烂锣。浏览了我以廖致富名义转交的新闻作品剪报集之后，杜进说："你什么时候把他喊过来，见个面。要是行的话，我再向龙局长汇报，先把他借调过来。"

见面就定在星期六中午。我提前三天给廖独行打了电话，又通知了陈彩云，要她一起过来。星期五下午陈彩云还有课，可以星期六早上再动身，但她和别人调了课，星期五下午就和廖独行赶过来了。晚上吃饭的时候，我把杜进的性格喜好跟他们说了一遍，又叮嘱廖独行见面时少发些议论，不要谈文学，尤其不要讲学校和学区领导的闲话；杜进讲什么，只管应着好。沉默了一会，廖独行直视着我，说："不会总是要这样吧？"

"反正在正式调进去之前，你都要这样做。"

"那真是痛苦。"

"哎呀，王哥是为了你好，你就听听他的吧。"陈彩云蹙起两道细眉，一脸焦急。

横了她一眼，廖独行说："我又没讲不听。"

我对陈彩云说："你嘴巴甜，到时可以多讲一点，杜进喜欢听好话。"

陈彩云使劲点头。

中午见面安排在县城最好的酒店"丰成"，我昨天就订好了包厢。杜进是个守时的人，我们前脚刚进包厢，他后脚就来了。见到张雅兰和陈彩云，他感叹道："你们都是成双成对，就只我孤孤单单啊。"

我提议把他夫人喊过来，他摆摆手否决了。

陈彩云到包厢外打了个转，没过多久，黄俏就来了。虽然黄俏模样差了点，但到底年轻，又打扮得时髦。有她坐在身边，杜进显然不再有孤单之感，频频与之说笑，看来下一篇抒情散文的灵感已经产生了。黄俏一口一个杜主任喊得亲甜。考虑到黄俏是在郊区一所条件比较差的小学任教，她临时应召这样积极，显然是有动力的。我惊异于陈彩云的反应之快，瞟了她一眼，她正笑吟吟地看着杜进和黄俏，仿佛得了好处的红娘打量着自己刚刚撮合成的野鸳鸯。

对于这番局面，廖独行似乎有些反感，闷闷地低头喝着茶。等酒端上来后，他才精神了一些。杜进照例是推说自己胃不好，喝不得酒，等到廖独行替他斟酒的时候，他看着透亮的液体流入杯中，眼中便焕发出拳击手走上擂台时的那种神采。女同胞们点了苹果醋，我则依旧坚持喝茶主义，不理会杜进的奚落。黄俏勇敢地主动敬酒，让杜进大为赞赏，拍着胸脯说要打电话给她学校的校长，命令那家伙好好关照她一下。黄俏眉眼生花，立刻又敬了他一杯。她这样做，陈彩云也不好意思只用饮料相敬，也逼着自己喝了杯白酒，然后微微蹙起眉头，喝了一大口饮料。张雅兰只是用苹果醋敬了一下。杜进晓得她跟我的关系，也没勉强她喝酒。

按照我事先的吩咐，廖独行频频发动进攻。杜进鏖战酒场多年，也是难得遇上对手。两人将遇良才，气氛便持续地热烈起来。陈彩云则大展口才，先以陈半仙的口吻断定杜进是个当局长的相，前程无量，然后对廖独行进行了简要概括：不爱讲多话，只晓得埋头做事。他学校的领导爱听别人讲好话，对他就不是很喜欢。

听到这后面一句，我心里咯噔了一下，但转念一想，杜进肯定会打电话到学区去询问廖独行的情况，陈彩云这样说，是在打预防针，很有必要。

陈彩云明白这预防针不能打得太重，点了一下就跳过去，以微带哀怨的口气请求杜进给廖独行一个发挥才能的机会，又替廖独行表了决心：一定发狠做事，杜主任指到哪里，就打到哪里。黄俏也帮着敲边鼓，但她没有参与我们事先的谋划，把廖独行写诗的案底抖搂了出来，立刻引起了杜进的高度关注。他盯着廖独行说："你还写诗啊，怎么没看到在王文真那里发表？"

廖独行忘了我不能谈文学的叮嘱，愣头愣脑地说："我是用笔名。"

"叫什么名字？"

"廖独行。"

"你就是廖独行啊。"杜进瞪大了眼睛，把他上下照了一回，然后把目光照向我，"你怎么不早告诉我？"

我强作镇定，微笑着说："你要的是个写材料的。他写材料的时候是廖致富，写诗的时候才是廖独行。"

杜进没有深究我为什么要隐瞒，开始和廖独行大谈诗歌。他年轻时也写过诗，心目中最好的诗人是汪国真。我担心廖独行听了会流露出鄙夷之色，连忙把话题引开，向廖独行称赞杜进的散文，说是有朱自清的味道。杜进还是头次听我这样高规格地表扬他，而且是当着三位年轻女教师的面，顿时脸上大放光彩，几乎成了个小太阳。他激动地谈起了《荷塘月色》，说那是世界上最美的散文。我晓得廖独行肯定有不同意见，用目光罩住他，准备一旦发现他有动嘴的迹象，就立刻插话。好在陈彩云和黄俏都紧跟着赞美《荷塘月色》，尤其是黄俏，说自己学这篇课文的时候，整个人都陶醉了。杜进显然大起知音之感，看她时的目光更加炽烈。

张雅兰轻轻说："我觉得《背影》好一些。"

廖独行说："我也喜欢《背影》一些。"

我连忙说："《背影》跟《荷塘月色》是不同的风格。朱自清是散文大家，风格比较多样化。"

杜进晃着脑袋说："那是，那是。"

见他并无不悦之色，我松了口气，转而探讨起民国时期那批散文大家们的风格来。廖独行对散文看得不多，也就没怎么插话，听着我跟杜进摆龙门阵，不时地敬他一杯酒。杜进有醇酒助兴，有三位年轻女教师聆听（其中黄俏和陈彩云还不时投以钦佩和崇拜的目光），谈兴极浓。这一顿饭吃了足足有两个钟头。下楼的时候，我见他脚步有点飘，便提出送他一下，他大幅度地摇手，说："没事，就这么一点酒，哪能醉得了我？"

黄俏说："我正好顺路，送一下杜主任。"

杜进直直地看着黄俏，说："那我送你，我送你。"

出了酒店门口，我喊了辆的士，让黄俏先送杜进回去。看着的士带着一屁股烟尘跑远，我转过头，对着廖独行一笑。他嘴角牵动了一下，想还我一个笑容，但那笑容却凝固在嘴边。

星期一上班后，我打了个电话给杜进。他在电话那头说："听说廖独行脾气不太好。"我的心咯噔了一下，正准备做出解释，他又继续说："不过我看他还是很实在，又喝得酒，又能写，年龄也比较适合。这样吧，我把他的材料给龙局长看看。"

我连忙感谢，表示静候佳音。他说："老弟你拜托的事，我肯定会尽力。"

杜进果然很尽力，第二天打来电话，让廖独行过来一趟。我立刻拨打廖独行的手机，那头却总是提示说暂时不能接通。我晓得肯定是因为信号不好，又无法估摸这个暂时到底会持续多久，便拨通了陈彩云的电话，把情况跟她说了。她说："我马上打他学校电话，要是打不通，我就到他那儿去，反正下午会赶到。"

下午三点钟的时候，廖独行跟陈彩云赶了过来。一见面，廖独行就骂他学校同事的娘，讲他们硬不肯替他传电话，害得陈彩云不得不跑到万石村来。我也觉得他同事这样做太卑劣，跟着廖独行骂了句娘。陈彩云说："算了，别去想了。只要你能够调成，我再多跑几趟也没关系。"

廖独行看着她，目光变得柔和起来。我也觉得应该脱离愤怒状态，争取把事办好。跟杜进联系之后，我们便赶往教育局，先在办公室找到杜进，然后由杜进带着我和廖独行去见龙副局长。进门后，龙副局长正在接电话，目光微微扫了我们一下，对我挥了下手，又继续以鼻音跟电话那头的人通话，到最后才开口说了句"我再研究一下"，便挂了电话，然后一边站起来跟我握手一边说："我们的王大才子也亲自来了。"

"我不是才子，这位才是才子。"

见我如此推重廖独行，龙副局长目光中闪过一丝诧异，照了廖独行一眼。廖独行按照我的嘱咐，用普通话喊了声"龙局长"。龙副局长点点头，却没有跟他握手，只是请我们坐下，要杜进泡茶。他没有回到办公桌后的老板椅中，而是走到靠墙摆放的真皮沙发前，坐在单座的那张上。他先跟我寒暄了几句，然后问了廖独行一些情况：家里是做什么的，结婚了没有，在学校里教什么，当过班主任没有……廖独行都用普通话一一做了回答。他跟陌生人讲话，向来都是惜语如金。龙副局长不太喜欢讲话啰唆的人，这种简洁风格正好对他胃口。谈了五分钟后，他说："这样吧，我跟蒋局长汇报一下，先借调过来试用一段时间。"

廖独行竟然没有立刻表示感谢，仿佛借调的是别人。我又不好对他打眼色，便笑着对廖独行说："龙局长是爱才的人，你要好好干，用实际行动来回报龙局长。"

廖独行点点头，咧嘴一笑。

回到办公室后，杜进说："这是龙局长手上的事，汇报只是走过场，应该没什么问题了。"

我感谢了他一番，然后又约好下班后吃饭，晚上唱歌。杜进欣然应允。

出了教育局大门后，廖独行对我说："跟领导打交道，浑身不自在。"

"那有什么办法。你以后在办公室，就是专门跟领导打交道的。好歹你也要熬到正式调过来，到时再想办法换个部门。"

挠着脑袋，廖独行叹了口气。

# 八

正如杜进所言，借调个把人进办公室，对于龙副局长而言，不是件难事。因为是非正式调动，连调令都不用下，只需打个电话而已。田桥学区的领导倒没有拦阻，但命令传达到万石村小学时，该校校长却提出现在师资力量奇缺，除非补一个人进来，否则不会放人。他的态度被反馈到县教育局后，杜进发了火，在电话中对田桥学区的领导说："局里想调一个人，他一个卵大的村小校长也敢拦？他还想不想当校长了？"那边连忙答应做工作。结果是学区同意该校长高中毕业的堂妹当代课教师，廖独行马上就能走。该校长又提出廖独行在学校的那间单人宿舍得腾出来，给他堂妹住校用。廖独行急着要走，懒得跟他争，也就同意了。

廖独行到县里上班没几天，学校里就放暑假了。这段时间于他而言，本是最逍遥自在的，现在却得打点精神应付差事。我其实有些担心他写诗写惯了，那支笔一时半刻转不过腔调来。但一个月过去后，杜进并没有向我抱怨廖独行的业务水平。看来原先廖独行说写不出来，主要是因为思想上没通。能把文学玩转的人，去写八股似的报告和通讯，五分钟就能学会。对于廖独行的这一重大转变，我颇为高兴，当面表扬了他。他却紧皱着眉头说："我每次写材料都有想呕的感觉，但想到是为了陈彩云，还有你也费了不少心，我只有逼着自己写。"

叹了口气，我拍拍廖独行的肩膀，表示深刻理解他的感受。但廖独行的牢骚远不止于此。因为是新人，除了负责写材料外，购买办公用品打扫卫生等杂事，也都派在他头上。这在杜进看来，是理所当然的事，廖独行却怨气满怀，向我抱怨说杜进把他当成勤杂工了。我不好附和他对杜进的谴责，只有以韩信忍受胯下之辱的典故来开导他。廖独行不太瞧得起文学同行，对于沙场名将却向来比较服气，听我拿韩信来做比方，慢慢也就气平了。

陈彩云怕廖独行受不了委屈，闹出什么事来，一有空就跑到城里来陪他，每次来必把黄俏约出。杜进爱打牌，但我和廖独行都对此道不沾边；廖独行和他喜欢喝酒，而我却滴酒不沾；坐在一起谈文学，杜进还只是站在文学的门槛边上，没办法进行真正交流；只有唱卡拉OK是三人同好，女孩们也能积极参与，于是廖独行和陈彩云的工资大部分都贡献给了县城的歌厅。晓得他们经济并不宽裕，我便穿插着请客。见我如此，杜进也买了几回单。不过他买单不用付现金，签个字就可以了。每次签字的时候，他都显得很有派头。黄俏在边上瞅着，眼睛发光，还露骨地称赞过一回："领导就是领导，连玩也是公家数钱。"她这样说的时候，廖独行脸上微现忿忿之色。还好，杜进只顾着向黄俏微笑，并没有察觉。事后廖独行私下里对我说："看不惯，真的看不惯。我现在才晓得为什么乡里的学校那么穷了。"

"他帮你买单，你还发牢骚？"

"不是这一桩。我到这里来也没多久，就看到好多桩了。那钱是水一样地花出去啊。你要晓得，农村里好多学生都是在危房中上课。"

"发牢骚有什么用？只有你当了局长，才可以改变这些；而你要想当局长，就必须先调进来，否则一切免谈。"

廖独行发了一下愣，然后缓缓摇着头说："我是永远当不了局长的，倒是你，我觉得你可以去从政。"

"我怎么可以去从政？"

"我觉得你很冷静，自控力特别强。"

"我从来就没往这方面想过，从小我就想当作家。"

"文人一样可以从政。王安石是个诗人，还做到宰相呢。"

"时代不同了。在古代，把文章做通是当官的必备条件。现在，你把文章给当官的擦屁股，他们都嫌硬。还是别东想西想了，把工作干好，再多写些好诗，就可以了。"

提到写诗，廖独行两眼就放光，说最近集中寄了一批诗歌出去，都是得意之作，说不定会遍地开花。

"你期望也不要太高了，现在没有几家刊物像过去的《诗歌报》那样只重质量不重名气了。"

提到《诗歌报》，廖独行脸上掠过一片黯然之色，说："那么好的诗歌刊物，销量也不错，怎么就停了呢？"

"是啊。那时我们文学社写诗的人，每次去邮局买刊物，首先问的都是《诗歌报》来了没有。记得我在上面发表第一首诗的时候，激动得眼泪都出来了。"

"要讲起来，我跟它的感情是最深的。我在全国的大刊物上发诗，就是《诗歌报》发得最多，加起来有十多首，有两首是组诗。

编辑还写信给我，鼓励我多写。"

虽然《诗歌报》是一九九九年才停刊的，但我们谈论起它，就好像在谈论一位逝去多年永不再返的朋友，都有不胜唏嘘之感。接下来我们又探讨了国内目前哪家诗刊最关注没什么名气的基层作者，最后一致认为是《青春诗歌》。我提到最近写了一组情诗，比较适合《青春诗歌》，打算投寄过去。廖独行问我是不是写给张雅兰的。我说："这还要问么？"

廖独行咧嘴一笑，问："什么时候喝你们的喜酒？"

"你跟陈彩云在学校就谈起了，应该是先喝你们的喜酒。"

"我跟她？起码得等我正式调过来。"

"你也可以先把婚结了。她父母看到你借调到教育局，应该不会反对了。"

"你不了解她父母，那是世界上最现实的人，硬要等我调成，才会松口。"

"陈彩云好像并不是那种人。"

"她啊，有很现实很精明的一面，也有很理想化很浪漫的一面。喜欢我就体现了她的后一种性格。"

没想到廖独行对陈彩云竟会有这样清醒的认知，我看着他那副仿佛漫不经心的面容，微笑着说："理想和浪漫都要现实来支撑，否则就是无根之木，无源之水。要想保持长久，就只有把现实的基础打牢一点。"

廖独行点点头，抛了一支烟过来。我晓得他不想再就这个话题继续深入，便又探讨起诗歌问题来。我们就昌耀和于坚这两大高手的长短争论了一通，直论到口水都快干了，才兴尽而散。

尽管我和廖独行的创作热情空前高涨，但诗坛的发展形势并不如我们所愿。圈子化的现象越来越严重，全国几乎所有的诗歌刊物都被大大小小的圈子所盘踞。有些诗刊为了适应市场，招徕读者，纷纷打出先锋性、民间性的旗号，特意请在民间有影响的诗人来主持栏目，以为这样就能打开局面；却没想到这些民间诗人都是拉帮结派搞惯了的，所主持的栏目便成为他们的私家地盘，非哥们姐们不得进入，结果导致刊物路子越走越窄。那些想挤进刊物的人，只有想办法跟这些新贵们套近乎，在他们经常出现的网络论坛上放肆跟帖吹捧，或者写大段的肉麻评论。这样，新贵们虽诗艺不见长进，但名气日隆，势力渐大。刊物主办方还自以为得贤，宣称是贴近了广大青年诗歌爱好者。

我是傲在骨子里的人，廖独行更是骨子里骨子外都傲，哪个都不愿意去讨好别人，更别说要背离自己的艺术准则去做那违心吹捧之事了，所以我们的诗歌发表率跟热情高涨度成反比。我还寄希望于《青春诗歌》，但投稿照样如同子弹射进大海，了无回音，后来一打听，原来该刊因为资金匮乏，也宣告停刊。廖独行晓得此事后，低着头抽闷烟，久久不说一句话。

抽完了半包烟，他拉着我去吃夜宵。这个晚上，廖独行不停地劝我喝酒，说是为了哀悼《青春诗歌》。我只是摇头，专心拣出菜中的辣椒往口里送。飞龙县以三辣闻名：辣椒、姜和大蒜。这辣椒味够正，劲够足，吃得我额头上汗珠直往外鼓，却不肯停筷。毛泽东说过：吃辣椒的人才革命。此话虽偏颇，但也道出了某种真相：

辣椒能激发人的斗志和闯劲。我不愿意被沮丧情绪压倒，更不愿意像廖独行这样，主动加重沮丧情绪，深陷其中，给自己以放纵和颓废的理由。看到廖独行一副比失恋还要痛苦的表情，我冷笑道："发表不了就不发表，大不了不寄就是，自己写给自己看。"

廖独行喷着酒气说："我也不是为追求发表才写诗。我只是想不通，一些旁门左道怎么就那样容易出头，把诗写成黄段子也有人喝彩，真正写得好的人反而遭受冷落。"

"现在不少领域都是道消魔长，不单是诗歌，你要看开点。杜甫在世时还不是遭到轻视和冷落，当时人编的一些选本也没看到选他。他是什么人物？诗圣啊！"

"未必就这样算了？"

"什么叫未必就这样算了？'留得青山在，不怕没柴烧'。我们诗照样写，书照样读。也许再过几年，时来运转，一下子爆发出来，还能产生轰动效应。"

廖独行猛灌了口酒，然后用筷子敲着碗，高声吟道："抽刀断水水更流，举杯销愁愁更愁。"

我也屈左手中指叩着桌面，跟着吟道："人生在世不称意，明朝散发弄扁舟。"

吟毕，两人你看着我，我看着你，惨然而笑，全不理会旁人诧异的目光。

这次相聚后，我们有两个星期没见面，也没通电话。一有时间，我就跟张雅兰泡在一起。对我而言，兰心蕙质、活色生香的佳人乃是世界上最生动的诗，能朝夕相对，是为人生至高享受。张雅

119

兰喜欢读词。我买来了《漱玉词》，一首一首地念给她听。她靠在我怀中，眼睛半开半闭，陶醉在词句所散发出的幽香之中。念到情浓处，我便把书抛到一边，肆意亲吻爱抚。这时她的眼睛会完全闭上，仿佛在做梦一样。当我试图接近底线的时候，她便会立刻醒过来，把我推开，动作温柔又坚决。这未免让我感到苦恼，然而这是充满甜蜜的苦恼，回味深长，绝无尽情释放后那种随之而来的空虚感。我尝过那种空虚的滋味，所以一方面想完全得到她，一方面又觉得保持这种将得到而未得到的状态也很好。张雅兰怕我生气，用小手轻拍我的脸，柔声说："你不要着急嘛，到时候会给你的。"

看着她清澈的大眼睛，我微微一笑，说："我不急。"

我在抚慰佳人的同时也得到了心灵的抚慰，心境渐渐明朗充实，算是真正斩断了文运不畅所引发的负面情绪。就在我翻出岳麓书社出的《李太白集·杜工部集》，打算以通读加细读的方式再次从这两位诗人的伟著中汲取力量的时候，杜进一个电话打来，让我的情绪又变得焦虑起来。

事情很简单。市教育局下来了一个检查小组，由某副局长带队。本来这样规格的检查小组，是轮不到廖独行去陪同的。但杜进见该小组中颇有几员酒场健将，担心己方应付不来，大开宴席的时候，把廖独行也喊了去。廖独行还陷在情绪低谷，正好需要借酒来消除胸中块垒，遂以鲸吞牛饮之势震动全席，让杜进脸上大有光彩。去领导席上敬酒的时候，他把廖独行也带上了。偏偏廖独行不懂行规，没有随同杜进一起敬，而是等他敬完后自己单独敬，以为这样才算尽到礼数。他却没想到领导跟下属喝酒，从来就是不平等关系，你要没点身份，去敬他他还不耐烦。县局的领导还好，在廖独行的豪气震慑下都抿了一口。市里的那个副局长见廖独行没有先来敬他，心里已自不爽，待到听说只是个普通职工时，便不肯喝。廖独行还是头次碰到这事儿，连眉毛都红了起来，把杯子猛摔地上。杜进见势不好，拉住他的右手，低喝了一声："廖致富！"廖独行略略清醒了一点，怔了片刻，总算没有继续发作，而是甩手离去。该副局长平时见惯了在他面前点头哈腰的爬虫们，陡然遇到一个这样有血性的人，愕然之余，也没说什么。但这次检查的结果顿时就变得很惨。事后蒋局长当着龙副局长的面，把杜进骂了个狗血淋头。因为廖独行是龙副局长手里借调过来的，蒋局长碍于面子，没有当场说出辞退的话，但对廖独行做出了如下评价：修养太差，素质太低。

听到这个评价，我忍不住在电话这头冷笑道："到底是哪个修养差，素质低喽？"

"哎呀，老弟，现在不是纠缠这个问题的时候，而是要想办法保住廖独行。"

"龙局长是什么态度？"

"他还没表态。"

"我给他打个电话看看。"

"他是什么态度，你打完后就告诉我。"

"晓得。"

在跟龙副局长打电话前，我运了五分钟的神，把措辞大致设计好，才拨通他的手机。

"龙局长，我是王文真啊，实在是对不起啊。"

"你有什么事要跟我讲对不起？"

"就是廖致富那个事儿。"

"小廖啊，他火气不小啊。"

"这个家伙，本来有才华，人也实在，从不搞名堂，就是这个臭脾气害了他。他也没见过多少世面，不晓得并不是每个领导都像龙局长你一样平易近人，结果热脸贴了冷屁股，还受不住委屈。我骂他，说龙局长把你借调过来，你平常也说要好好报答他，就算是为了龙局长，你也要忍一忍。他说那一下气昏了头，没控制住，事后也很后悔，觉得对不起你。"

"小廖的品性还是好的，做事也可以。但是脾气这么大，会吃亏的。"

"是啊，我会劝他改的，还请龙局长给他一次改正的机会。"

"我看看情况再讲。"

等那边挂断后，我立刻打通了杜进的手机，把情况告诉了他。杜进在那边沉吟了一会，说："我估计只要蒋局长态度不是很坚决，龙局长还是会把这件事抹平的。"

"那就好。有什么情况你随时通知我。"

"那没问题。你要好好劝劝廖独行。这家伙，太意气用事了。"

我叹了气，说："这个家伙，确实让人担心。"

"你对廖独行真的好，当得是他亲哥哥。"

"都是哥们，难得有缘在一起，能帮忙就尽量帮忙吧。"

跟杜进说了再见后，我本想打电话给廖独行，约他出来见个面。但手才按下第一个数字键，又停住了，因为我不晓得该如何跟他说。作为一个追求真情真性的诗人，对他的行为，我应该大声赞美。但是，这时候赞美他就是害了他。那么，批评他呢？他真的没有什么做得不对，不对的是那个嘴脸可憎的官僚。既不能表扬他，又不能批评他，那就只有保持沉默。但这时候廖独行肯定是郁闷满怀，需要有人去安慰他，劝导他。想来想去，我拨通了陈彩云的手机，先把情况告诉了她，然后叮嘱她跟廖独行说的时候，一定不要先责怪他，要尽量安慰他，让他平静下来。陈彩云答应得很好，但声音微微发颤，变得很干涩。

挂断电话后，我预感到陈彩云未必能照我所说的那样去做，但我又不可能再打电话给她，让她先别跟廖独行联系。靠在椅子上出了一会儿神，目光才醒过来，落在放于桌面的《李太白集·杜工部集》上。我随手把书翻开，跳入眼帘的是李白的《答王十二寒夜独酌有怀》："……吟诗作赋北窗里，万言不直一杯水。世人闻此皆掉头，有如东风射马耳。鱼目亦笑我，请与明月同。骅骝拳踢不能食，蹇驴得志鸣春风。折杨黄华合流俗，晋君听琴枉清角。巴人谁肯和阳春，楚地由来贱奇璞……"

这些句子以前也读过，但绝没有像此刻这样引起我强烈的共鸣。读着读着，仿佛是看到了廖独行和我共同的命运，我的心战栗起来，眼睛也不知不觉湿润了。我没有再读下去，而是断然把书合上，抬头看着窗外渐浓渐厚的夜色和夜色中顽强绽放的朵朵灯火，在内心里呐喊道："这不是我们的命运！我要扭转这样的命运……"

我的预感没错，陈彩云控制不了自己的情绪，在电话里才说了两句，就忍不住埋怨廖独行。而廖独行绝不承认自己有任何过错。两人便争吵起来，吵到陈彩云哭哭啼啼挂了电话，又哭哭啼啼打电话向张雅兰倾诉。她大概是怕我怪她没按预定方针办，采取了这种转弯的方式把情况反馈给我。其实我不会怪她——所谓关心则乱，廖独行的调动，她看得比任何人都重，乱了分寸也在情理之中。倒是廖独行的态度让我大伤脑筋。这家伙，就像王小波所描述的真理：坚硬无比，直率无比。想让真理服软认错，简直不可能。而他不服软认错就想过关，更不可能。这两个不可能打成了死结，怎么想也想不出解开的办法。我不禁埋怨起杜进来："干吗要喊廖独行去敬酒呢？不去敬不就天下太平吗？"但这种埋怨既没什么道理，又无济于事。最后我总算理出了两条对策：一、暂时不去找廖独行，等着他情绪平息了再说；二、密切关注教育局那边的动向，以便及时应对。虽然这两条几近不作为，但我实在想不出更好的办法来了。

　　廖独行一直没来找我，倒是杜进，频频向我通气。根据他的最新消息，检查小组已经操劳完毕，评定结果虽然没达到预期理想，但也不是太坏。这其中的关键在于充分满足了那个市局副局长的特殊嗜好——每晚县局领导都会陪他去开在环城马路边的"仙乐"洗浴休闲中心。

　　杜进还告诉我，本来在摔杯后的第二天，蒋局长就想解决此事，但龙副局长建议全力应付检查，待检查小组走后，再行处理。如果换了是别人，蒋局长可以立刻否定这个建议，但出自龙副局长之口，他得引起重视。原因在于龙副局长的后台不比他弱，又比他年轻十来岁，是县教育系统少壮派的领袖。按他的年龄，最多还能再干一届，接班的很可能是龙副局长。蒋局长是老政客，善于权衡轻重，不涉及权力之争，是不会轻易得罪龙副局长的，考虑了片刻，便采纳了他的建议。现在检查组走了，龙副局长就不能再拖了，便要杜进拟出个具体处罚办法。杜进的意见是：一、扣除廖独行当月的补助（廖独行的工资奖金还是由田桥学区发放，但借调过来后，教育局每月都会给他五百元补助）；二、做出深刻书面检讨。这两条拟定后，他没有先报龙副局长审查，而是告诉了我，并说，为了平息蒋局长的怒火，而又保住廖独行，只能这样做。我明白他是怕廖独行转不过圈来，立刻承揽了前去做思想工作的任务。杜进说："你最好当面跟他讲讲。他这几天一下班就缩在宿舍里抽闷烟，很晚才出来吃点夜宵。你六点钟左右去找他，肯定能碰到。"

飞龙县城两面临山，一面靠水，夏天不管日头有多烈，一到傍晚，就会有清凉之气微微撩人襟怀。但近年来这股清凉之气出现的时间推迟了，下午六点半走在街上，还是感到热气萦身。尽管我暗自念叨着心静自然凉，但心老是静不下来。等到喊开廖独行的门，进屋看到满地烟头和他灰暗的面容后，我心里更加燥热，问他把自己关在屋里做什么。廖独行嗫嚅着说："收拾一下，准备走人了。"

我忍不住大喝一声："你就这样走了，对得起哪个？你怎么这样自私呢？"

廖独行被我这一骂，头发都红了，瞪着我，却找不到话来回，只有紧紧咬着下嘴唇。我也直直地瞪着他。瞪了好一阵，他那股红

125

色的怒气才从脖子处退潮。他蹲了下去，两手插进乱蓬蓬的头发，眼睛看着地上，说："你不晓得，这几天我活得像条狗，是个人就会踩我一脚。"

我蹲下去，拍了拍他的肩膀，问他要了根烟。

"我也晓得你心里苦，但这道坎你必须要跨过去。"

"你讲怎么跨？"

"杜进把处罚办法告诉我了，一是扣一个月补助，二是写份检讨。"

"你跟他讲，扣我所有的补助都可以，莫写检讨，要得么？"

"不可能的事。你不写检讨，蒋局长那一关是过不了的。"

廖独行指着自己的心窝，说："我要是写了这份检讨，这辈子都会瞧不起自己。"

"我晓得，我晓得。但是你要不写这份检讨，陈彩云这辈子都会被人瞧不起。她的家人、亲戚和邻居都会笑她喜欢上了一个窝囊废，调到城里又被退了回来，真的是出丑哦。"

廖独行的眼睛顿时亮如闪电，那一刻，我都害怕起来。如果蹲在他面前的人不是我，无疑会遭受重重一击。我也不想戳出这样刺人的话，但面对这块石头，只有把话磨得像钢钎一样冷硬锋利，才能凿进他的心里去。等他眼神重新变得黯淡起来，我说："先出去吃饭，我请客。"

在资江边的夜宵摊上，我没再说什么，只是吃饭、抽烟，看着廖独行往肚子里倒酒。我第一次看到他喝醉了。但他醉了也不要我扶，而是缓慢、沉重地走到僻静处，对着水中惨白、单薄的月亮发了会儿呆，然后腰一弯，猛烈地呕出来。呕完后，他蹲了下去，双手捂面，肩膀一耸一耸的。压抑的呜咽之声，穿透了防护着我心的那层坚硬外壳，让我心酸得也想流泪。我无力安慰他，只有默默地站立一旁，看着他渐渐平静下来。掬起江水洗了把脸后，廖独行似乎把醉意也洗去了。他挺起腰身，看着远处山峦幽暗的身影，长长地吐着气，似乎要把内心的浊气全部排出来。

看着这条本来活得坦荡率性的硬汉憋屈得像个小姑娘，我不禁问自己：你欣赏他直率纯真的天性，却又逼迫他扭曲自己的天性，岂不是自相矛盾？你想帮他过上更好的生活，却让他觉得痛苦和委屈，这到底是在帮他还是在害他？

我晓得自己陷入了一个悖论，一种荒诞，但又想不出摆脱的办法。很想把这些跟廖独行说说，但我明白一说就可能导致前功尽弃。感觉就像掮到了大沼泽的中央，前路固然迷茫，后退也很艰险，那就只有咬紧牙关、硬着头皮继续走下去吧。

廖独行望着对岸，一直没有看我。也不知站了多久，他才蹦出句："走吧。"我们掉头才走了两步，就听到后面溅出重重的扑通一声，像是有什么东西跳进了江里。回头一看，江面依然平静，只有月影在微微颤动。视野之内，并没有渔舟出现。感到有些惊悚，我和廖独行对视一眼，在他眼中看到了彼此的茫然。

# 九

廖独行的检讨书是陈彩云代写的，据杜进说，足有两千字。这一关算勉强混过去了。杜进还说，其实龙副局长还是欣赏廖独行这份硬气的，但在公开场合，他只能这样讲："年轻人，受点挫折，多些磨炼，不是坏事，我年轻时也喜欢意气用事嘛。"

我说："要是龙局长当一把手就好了。"

杜进不接这个话题，转而跟我倾诉起他的苦恼来。这番苦恼跟黄俏有关。杜进很动情地说："她让我觉得活着还有种真正的快乐。"然后又说自己毕竟有老婆，有孩子，不得不注意社会影响，所以很矛盾，很痛苦。

我暂时无法判定杜进跟黄俏的所谓恋爱到底是在真实进行中，还是仅仅出自他的臆想，只有含混地说："感情的事，是讲不清的。"

"是啊，真的讲不清，太磨人了。"杜进感叹着。从这貌似痛苦的感叹中我却能听出得意和幸福来。他平常处事还算老练，但碰到这样的问题，却让我感到像个没谈过什么恋爱的高中生。我不禁隐隐有些担心起来，怕他在这件事上栽跟头。但杜进显然正沉溺于这种甜蜜的痛苦中，我又不晓得该如何提醒他。放下电话后，我想：如果这件事是真的，那黄俏也未免太现实了一点。

关于黄俏这件事，我本来想跟张雅兰说说的，但当看到她清澈如山泉的眼睛时，又立刻打消了这个念头。张雅兰活在一个纯净的世界中，甚至是一个梦想的世界中，我想我不应该给她的世界带来尘世的浑浊；相反，我还应该竭力击退那些浊世的纷扰，让她安享恬静和快乐。好在她业务能力相当出色，性情又温柔，深得学生的爱戴。任何单位都需要这样的样板人物，所以尽管她不喜欢跟领导套近乎，但在单位中还是活得很好。我有时倒觉得应该向她学习，不要有过多的心机和考虑，尽量活得单纯、坦然。然而这种纯粹的心境又不是想拥有就能拥有的，它几乎是种天赋，或者说，是慧根。张雅兰有这种慧根，廖独行也有。我向往这种境界，却总是不能做到超脱，很容易就陷入事务的纷扰中，而且这种陷入一半是被动一半也是主动。刚进大学时，我本来想好了四年时间主要用来读书，有灵感就写点东西。然而当看到各大社团纷纷招人时，又忍不住报名加入，结果成了文学社社员、摄影协会会员、书法协会会员。加入后本想安心做个普通社员，潜心研磨技艺，但是看到有些成员热衷于抢夺发号施令的权力时，又起了不忿之心，出头抗争，结果功成之后身不退，成了文学社社长、摄影协会副会长、书法协会秘书长，忙得四脚冒烟。在这些业务性的社团做组织工作，忙是忙了点，毕竟还是能学点东西。等到学生会换届，因为看到自己不喜欢的人报名竞选主管这几个社团的宣传部部长，担心此人若是上位，只怕会挨他整，不胜忧虑之下，也就报了名。从此一人苦海，无法回头，直到大四时卸任，还为所主管社团领导层更替的事，跟后任部长起了冲突。现在想来，当时操心的很多事情都没有什么意义。问题是要再回到当时，只怕还是会去参与。往浅里说，这是性格所决定；往深里说，就是前定。廖独行说我适合从政，大概是因为他感觉到了这点。我很想通过努力修炼化解这种禀性，在文学的梦幻世界里自在遨游，度过纯粹而美好的一生；但能不能做到，我真没把握。这是我最深的焦虑，无法向他人诉说，只能倾注于诗句之中。当张雅兰说读我的诗总让人感到紧张和不安时，我只有苦笑——我只能写出这样的诗，就像廖独行只能写出那些奇崛、沉重的诗句。

因为在外发表的途径受阻，我和廖独行的诗便更频繁地亮相于《飞龙信息》。如果是搭配着发的话，我的诗必然和他的放一起。李总编便戏称我们为"王廖"，说是将来只怕会跟"李杜""苏黄"一样并立而不朽。李总编四十出头，清瘦儒雅，据说年轻时也是个风流自赏的文学青年，只是早早放弃了诗歌散文，专攻新闻报道和总结材料，遂得到上头赏识，仕途走得比较顺，三十七岁便当上了报社总编。他说话慢条斯理，轻易不动怒，也不开笑颜，自有一种领导风范，让报社同事很是敬畏。倒是跟我说话的时候，常带着淡淡的笑意，有时还会开个玩笑。我明白这主要是大姨夫的缘故，但也能感觉到他确实比较欣赏我，所以我在报社活得还算得意。转正的事，当然没有丝毫阻力，时限一到，马上就办了。照惯例，我请全体同事吃了餐饭。散场的时候李总编叫住我，说是一起散散步。我便陪他走到江边，然后再折回县委大院（他住在大院里）。

一路上李总编先对我父母的身体状况、我恋爱的进程、我工作一年来的感受表示了亲切而有分寸感的关注，然后说他当年参加工作时年龄跟我差不多，很自然地就转到了对往事的回忆中。他提起自己也写过诗，在大学时代就非常喜欢普希金和雪莱。毕业后分配到县工商局，订了不少文学刊物，四处投稿，也发了些作品。主管副局长看到了，却认为搞文学创作是不务正业，提出批评。他不服气，跟该局长争论起来。争论的结果就是调离办公室，去工会打杂。这一打杂就是两年，尝够了单位里的人情冷暖。直到他父亲瞒着他，提了高价烟酒，通过关系拜会了工商局一把手，他才重新回到办公室。从此他只好强行压抑住对文学的爱好，专心于公文写作。因为文字基础好，很快就在文秘队伍里脱颖而出，受到关注。县里写大材料，经常会抽调他上去。他珍惜机会，每次都表现优异。当时的宣传部长看准了，点名把他要了过去。此后一路都还走得顺利，只是离文学越来越远。

"对文学，我是只能做个欣赏者喽。"李总编以这句感叹结束了他的回顾。

我笑着说："现在你要是再写诗写散文，可没人敢批评你啦。"

他摇摇头，说："不行喽，看到你们年轻人写的东西，表现手法那么新颖、大胆，就晓得自己落伍喽。"

"哪里，我也是边摸索边学着写的。"

"你写的东西是高层次的，很先锋，这一点我心里是有数的。我们办报纸嘛，阳春白雪和下里巴人，都是需要的。"

"那是。"

老总不再言语。到了县委大院门口，我们就分了手。回家的途中，我琢磨着他最后那句话，越想越觉得有深意。不过我并没有感到不安，因为有两件事是确凿无疑的：一、我已经转正，也就是说，进了保险箱；二、李总编对我没有恶意。

第二天，下午五点多钟的时候，李总编把我喊到他办公室，递过来一个大信封，让我带回家去看，不用再还给他了。这信封鼓鼓的，还用胶水封了口。因为急着看，我没有像往常那样走路，而是让的士把我快递到家。真相大白的时候，也就成了我开始胀气的时候。里面全是告状信，清一色打印稿，落款不是"一个热心的读者"，就是"一个忧心如焚的老作者"，或者是"呼唤正义的人"。给我罗列的罪名大致有如下几条：一、身为党报编辑，没有坚持正确的舆论导向，刊发了不少情调阴暗的作品；二、搞小圈子，和少数臭味相投的落魄文人结成一党，排斥和打击热心写稿的老作者们；三、吃喝玩乐，以权谋私；四、作风不正，与多名年轻女性来往。我先是胸口憋闷，再是小腹胀痛，最后手脚冰凉。忍住将信丢往窗外的冲动，我把它们一张一张地撕成碎片，丢进垃圾桶。单凭直觉，我就晓得这些匿名信的作者中有不少是熟人。再从行文的腔调推测，有几个人简直是可以断定的。想到他们当面的笑容和恭维，我恨不得马上冲出去，把这些人找到，点着鼻子痛斥他们的鬼蜮伎俩和阴暗灵魂。但这些人是不会承认的，甚至还会做出无限冤屈状。他们连自己的真名都不敢写上，又怎敢面对面地进行辩驳？这种人只会躲在暗处放冷箭，绝不敢站出来进行光明正大的挑战。但我还是要澄清，起码要写封信给李总编，严正驳斥这些污蔑之词。

启动电脑的时候，妈妈敲门喊我吃饭，我推说已在外面吃过——也确实是吃不下，气饱了。满腔的愤怒随着手指的敲打，化为尖锐的言辞倾注于电脑屏幕。我进行了四点反驳：一、何为阴暗？何为光明？是谁赋予了这些人随意定性的权力？作品只应该论好与差，能够真实生动地表达存在和生存的作品，就是好作品。我用稿就是以此为标准。二、我担任副刊编辑以来，发现和推出了不下二十位有潜质的文学新人。而这些新人在没有被我发现以前，恰恰就是被一些所谓的"老作者"压制着。其实对于任何作者，我都是以质取稿，不看名气。所谓被我排斥的"老作者"们，其实就是那么几个写了很多年，作品却永远平庸的人。三、我是个活人，不吃不喝就会死。叫花子也有三个穷朋友，跟志同道合的朋友在一起玩玩，怎么不可以？未必这些人就不吃不玩，不跟朋友交往？四、我只有一位女友，名字叫张雅兰。如果说陪女友吃饭、逛街的时候，她又喊上同伴，就叫作跟多名女性交往，那这些告状的人统统都是奸夫，因为他们肯定跟自己妻子的女伴们打过交道。

写完了这封信，再修改了几处措辞，拷贝到磁盘里，我打算明天带到办公室打印出来，交给李总编。做完这件事，我胸口才没那么憋闷了，但情绪仍是低落。想了想，我打电话把张雅兰、廖独行、杜进和黄俏全喊了出来，跑进歌厅拿着话筒抒情到深夜十一点，出来后又在江边吃了夜宵。我表现得格外亢奋，不时大呼小叫，让张雅兰很诧异。她当然不明白我的心思。我就是要潇洒给那些人看——我王某人就是活得这么得意，这么有劲，你们的醍醐手段，根本就对我不起作用。这样狂欢一通，我身心确实通泰了不少。送张雅兰回家后，我独自走在清寂的街道上，想起了鲁迅的一句话："捣鬼有术，也有效，然而有限，所以以此成大事者，古来无有"，更是觉得对那些人只需蔑视，没有愤怒的必要。待到洗脸上床后，我记起李总编让我不要退还信件的话，再想想昨天散步时他的一番长谈，便陡然明白了他的心意：他根本就不认可这种匿名泼污水的行为。所以我根本就不用向他申诉，写那封信的作用，看来只不过是发泄火气而已。我应该删掉它，以达到李总编期待的处理效果：此事根本没有发生过。思索到了这一步，我彻底释然了。这夜的梦做得空旷阔大，见到了阳光、白云和鲜花一齐盛开的草原，没有任何戾气的侵入。

第二天，我打电话给一位姓刘的老诗人，约请他给廖独行写篇评论。刘老满口就答应了，并说自己是真心喜欢廖独行的诗歌，同样也喜欢我的诗歌。这位刘老年近花甲，但仍有童真之心，对有才华的后辈极是爱护；本人的乡土诗写得温暖、醇厚，如同正宗的乡里腊肉；在飞龙县的文学前辈中，是最能当得起"德艺双馨"四个字的。他原来在设于竹塘镇的县卷烟厂工作，没想到快到退休的时候，烟厂遭遇政策性关停（全省的计划外烟厂逐步淘汰），领了点遣散费回家。儿子媳妇都是卷烟厂工人，等于全家下岗。幸好还有些积蓄，就在镇上开了家小面馆。他也不再操心，让儿子媳妇张罗，自己在家带孙子，得空时就下象棋。我曾和一些青年作者私下议论：以刘老的才华品行，即便当个市作协主席也没问题。但他一生僻处乡下，只能做个挂名的县作协副主席，外头很少有人晓得他。好在刘老心态不错，自得其乐，每次相见，他都是笑呵呵的，面色红润，以此来看，倒比那些整日忙碌而焦虑的所谓成功人士活得舒服。刘老笔头很快，一个星期后我就收到了稿子。看到那个标题——"直面乡村的疼痛"，我就明白刘老把准了廖独行的诗歌之脉。文章有两千五百多字，我一字未删，做头条编发。文章刊出后第二天，廖独行就打来电话，大叫着说刘老是他知音，并要我星期六带他去拜访他老人家。我欣然答应。

星期六上午，我和廖独行坐上了去竹塘镇的中巴。因为卷烟厂曾是飞龙的纳税大户，从县城通往那儿的柏油马路修得早，也修得扎实，远非现在这种刚修好时平整气派、半年后就裂缝四现的豆腐水泥路所能比拟。虽然中巴车不时要上下客人，但也只用了半个多小时，就到了目的地。因为事先打了电话，刘老早就在路边张望等候。见到我们，他用比我们还快的步伐迎了上来，两手握住我的手，笑得像个过新年的小孩。我向他介绍了廖独行，他又拉着廖独行的手，仰着头打量着，说："好结实，像个做田的好把式。你那些诗，我看就是流汗晒太阳在田里熬出来的。"

面对刘老的热情和称赞，廖独行抓了抓后脑勺，嘿嘿地笑着。

竹塘镇尚存有一条老街，据刘老介绍，有里把路长呢。街上还有几家卖纸马、竹器的老作坊，两边站着的房子有三种材质：木板、青砖和红砖。最年轻的红砖房也有十多年历史了，沾染了老街的古朴气息。让我和廖独行感到惊喜的是，那些从前朝迤逦而来的青石板路还未惨遭现代水泥的覆盖，在时光的打磨中显出一派蕴涵坚强的宁静。走了两三百米，刘老带我们拐上一条小路，上了道坡。坡上有一大块平地，横着三栋红砖屋，屋前栽着几棵芭蕉，在半空中舒展着大片大片透亮的翠绿，几个小孩撅着屁股在靠右手边那家的走廊上热火朝天地弹着玻璃球。两个老头坐在各自敞开的大门口，看到刘老带着我们出现，一边说来客啦，一边向我们微笑，似乎我们是他们家的客人。刘老跟他们打着招呼，语气随便而亲热，就跟自家人一样。进屋后，我把一袋东西递给他，说："晓得你不抽烟不喝酒，我们只好给你带了点儿奶粉和茶叶。"

刘老不接，做出生气的样子，说："来玩就来玩，哪个要你们带东西的？要不得，要不得。"

我不跟他争论，把东西放到神龛前的八仙桌上，然后拖了把竹椅靠门口坐下，说："你这房子好凉快。"

"我这里就是在山上，夏天最好过夜了。还是八十年代末，我看中了这地方，就跟厂里两个讲得来的老伙计商量，干脆在这里买块地，一人修栋砖屋，他们还搭帮我主意出得正。那时厂里效益好，借钱容易，还起来也松气，地皮、材料、工钱也都不贵，要放到现在，把鼎锅都卖了，我们几个也修不起。"

这时刘老的妻子端了大盘的炒花生和红薯干出来，又给我们倒了茶。刘老和廖独行也都拖了把椅子，三人坐在门边聊天。门外的走廊仿佛热与凉的界线，我坐在清凉世界里，看着走廊外强烈的阳光，愈加觉得这份闲适的难得。廖独行屁股下的那把竹椅，不时发出骨骼松动的响声，让人担心他随时会把竹椅坐垮。他还偏要往后倾倒，带得竹椅前面两只脚离开地面，仿佛是坐在自家的椅子上。好在刘老并无不悦之色，不时笑眯眯地看着廖独行，和他探讨诗歌与土地的关系，共同抨击诗坛的不良现象。刘老谈诗的热情不在我们之下，说到激动处，口水还能溅到三尺之外的我身上。他嘲笑有人写的诗永远只是分行的散文，有人写的诗像是把古典诗歌翻译成大白话，还有人写的诗像塑料花，造假的水平很高，但就是没有诗味。他也惊叹现在有些年轻诗人用词造句很怪异，然而仔细琢磨，特别有味道。他说这种"味道"是读多少书都学不来的，味道足的诗就是好诗，味道寡淡的就是差诗，没味的就根本不能算作诗。

刘老的这些观点，得到了我和廖独行的热烈拥护。我觉得刘老是以他的直感和经验把握到了诗歌的精髓，远比很多理论成套的批评家要懂行，遂提议他把这些看法梳理成文，让飞龙县的年轻诗歌爱好者们好好学习，少走些弯路。刘老却摆摆手，说："跟你们讲讲就行了。懂的人自然懂，不懂的，你跟他讲得再多，也是空的，他还以为你在充狠。"

看到刘老露出一丝索然之色，我明白了他肯定因为直言而遭遇过不快。其实纯艺术上的探讨，只会对双方有利，但有的人就是我执太深，自负太过，容不得丝毫的质疑和挑错。这类人水平往往不高，却还容易狂妄，才发表了一些没什么分量的豆腐干，就敢自称名家。我当编辑的时间没多长，就遇到过好几个此种人物，暗地里送了他们一个外号：井底名家，因为他们跟井底之蛙没什么区别。这类井底名家往往善于拉帮结派，聚集一帮水平跟自己差不多或者更差的人，关起门来称王，在地方文坛上的势力还不小。以刘老的认真和坦率，肯定会让这种人大为光火，然后施展各种手段进行打压。他是老江湖了，身上的刀痕轻易是不露给后辈看的，我也就只能在内心暗自感慨着。

不知不觉到了吃中饭的时间。刘老不沾酒，却提出一锡壶米酒来，说是在镇上最后一家老酒坊里打的。这壶酒自然由廖独行承包了，我和刘老边喝茶边吃菜。席间谈到廖独行的调动问题，刘老停住筷，眼光照着廖独行，说："要我讲，调得动当然好，万一没调成，在乡里教书，也有好处。"

我问："有什么好处呢？"

"我看廖独行就像棵树，树是不能离土的。"

"城里也有土，也有很多树活着。"

"城里的树哪有乡里的树活得自在，到处都是水泥围着，空气又不新鲜。"

"那也是。"

廖独行在一边点着头，也不知是喝出了兴致呢，还是对刘老的话表示赞同，他根本不用人劝菜，仿佛是在自家吃饭一样，肉拣最大块的吃，叶子菜一夹就是一大坨，嚼得满屋子响。刘老的小孙子在边上看呆了，似乎电视里那个吃狗肉喝烈酒的鲁智深跑到面前来了。刘老的妻子立刻进行现场教育："你要向这个叔叔学习，多吃一点，才能长高，晓得么？"

他点点头，夹了块肉，学着廖独行狼吞虎咽的样子，小光头一晃一晃的，竟也像个小鲁智深。刘老看得高兴，说："吃得就是福啊。"

廖独行说，"正是这句话"，然后往嘴里塞了块鸡肉，以实际行动来证明刘老的论断。这时手机响了，他也不去接，等到把鸡肉嚼完，手机开始第二次深情呼唤，方从口袋里掏了出来。才通了半分钟的话，他说了句，我们尽快回来，然后挂了电话，看了我一眼，嘴唇蠕动了一下，又瞟了刘老一眼，埋下头去把饭往嘴里赶。我见状也加快了进食速度。虽然廖独行食量比我大，但还是他先吃完，起身到走廊上抽烟去了。等我走出来的时候，他又前移到芭蕉树下，双臂横抱在胸前，昂着头看那些脉络分明的巨型翡翠。

"出什么事了？"

"杜进和黄俏在宾馆里开房，被他老婆抓了现行。"

"现在情况怎么样？"

"陈彩云也没多讲，只是要我们快回去，她已经到了城里。"

我没再多说，转身回屋向刘老辞行。刘老表示连床铺都摊好了，想着我们至少要住一夜的，然后又说："你们硬是有事，我也不好强留。晓得我这地方了，有空就来玩。"

我和廖独行连忙应着好。不理会我们一再要求他留步，刘老把我们送上车。直到车子发动，他还站在路边，眼神中透露出无法掩饰的怅然。那一刻，我陡然感受到这位老诗人深藏的寂寞，眼睛便有些潮湿。廖独行几乎把半个身子都探出窗口，向那道越来越远的瘦小身影挥手致意。直到看不见人影了，他才缩了进来，开始抽烟。等到烟抽完了，嘴巴就闭得像块石头。

一路上我们几乎没有说话。

十

尽管有心理准备，但见到黄俏的时候，我还是吓了一跳：她脸上青一块紫一块，嘴唇也破了，这还算是题中应有之义；那头养护得柔顺光亮的长发竟变成了又短又乱的野草，有的地方还现了头皮。据说剪头发是杜夫人亲自下的手。当时黄俏被杜夫人的几个娘家兄弟按住了手脚，只有靠发射口水来进行反抗。才吐出一口，嘴巴上就被剪刀戳了一下，吓得她紧闭嘴唇，痛得她直喷眼泪。让黄俏分外伤心的是，杜进竟然像只蔫茄子，全无英雄救美的气概。黄俏边哭边对我们说："要是他像个男人，敢跟他们动手，我也就豁出去跟那只母老虎拼了。早晓得他是个这样的软货，我绝不会跟他好。"

我把安抚黄俏的任务继续托付给陈彩云，开始拨打杜进的电

139

话。无论是手机还是办公室电话，都无人接听。廖独行又打了他家里电话，也是响而不通。我猜杜进可能正在竭力施展他的柔术，恳请老婆大人按照人民内部矛盾来处理自己。问题在于飞龙县城就是块蒲扇大的地方，杜进又是个场面上的人，出事的地方不是在家里而是在宾馆，闹出的又是这么香艳刺激的事，现在起码半个县城的人都晓得了。那些跟杜进有过节的，想扳倒他好为自己铺路的，心存嫉妒只想看笑话的，都会通过各种途径来推波助澜。就算他老婆冷静下来，愿意平息此事，也会有点力不从心。我不禁替他的前途担忧起来。想给龙副局长打个电话，又觉得不妥，还是作罢。最后我决定和廖独行一起去教育局转转，看看能否收到什么风声。

教育局伟岸的办公大楼昂首挺胸站在街边，其阴影甚至能覆盖对面矮小破旧的民房。穿过一楼大厅的后门，就到了辽阔的住宅区。新修的几栋楼房裹以淡红色的装饰砖，显得时尚气派，精神抖擞。记得杜进说过，为了选购这些装饰砖，局里成立了考察小组，由局长亲自挂帅，专程赴广州观摩考察，反复比较才定了下来。廖独行住的单身职工楼也是红色的，不过是老红砖而已，像矮小的中年人站在一群身材高大、穿着名牌西装的年轻人旁边，看上去未免有几分局促。在新楼和旧楼间有个门球场，现在场上没人打门球，倒是聚集了两三个人在开展聊天运动。走近之后，那些人看到廖独行，突然变成了哑巴。我看到其中一人有些面熟，似乎来报社送过新闻稿，便对他笑了笑。他连忙献出笑容，说："王编，双休日你也来指导工作啊。"

"我来看看杜进，不晓得他家的门现在好进么？"

"现在蒋局长和龙局长都在他家里，正开协调会呢。唉……"

我点点头，说了句"你们聊"，然后掉头往外走。

廖独行跟在后面说："我们不去杜进家了？"

"你没听到么，两个局长都在他家里，我们去不是添乱么？"

回到黄俏家中，她父母正聚集了一帮亲戚，准备开赴教育局复仇。黄俏的母亲拿着把裁缝用的大号剪刀，咬牙切齿地宣布不但要把杜进老婆的毛都剪光，还要把杜进的卵剪下来喂狗。我觉得她发布的檄文未免太过激烈，连忙劝阻。她扬起下巴，一双铜铃眼照着我，说："未必你跟他们是一边的？"

"我当然跟你们是一边的。问题是，你们这么一闹，气是出了，黄俏以后的日子就不太好过了。你想一下，她是老师，教育局是管老师的。现在两个教育局长都在杜进家里，你们去闹，搞得领导对黄俏有想法，那她以后就有得亏吃，起码想调进城里是不可能了。"

"那未必就这样算了？我是不会甘心的。"

"肯定不会这样算了。你们先冷静一下，看教育局的领导怎么处理这事。总之一句话，莫让这件事影响黄俏的前途。"

"她还有个什么鬼前途？！我恨不得一剪刀戳死她，真的是出尽家里的丑。"

话虽如此说，黄母还是放下了手中的剪刀，虽然没有立地成佛，但脸上的戾气总算消退了些许。我懒得再去安慰黄俏，也不想留在她家吃饭，找了个借口先走了。很想去找张雅兰，但我明白既然她没有出现，那就是黄俏不想让她晓得这件事，至少是不愿意让她看到现在这般惨状。而如果见了张雅兰的面，不告诉她又不太好，她若是去探望的话，又未免会让黄俏尴尬。在心里拿捏了一阵，我决定，还是回家吃夜饭，然后把上星期买的那本朱光潜的《诗论》好好研读一番。

到了星期一下午，我先打电话给廖独行，他告诉我杜进请了病假。我叮嘱他要埋头做事，就算有人故意找岔子也不要理会，一切等杜进回来再讲。廖独行重重地"嗯"了一声，听得出心里正郁闷着，说不定已经有人趁杜进不在给他脸色看了。我在心里想：兄弟，这会只有靠你自己顶着了。

放下电话后，我又用手机拨打杜进的手机。通了。

"老兄，怎么样，还好吧？"

"唉，以后再跟你细谈。"

"要得。有什么事需要我做，只管讲一声。"

"谢谢老弟，患难见真情啊。"

"咱们俩哪个跟哪个，还这么客气？"

挂了机后，我觉得自己该做的都做了，接下来只有靠菩萨保佑杜进，保佑廖独行了。快下班的时候，我打了张雅兰的电话，约她晚上出来玩，她却说得加夜班备课。觉得她语气微透冷意，我一时有些反应不过来，大把的俏皮话和缠绵语都憋住了，任由她挂了电话。本来情绪就不佳，这下就更觉失落。很想再打个电话过去，但经验告诉我，这是愣头青才做的事，往往会惹起对方的反感和轻视，像我等情场老手，千万得忍住，不该出手时坚决不出手。但这样忍是很痛苦的，尤其是在特别喜欢对方的情况下。我还真怕自己忍不住，索性把手机关了，锁在抽屉里，离开办公室。

到了家中，我故意把头扭向右边，绝不让目光沾上放在左边小茶几上的电话。吃夜饭的时候，妈妈说有一阵没看到小张了，是不是喊她到家里吃顿饭。我蹦出句："只怕难喊得动哦"，让妈妈大惊失色，连忙追问我们是不是闹矛盾了。在我坚决否认后，还不放心，一再提醒我说小张是个好妹子，这样的妹子现在打着灯笼也难找得到了。我一边含糊地应着那是，一边匆匆扒完饭，逃进自己的卧室。这个晚上，我半躺在床上，对着《诗论》发呆，那些文字也都愣愣地望着我，彼此无所会心，直至昏沉于睡梦中。

忍了两天，我又打电话给张雅兰，约她出来喝咖啡。这次她没有推辞，见面时也神色如常，只是绝口不提陈彩云和廖独行，更不用说杜进与黄俏了。这却让我能肯定她已知此事，同时也感受到了她内心的蔑视和厌恶。是的，妈妈说得对，她是个打着灯笼也难得找到的好妹子，在这个情欲泛滥的年代中独守着一份纯情。我想我不能拖得太久了，在适当的时候就要和她订下终身。我对她说："我妈妈想请你到家里吃饭，她说好久没看到你，很想你。"

"到底是阿姨想请还是你想请呢？"

"她想请，我更想请。"

她瞟了我一眼，笑盈盈地说："这还差不多。"

第二天下午，张雅兰过来吃饭的时候，给妈妈带了份礼物：一个镶着珍珠的宝蓝色蝴蝶胸针。妈妈朴素惯了，连耳环都不戴的，却当场把这份礼物别在胸前，虽然跟她款式陈旧、颜色沉闷的上衣并不搭调，但她还是对着镜子连说好看。

饭后妈妈拿出一方檀木小盒子，回赠给张雅兰。里面是大姨送给她的翡翠玉佛，价值不菲，妈妈舍不得戴，一直珍藏着，大有把它当作传家宝的架势。现在她却把这传家宝给了张雅兰，还亲自给她戴上，让张雅兰想推辞都不能。我在一边看着，心想：妈妈平常虽然对人礼数周到，其实心里常常设着防的，对张雅兰却这样无所保留，看来她俩还真有婆媳缘。

此后妈妈常越过我直接约张雅兰来家吃饭，或者一起逛街，甚至还在张雅兰的鼓动下，破天荒地烫了次头。我晓得妈妈生怕我没看好张雅兰，让这个她心目中的最佳媳妇人选飞走了，一边暗笑她比我还紧张，一边也为她的苦心而感动。

人在幸福中，总觉得时间跑得太快；而处于磨难中的人，则会觉得时间慢如龟爬，只恨无从下鞭，以使其稍快一些。同样是半个月，我的半个月和杜进的半个月就绝对不是一回事。杜进熬过这段时光，总算把"病"养好了，仍然当他的办公室主任。他的政敌本想借此事把他从办公室这块中枢重地拱出去，幸亏有龙副局长在党组会上力保杜进，杜夫人也终于明白了杜进遭贬对自己和小孩没有丝毫好处，对撺掇她继续告状的人换了副冷面孔，再加上杜进多年来鞍前马后颇有苦劳，蒋局长也就宽大为怀，只是把提副科级的优先权给了人事股股长。杜进对我说，虽然他小心翼翼地在蒋局长和龙副局长之间走钢丝绳，但蒋局长还是觉得他这几年跟龙副局长靠得太近，借这个机会在关键性问题上卡了他一把。但这一把卡得冠冕堂皇，连龙副局长也无法提出任何异议。杜进还说，本来龙副局长还给他设计了一条路，就是到二中去当校长。在飞龙县，论规模和效益，除了一中这所省重点中学外，就数二中了。杜进觉得这样既免去了一番尴尬，又能过过当一把手的瘾，乃是上策。但老婆生怕他跟二中的女教师亲密接触，扬言他要是去二中她也会跟着去，他办公她就在一边打毛线，他开会她就在一边倒茶水，他上厕所她就守在厕所口。杜进实在忌惮这个出身市井的泼辣婆娘，只好硬着头皮继续在办公室混下去，忍受同僚们隐含嘲讽的目光。"但是我不后悔。"杜进在沉痛诉说和频频叹息后又斩钉截铁地掷出了这一句。他目光炯炯地看着感到惊异的我，说："因为我终于晓得真正的恋爱是什么滋味了。人生有过这么一次，也就无怨无悔了。"

"未必你跟你老婆没谈过恋爱？"

"唉，我是乡里出来的，靠苦读考上师范，毕业分到城里教小学。那时看城里女人，都是花花绿绿，个个都乖态，生怕她们看不起我这个乡里人，拣到篮子里的就是菜。那叫什么谈恋爱喽？"

我一边点头一边叹息。杜进又发出一声超重型的叹息，说："我就是觉得对不起黄俏啊。"然后双手掩面，发出呜咽之声。我顿时手足无措，愣愣地看着这个比我大十岁的男人像个失恋的高中生那样哭泣，心里说不出是什么滋味。好在他很快终止了哭泣，用手掌果断地抹去泪水，红着眼睛盯着地面。我仍然不晓得说什么好，只有掏出烟来。他以前从不抽烟的，但这回却接了过去，任由我给他点燃。升腾起的迷蒙烟雾是种最好的掩饰，我顿时感到轻松和自然了许多。他抽完一根，又主动要了一根。我干脆把烟和打火机放到茶几上，任由他取用。一起抽空了半包烟，我们才走出小包厢。出了茶馆门，他偏过头看了我一眼，说："你不要对任何人讲。"

"你放心，绝对不会有半句话从我这里漏出去。"

他点点头，又拍拍我的肩，眼睛虽然还有些微微发红，但已基本恢复了杜主任的态势。我笑了笑，替他招来一辆出租车。本来可以跟他共走一段路的，但我想独自走走。空气中飘动着隐隐约约的秋意，但天地变迁的信息越来越弱，在这日趋浮躁和炎热的世界，只有少数心静的人才能及时感知。就像一些微妙的预兆，肯定不会为心浮气躁的人所捕捉。我隐约觉得前路隐伏着变数，但到底会有什么样的变数，却无法明了。本来按常理推断，杜进渡过此劫，至少办公室还是他的天下，龙副局长也显示出了他对自己人马的维护和维护的力度。以此而论，廖独行的事未尝没有希望。但是过去的经验告诉我，逻辑推理虽然看上去正确，却不太可靠，往往应验的倒是莫名的担心。廖独行能走到这一步，无论是他，还是我、杜进和陈彩云，都付出了心血。我想我不能让这番心血在变数中化为乌有，必要的时候，得直接去找大姨夫了。尽管我感激大姨夫对我的暗中关照，但他的一贯威严总让我不太想去主动亲近。我也总希望凭自己的能力把事办好，轻易不愿意求人相助。但这次是为了朋友的事，我觉得无损我的自尊和自立。倒是廖独行愿不愿意跟我去见这样一位县里的大官（自从见识过市里那个副局长的做派后，他就认为官越大架子就越大，避之唯恐不及），是我暂时还无法肯定的。不管如何，我得先探探大姨夫的口风了。明确了这点，我顿时觉得前路不那么难以测度了，脚步也轻快了不少。

就在我为何时去找大姨夫而踌躇时，他却打了个电话，要我去他办公室一趟。县政府就在县委斜对面，隔着一条街而已。县长们的办公室集中在主楼第三层的左半边，进去得先经过楼梯口旁的接待室，里面坐着不少人，正在等待着县长们的接见。值班的秘书认识我，说刚有两个人进去找肖县长，问我是直接进去还是在这里等一等。我便在接待室看报纸，看了十来分钟，秘书说我可以进去了。

大姨夫陷在他那张真皮转椅中，年轻时很茂盛的头发显得有些稀疏，整齐地往后梳着，桌上那面小五星红旗鲜艳得像是刚从生产线上走下来。见我进来，他宽阔的脸上现出一丝笑容，然后又归于深沉。我从小就敬畏他的深沉，却又暗暗模仿这种深沉。这一点，他大概有所察觉，几次向老妈称赞我比较沉稳。于是在他面前，我就愈发沉稳了，很少说话，只是聆听和点头。他表扬我工作做得不错，同事们的反映都很好。我暗想，他们怎么会在你面前说我不好呢，嘴里却说，没给你丢脸就行了。

大姨夫点点头，脸上又现出一丝微笑，说："你要好好干，我是盼着你比我有出息啊。你爱好文学是可以的，但今后要把更多的精力放在事业发展上来，要多跟人交流，尤其注意多跟上级沟通。不仅要跟报社的领导沟通，还要多往宣传部走一走。徐部长对你的印象也不错，跟我说过你是棵好苗子，我也拜托他多培养一下你。"

我有些纳闷——大姨夫对我的关照通常是不动声色的，怎么现在把话说得这么明白呢？

"过完这个月，我就要到小梁县当县长了。还没有正式宣布，你先不要对别人讲。"

见我愕然，他轻轻地咳嗽了一声，缓缓地说："官场上是人走茶就凉。我虽然还有些老关系在这儿，但讲话没有以前那么灵了，以后关键要靠你自己。"

我这才醒过来，连忙恭喜他高升了，心里却一阵沮丧——廖独行的事是不能提了，提了也不管用。

　　大姨夫又问了张雅兰的事，说："找个教师当老婆，比较合适。你妈妈对小张很中意。你要是不愿意现在结婚，可以先订婚，好让你妈妈安心。"

　　我应着好，就起身告辞。大姨夫站起来，把我送到门口，拍拍我的肩，才转身进去。

　　这天晚上，我总想打廖独行的电话，约他出来好好聊聊，却又不晓得聊些什么好，几次拿起手机又放下了。过了一会，手机就响了，却是他的名字在闪。他说请我吃夜宵，我说肚子还饱，先散散步吧，他说那就先去洗脚。我听出他非得要请我一回客，便答应了。

　　我走到亚美洗浴城的时候，廖独行已先到了。他叼着烟，穿着我们初见时的那套牛仔服，一手插在口袋里，神色悠然。我连跟他打招呼的心情都没有，接过他递过的烟后，一同默默上了楼。这里最小的包间都是三个位的，不过若是有两个人进去了，别的客人一般不会来。洗脚的两个服务员看上去都不到二十岁，有一个眉眼都还没长开。我怀疑这两位小妹对穴位的认知程度，好在她们都非风尘侠女，手上不带透劲，就算按错了也没什么关系。廖独行没拿正眼看过她们，只顾偏着头跟我说话。他说杜进一直想去找黄俏，却又不敢去，还问他到底该不该去。

　　"你怎么讲呢？"

　　"我说你要是真喜欢她，就干脆跟老婆离婚。"

　　"他要是敢跟老婆离婚，就不会来问你喽。老杜毕竟是官场上的人，还想进步的，不会为了个女人抛弃一切的。"

"那你呢，你会不会？"

我觉得他这问题提得有些奇怪，想了想说："爱情和文学就是我的一切。"

这话一出口，那两位洗脚妹便抬起头来看我，又互相看了一眼，脸上都露出微笑。这微笑远比室内粉红色的灯光要明亮纯净。

廖独行沉默了片刻，问："要是在文学和爱情之间你选一样呢？"

"文学和爱情根本是一体的，怎么会产生矛盾呢？排斥爱情的文学就是伪文学，排斥文学的爱情也不是真爱情。"

"你这话讲得好，讲得经典。"

"我看你气色不错，是不是有什么好消息？"

"有什么好消息喽，坏消息倒有一个。"

我屏住气，瞅着廖独行。他又点了根烟，吸了一口，才说："龙局长要走了。"

"到哪去？"

"到南庙乡去当乡长。"

南庙乡是个大乡，离县城也不远，乡长又是正科级。龙副局长这是被提拔重用了，我应该为他感到高兴；但我和廖独行都明白，这对廖独行的调动，是个毁灭性的坏消息。我顿时陷入了沉默。

吸完一根烟，廖独行慢慢地说："你也不要难过。其实我刚借调过来，就预感到是留不住的。之所以尽了力在做，是怕你们失望。"

"你就不失望么？"

"我跟你讲，听到这个消息，我确实有些难过。但过了一会儿，心里反而轻松起来，好像压在心上的一块石头突然飞走了。"

我冷着脸，很猛地吸着烟，过了一会儿，才叹了口气，说："只要你真的想得开就好。"

"我只是觉得对不住你。"

"我倒没关系，主要是陈彩云。"

"是啊，我都不晓得该怎么跟她开口。"

"你讲不讲，她反正会晓得的。你记住，无论她怎么埋怨你，你都不要跟她争。"

"我晓得。"

提到陈彩云，廖独行的脸色就变得黯然。他把目光从我脸上挪开，望向半空，说："也许我跟她不会长久了。"

"你别乱想。"

"我只是种预感，我也不想跟她分开。"

"只要你不想，那就不会分开。"

廖独行苦笑了一下，说："谁晓得呢？只有天晓得。"

我闭上眼睛，不再说什么了。

洗完脚后，廖独行还要邀我去江边吃夜宵。我实在没心情，说："改日吧。"

"你就当为我饯行吧。"

"等你回去的时候，我再给你饯行。"

"我回去的时候就不告诉你了，一个人打个包，就悄悄地行了。"

"你怎么能这样做呢？"

"我是很怕离别的，尤其不想跟你离别。"

"那就去吃吧。"

这顿夜宵吃了足足有两个小时。廖独行喝了不少酒，却没有醉。吃完后，两人不打的，不走大街，沿着江边老街，经过老码头，再插进一条又一条寂寥的旧巷，拐上县一中那道长长的坡。到了坡顶，就到了马路上。往左边走一百米，便是教育局大院。廖独行却不肯进去，执意把我送到家门口，才返身离去。看着昏黄的路灯光跟随着他孤寂执拗的背影，我的眼睛有些湿润。廖独行应该晓得我在目送他，却没有回头，而是轻轻地哼起了一首歌。那首歌的旋律悠远、苍凉、旷达：

沧海一声笑

滔滔两岸潮

浮沉随浪只记今朝

苍天笑

纷纷世上潮

谁负谁胜出天知晓

……

# 十一

龙副局长调走两个星期后，廖独行就被退了回去。杜进打电话跟我说，他本来还想争取让廖独行留在田桥学区，但蒋局长明显对廖独行有看法，再加上自己地位也不太稳固，就不好跟学区领导打电话了。我表示理解他的难处，心里却在想：如果换了我，无论效果如何，那个电话总是会打的。但责怪杜进也没有用，思来想去，我倒有些责怪自己为什么不早点跟大姨夫说这事；继而又想：假如我是报社老总，或者哪怕只是头版的编辑，也就有点跟蒋局长谈判的筹码。但我现在只是个副刊编辑，在没有半点人文情怀的蒋局长心目中，分量不会比廖独行重多少。这样一想，我的愤世情绪又鼓了起来，连稿子也不想看了，只是盯着墙壁，似乎想用目光在上面凿两个洞出来。

廖独行走的时候，果然没跟任何人打招呼，让杜进连开欢送会的机会也没有。不过这样也许让杜进在尴尬之余也松了口气，因为假如开欢送会，只怕没有几个人愿意到场。廖独行回去第三天后，陈彩云才知晓此事。她跑到城里来，寻着张雅兰大哭了一场，待到弄清楚廖独行的事是彻底没希望了，她反倒不哭了，只是呆坐着，半天不出声。张雅兰从没见过她冷成这样，有些害怕起来，打电话把我喊过来。直到陈彩云脸上的泪痕干得看不见了，我们的轮番安慰才有了效果——她站起来，去卫生间洗脸。出来后，她很凄然地对我们笑，说："我代他谢谢你们，你们尽心尽力，只怪他没得这个命。"

张雅兰上前拉着她的手说："你快别这样讲，他还年轻得很，往后机会多得是。"

陈彩云摇摇头，不再说什么。她坚决不肯留宿，甚至连饭也不肯吃，说是要赶最后一班车，又坚决不要我们送她到车站，匆匆地走了。从门口转回来后，张雅兰说："看到她这样，我都好想哭。"

我点点头，把她抱住，抱得紧紧的，心里才不觉得那么空。

为了防止廖独行自暴自弃，此后我隔三岔五都会跟他打电话。从声音里倒听不出他情绪低落。问他在学校里的情况，他只是说，还不是老样子，然后跳过不提。但我还是晓得了他的处境很糟——因为陈彩云不时会打电话向张雅兰倾诉。校长见他被退了回来，少不得冷嘲热讽。因为师资力量确实欠缺，总算没下他的岗，但校长堂妹占据的那间宿舍，是说什么也不肯空出来。好在廖独行不跟女人动武，否则就会把门踢烂，闹出场大风波来。

这事忍忍也就过去了，没想到快到春节的时候，他哥哥和嫂子回来了。那个女人见门锁换了，马上闹了起来，还大张旗鼓地把屋子的东西检查了一遍，似乎廖独行成了贼，而他的父母是贼之同伙。见父母都羞愧得如真做了贼一样，而嫂子却不依不饶，廖独行忍无可忍，指着她的鼻子说："你莫再闹了，不然我真的要打你一顿饱的。"他嫂子立刻滚在地上，声称要把肚里刚怀上的孩子滚掉算了。骇得廖母要给她下跪，又让廖独行给嫂嫂赔礼。廖独行看了看满脸凄苦的妈妈，又瞟了瞟半个屁都不敢放的哥哥，吼了句："我再也不进新屋，要得了么？"

他嫂子一听，神速地从地上立了起来，说："你讲话要算数。"

廖独行冷笑着走开，上了后山，在岩洞里和衣睡了一夜，居然也没感冒。后来他把这事告诉了陈彩云，陈彩云一听就急了，说："你怎么这样蠢？你这样讲就是把栋新屋白白送给他们了。"

廖独行见陈彩云半句安慰的话都没有，也动了火，两人大吵一场，廖独行赌气走回了万石村。本来说好过年时无论遭受怎样的难堪，也要上门给陈彩云父母拜年的，结果到了大年三十都没有一点动静。陈彩云急了，直接打电话给我，求我来转这个弯。我立刻打电话过去，那边却是关了机，我只好发了条信息：是个男人你就去跟陈彩云父母拜年，别让她难做人。

直到春节假期结束，也没有听到什么回音。散元宵那天，我又打了一次，还是关机。

我想我得去万石村一趟。

本来想约上陈彩云的，但我又考虑到廖独行一时半刻转不过弯，陈彩云可能忍不住跟他急，这个结就越打越死了，还是决定先跟廖独行碰面，看看他到底怎么想的。我是星期六早上动身的，等车换车耗了不少时间，快中午了才晃到万石村。在那栋只修了一半的红砖屋门口，有个又黑又瘦的妇人坐在竹椅上晒太阳。我想这就是廖独行所谓的嫂嫂了，遂把头一偏，假装没看到那双直瞅着我的老鼠眼睛。土砖屋的门是半开的，我站在门口喊了两声廖独行，廖父闻声从里面走了出来，见到我，先是愣了一下，然后放出笑容，请我进去坐。他一边递烟一边说："富伢子也是，你要来，他也没跟我讲一声。"

"我没告诉他要来。他人呢？"

"吃了早饭就到山上去了，现在还没归屋。"

"阿姨呢？"

"在那边帮着做饭。我去催一下她，要她快点到这边来搞饭吃。"

"你们不一起开伙？"

廖父神色黯淡下来，摇摇头。

154

"我还不饿，莫催她，等她在那边搞清场。"

"那就对你不住啊。"

"不要紧。"

廖父给我倒了茶，又寻出花生和红薯干来，然后说："我先去灶屋里把饭煮好，等下只管炒菜了。"

我应着好，往口袋里塞了把花生，端着茶，拖了把竹椅到门口晒太阳。那女人还坐在门口。她已晓得了我是来找廖独行的，便"呸"了一声，把竹椅挪到门口的另一边去了。我当她不存在，目光望向远方的田野和山峦，慢慢地嚼着花生。嚼了十来分钟，廖父从土砖屋走出来，一边说"我去看她搞清场了么"，一边拐进红砖屋。

片刻之后，廖母匆匆走出来，一边在围裙上擦手，一边满脸歉意地对我笑，说："哎呀，你来了我还不晓得。"

我连忙站起来，说："又来打扰你们了。"

"你是贵客呢，请都请不到的。你快坐，我就去炒菜。"

廖母进了屋，搬了条长凳出来，把花生和红薯干放在上面，又给我加了茶，才进去炒菜。见我受到如此热情招待，那妇人重重地咳嗽了几声后，赌气进了屋。我掏出手机，这次传出的声音是：你拨打的电话已停机。

直到饭菜上桌，还是没见廖独行的踪影。廖父说不等了，又说："他这一向经常不按时回来吃，好像不愿意跟我们共一桌吃饭了。"

我笑着说："他不会那样想的。"

廖母连忙向廖父使眼色，然后招呼我多吃些。为了不冷场，也为了减轻他们的歉意，我努力吃得痛快，不时称赞好吃。廖母不太吃得下，似乎有什么堵在了喉咙里。她看了我好几回，在我把一大块鸡肉咽下去后，才迟疑着说："好久没看到陈妹子，不晓得你碰到过她么？"

"看到过几次。"

"是跟富伢子一起么？"

"那是廖致富在城里上班的时候，她来看他，我和他们在一起玩。"

"那就好。我还以为他们闹意见了，过年也没看到陈妹子来。"

廖父突然说："富伢子在城里是不是犯错误了？"

"没有。他表现得还不错，主要是现在调动太难了。"

"不晓得以后还有没有戏？"

"他还年轻，总等得到机会的。"

"那要靠你多帮忙啊。"

"能帮得到的我肯定帮。"

廖母在一边说："你心好，命也好，是个升官发财的相。富伢子跟你结朋友，是他前世修来的。"

"你快莫这样讲。"

看着廖母满脸谦卑的笑，我有些坐不住了。加快速度吃完饭后，我往门口望了望，说："我去找找他。"

廖父说："这地方你又不熟，还是我去。"

"不要紧，我晓得他在哪里。"

第二次看到那座山，觉得没有记忆中高峻了，倒是更觉出它的孤独，甚至是无援。满山的石头表情冷漠，似乎没有了廖独行的陪

156

同，它们就不跟我亲近了。好在它们没有公然拦住我的去路，或者脚下使绊狠狠地摔我一跤。对我零零碎碎哼出的小调，它们也只是以沉默来应对。我哼的是《沧海一声笑》。我期待听到突然从山顶飘下同样的曲调，但直到我微微气喘地站在那块石中王者面前时，迎接我的还是一片寂然。爬到石头上，举目四望，我看到了一只岩鹰盘旋于半空的寂寞身影。它似乎在寻找什么，却没能如愿，最终一个无奈的转身，投向侧后方更浩瀚也更荒凉的群山。尽管我能感觉到廖独行就在岩洞里，但我没有急着去那儿，而是盘腿坐下，背对着岩洞的方向。我期待廖独行能从岩洞里走出来，而我乍然出现的背影能给他一个惊醒。我想象着他默默地走过来，默默地和我并排坐下，在默然中我们完成了沟通，相视一笑，再起身下山。

慢慢地抽完第五根烟，还是没有一点脚步声溅入耳中。

我有些动摇了——也许他真不在洞里。为了否定这种怀疑，我站起来，等双腿的麻胀消退后，就跳下岩石，有些迫不及待地往山后走去。

来到洞口，往里面一张望，我不禁有些目瞪口呆——廖独行正站洞穴一角，背对着洞口，褪了裤子，屁股激烈地晃动着。而他的身前并没有人，只有冰冷的石壁。我连忙闪到一边，靠在山坡上，眼泪不禁流了出来。

我等了许久，才强迫自己慢慢挪到洞口。廖独行已经坐在了石床边上，正盯着地面抽烟。我喊了一声，他猛地抬起头，然后从石床上掉下来，几乎摔了一跤。

"你出来。"

他慢慢走到洞口，就停住不动了。我们脸对着脸。他的双颊明显陷了下去，眼神有些空。

"你什么时候来的？"

"未必我来不得？"

他低了一下头，又抬起来，说："我晓得你要跟我讲什么。"

"我不想跟你讲什么，只是想来看看你。"

他涩涩地一笑，点点头，说："我现在过得还好，你莫担心。"

"你这样子叫作过得还好？"

"那你要我怎么过？"

"怎么过？勇敢地站起来，去冲，去杀，莫天天缩在这个洞里，像只乌龟。"

他直瞪着我，眼睛里一下就充满了血丝，发出沉重的呼吸，像头饿虎。但他没有从洞里扑出来，而是一拳打在洞边。

"你要打架，就出来打。"

他看着拳头上的血，摇摇头，说："我跟全天下人打也不得跟你打，但你莫这样骂我。"

"原来你还没有完全麻木喽。那我问你，你到底还想不想跟陈彩云好下去？"

"我这一向主要就是想这个事。我已经想通了——我再箍着她不放，等于害了她。"

"你没有箍她，是她心愿的。"

"反正心不心愿，都是一回事。我不想再害她。"

"那你到底还爱她么？"

"爱。就是爱，我才想跟她分开。爱一个人就是要让她过得好，你讲是么？"

"你嘴巴讲得轻巧，心里当真受得了么？"

"受不了也要受，硬起心，总会扛过去的。"

"那陈彩云受得了么？"

"与其让她长痛，不如让她短痛。"

"你真的想清了。"

"真的想清了。"

直视他足足有一分钟，我说："那好，那我行了。"

"你总要在这住一夜啊！"廖独行边说边往外爬。

我按住他的肩膀，说："我没得心思住。你记得，什么时候想发奋图强了，什么时候再跟我打电话。"

廖独行眼神中半是焦急半是愧疚，微微张开嘴唇，却说不出话。重重地拍了他一下肩膀，我离开洞口，迅速往山顶攀去。

快要走到山下的时候，我听到廖独行的叫声轰然在群山间炸响。他没有喊我，只是狂呼大叫，声音高亢、凄厉，像一头找不到出路的饿虎，徒然向天空和大地发泄着内心的郁闷和绝望。我强忍住没有回头，只是走着走着，就泪流满面。

# 十二

离开万石村后，有四五个月，我没有跟廖独行联系过。一方面是故意如此，另一方面，也因为我接连参与了宣传部几个大材料的撰写，非但白天难得休息，晚上还经常熬夜。尽管写这些东西毫无创造的快感，但我还是强迫自己认真对待。我的工作甚至得到了县委张副书记的表扬，他说我行文简洁有力，生动形象，而且能够抓住事情的要害。张副书记以严厉著称，长期分管宣传和文教卫。面对他的表扬，我表现出了年轻人应有的谦虚，这让他神色愈显慈和，甚至对我露出了罕见的微笑。那一刻，我还真有些热血沸腾——尽管我晓得这种热血沸腾是可笑的，但我终究无法克除根深蒂固的虚荣心。

正因为工作紧张，一有空闲，我就尽量和张雅兰泡在一起，以求放松。从她那里，我能得知陈彩云和廖独行这一段的基本情况。廖独行也真做得出，虽然陈彩云帮他交了所欠的话费，他却一直关着机。陈彩云终究是忍不住，放下架子，到万石村去了一趟。尽管廖独行父母把她当成皇后娘娘来接待，但廖独行只是蹦出句"以后你不要来找我了"，就甩手出门。面对他的绝情，陈彩云的眼泪当场就唰地流了下来。廖母一边劝慰她，一边也忍不住流下泪来。廖父追上前去，想把廖独行拖回来。任凭他如何咒骂拉扯，廖独行就是不往回走半步。廖父情急之下，抽了他一耳光。抽完后，自己倒先惊住了，放开手。廖独行木然地看了他一眼，快步走了。

在廖母的百般挽留之下，陈彩云在廖家过了一夜——她还是期盼着能跟廖独行好好谈谈的。但廖独行一夜未归，估计又睡岩洞了。第二天吃早饭的时候，廖独行的嫂子在门外提着气说："现在的年轻妹子啊，真是不晓得自重，连彩礼都没收的，就跑到男的家里过夜。要是那个男的对她诚心也好，偏偏连面都不想见。未必书读得越多，就越轻贱？像我这样没什么文化的，还站得正行得稳些。"

听了这话，陈彩云气得再也吃不下半口饭，想回骂，但实在没有底气，往日的伶牙俐齿竟全哑了。廖母倒是一反往日的忍让，走出去说："你肚里怀着崽，嘴巴就积些阴德要得么？"

那妇人立刻红了脸，嚷道："哎呀，我肚子里怀的是你廖家的崽，你不帮我讲话还帮别人？天晓得这个女的会不会进你廖家的门。八字没有一撇的事，你莫想得太美了。"

廖母顿时被噎住了。廖父扯着喉咙把他大儿子喊过来，要他管一管自己的婆娘。在廖独行哥哥的哀求下，那妇人昂着脸得胜回营了。陈彩云却被生生地气出病来，回到家后，休养了整整三天。她跟张雅兰说："以后就算用八抬大轿来抬我，我也不得进他家的门。"

张雅兰把这话告诉我后，我说："要是廖独行真的用八抬大轿来抬，我看她还是心愿的。"

张雅兰叹了口气，说："陈彩云还是很专情的，我最欣赏她这一点。所以虽然她有些小心眼，我还是喜欢她的。"

"是啊。我原来总以为她有点飘，但现在看来，她骨子里还是很正的。"

"你呀，看人的眼光总带着怀疑，活得累不累？"

"本来活得很累的，认识你后，就不觉得累了，反而动力无穷。"

张雅兰偏着头，微眯着眼，做出怀疑的神态瞅着我。但她这种审查没能持续多久，就化为粲然一笑，像一位灵性的小女孩终于认定对方手中的巧克力是可以放心拿过来享用的。她叹了口气说："我们还是很幸福的。"

"那当然。"

"所以我也希望别人也能幸福。"

"要是世界上所有的人都能像你这么想，那这个世界就真的会变得很幸福。"

"为什么有些人不这么想呢？"

"因为他们忌心太重，既怕不如自己的人赶上来，又眼红那些比自己过得好的人。"

"像这样的话，就永远过不好。"

"是啊。这样的人就算当了皇帝，也过不好的。"

"这种人，其实都是傻瓜。"

这句话的锋利让我心里暗自一惊。张雅兰偶尔也有锋利的时候，不过这是种温柔、明亮的锋利，源自于她内心的澄澈。拥有这种澄澈的人，本来就是幸福的，因为她的幸福不假外求。只有前世种下慧根的人，才能天生抵达这种境界。我暗自把她比作小观音菩萨。能够跟小观音菩萨相伴相随，自然是福缘深厚，所以我也是幸福的。

在幸福时光中桃红已尽落，碧荷将染朱。我怕热不怕冷，到了夏天，白昼就尽量躲在房子里，成了典型的宅男。在四面墙的掩护同时也是围困下，我一直期盼着廖独行的电话。但这家伙大概没能振作起来，所以也不敢跟我打电话。陈彩云也有好一段时间没和张雅兰联系了。直到六月的一天，我打开邮箱，看到了廖独行发来的信。本来这天我处在情绪低落的周期，但看到邮件，就立刻兴奋起来。除了一组诗外，廖独行什么话也没写。但这组描写禾苗与云霞的诗歌，让我感到了他心情的转变。句法虽然还是那样险峭，但字里行间透着亮色，我甚至还嗅到了爱情清新的气息。禾苗绝不仅仅是禾苗，云霞也绝不仅仅是云霞，在它们后面，隐藏着一个让诗人倾心的女人。莫非他跟陈彩云又和好如初了？想到这，我几乎忍不住要打电话给他了。但廖独行诗外不着一字的做法，又让我有几分不快。想了想后，我打通了张雅兰的手机，请她到陈彩云那里探探口气。

张雅兰是在傍晚才给我回电话的。

"情况怎么样？"

张雅兰沉默了片刻，才说："他们彻底断了。"

"怎么会呢？"

"她说廖独行是个流氓。"

"廖独行怎么是个流氓呢？"

"他跟别人好上了。"

"跟别人好上了，也不能说是流氓啊。"

"那个女人是结了婚的。"

"是个什么样的女人？"

"我们见过的。你还记不记得我们上次去万石村，那个在田里插禾的……"

我立刻就想了起来。那个女人形象还很鲜明：眼睛清亮，站在碧绿的田野中，笑得露出雪白的牙齿，就像一株健壮、挺拔的青禾。我还记得她的名字：永芳。

"是哪个告诉她的？不会是乡里的风言风语吧？"

"是廖独行学校里的人告诉她的。陈彩云说她开始也不愿意相信，打电话给廖独行。廖独行说：'我现在跟哪个好不关你的事了。'陈彩云还不相信，说：'你是不是在跟她好？'廖独行说：'是又怎么样？'就把电话挂了。陈彩云想到自己连一个乡里种田的女人都没争赢，觉得很丑，不愿见人，请了病假，天天在家里躲着。"

　　"唉，你有空多打电话安慰一下她。"

　　"我晓得。廖独行也真是的。"

　　我没发表意见，就挂了电话，坐在沙发上静静地想了许久。不管怎么样，廖独行能够获得重生总是好的。尽管我同情陈彩云，但那个永芳给我的感觉确实不坏。我甚至隐隐觉得廖独行和永芳在精神上有种相通的地方。也许正因为如此，他们才能走在一起。唯一的麻烦就是永芳已经结婚，还是廖独行未出五服的堂嫂。这在过去，可是乱伦大罪，要绑起来沉潭的。虽然近二十年来风气大开，但在守旧的农村，这仍然是道坎。长远的解决办法就是永芳跟她男人离婚，再跟廖独行结婚。虽然两方面肯定都会受到阻挠，但他们都是心志坚毅之人，只要想走在一起，什么东西也拦不住的。廖独行应该懂得走这条法律所允许的路子。我暂时还不想跟他打电话，只是决定这期就发那组诗歌，好让他尽快感受到我的态度。

　　诗歌发出后，过了两个星期，廖独行还是没动静。我有些愤怒了——莫非这家伙要跟过去的一切彻底斩断联系，包括我这个铁哥们？不过火气过了后，我认为这个想法有些偏激。廖独行绝对看重我们的友情，也绝不是个忘恩负义的小人。或许他正在面对一些必然的波澜吧。就在我有些担心他处理不好的时候，这家伙来电话了。一接通他就兴冲冲地说："我准备出诗集了。"

"出诗集？"

"是啊。"

"你怎么突然想到要出诗集呢？"

"我就是想出，很想出。"

"你哪有钱自己出诗集？"

"我攒了六千元。原来准备起房子的。现在我也不想跟哥哥他们住一栋房了，干脆先拿来出诗集。"

"联系好出版社了么？"

"是个编辑帮我出。"

"哪里的编辑喽？"

廖独行说出一个名字。这人我也晓得，是西南地区某诗歌刊物的资深编辑。廖独行告诉我，那人曾给他发过几首诗，现在正策划一套诗歌丛书。包书号和印刷一起，印一千册，五千元。

"你有把握没有？不要被人骗了。"

"他叫我相信他。反正我把钱和稿子都寄过去了，到时他还要寄校样给我，让我看一遍。"

"有收据给你么？"

"那就没有。"

我觉得这件事有点悬，但廖独行劲头很足，兴致勃勃地跟我探讨诗集出来后怎么到各个学校去朗诵、推销。我不忍打击他的好兴致，也就在电话里替他谋划了一通，并答应替他看遍校样。从头到

165

尾，廖独行没有半个字提到他的情感变迁，我也就不问。不管怎么样，廖独行能够重新鼓起干劲，是最重要的。看来最终能拯救诗人的，还是诗歌本身。但愿这本诗集能够顺利印出来，让廖独行充满生气地活下去。

此后我一直在等待诗集的校样。我想廖独行是不会寄过来的，他会带着它来见我，也许还会看着我校，甚至是一起校对，为一个字一个词的改动产生激烈的争论，乃至通宵不眠。这样的场景实在让我期待。

我没有等到。

廖独行也没有等到。

我曾经暗自设想过一些结局，其中有的结局连我自己也觉得过于冷酷，但我绝没想过廖独行会在诗集诞生之前走向了死亡。我没想到他会那么傻，那么激烈。当永芳的丈夫偷偷从外地赶回，带了一帮人到处找他时，他和永芳正在岩洞里幽会。洞口特殊的形状让那帮人无法发挥人多势众的优势。当试图进入的第一个人才探进小半截身子裆下就遭到击打大喊救命被旁人拖出后，他们想了个很绝的办法：用烟把这对奸夫淫妇熏出来。他们几乎把半座山的茅草都烧光了。据后来这里面的人说，他们听到了里面的争吵。永芳不肯出来，永芳要廖独行冲出去，她自己想撞死在洞里。永芳不是手无缚鸡之力的林黛玉，如果她不配合，廖独行是没办法把她带出来的。然而要丢下她独自逃生，廖独行绝对做不到的。当争吵声和咳嗽声渐渐熄灭后，那些人畏惧廖独行的强悍，还在洞口烧了几把大火。结果他们进去后看到的是两具紧紧抱在一起的尸体。他们抱得是那样地紧，手指甲都抠进对方的肉中，嘴唇也紧紧粘在一起。这个场景让永芳的丈夫深受刺激，当场就疯掉了。

事情过去一个星期后，我才得到了消息。当我赶到万石村时，廖独行已被草葬在那座石山脚下。本来万石村有块专用的坟地，但廖独行是犯了乱伦大罪，村人公议他不能入祖坟。永芳的尸体则被她娘家人运了回去。我有心让他们合葬，却无能为力。站在廖独行的坟前，我很想痛痛快快地大哭一场，却怎么也哭不出。但若是不发泄出来，我的心会爆开的。最后我选择了一种极端方式来宣泄我满腔的痛苦和郁愤：在廖独行的坟边独自过了一夜。

那一夜的体验我不想跟任何人说。

第二天，我到处寻找廖独行的黑色笔记本。我晓得他应该是随身带着的，首先就到石山上搜寻。洞里洞外的每条石缝我都剔过了，就是不见踪影，这让我心里凉了半截。下山后，征得廖独行父母的同意，我在他住的小房子彻查了一遍，结果连作品剪报也没看到几张——估计是做成剪贴集寄给那个编辑了。这让我心里愈发感到悲凉。我不相信笔记本会跟着廖独行去另一个世界，肯定是被某个心思恶毒的人藏起来或是毁掉了。我的心充满悲凉和焦灼——难道廖独行这些蘸着心血写下的诗行命运将同他一样凄惨？

回到城里后，我连忙同那个编辑联系，打听诗集印刷的情况。那个编辑口气有些漫不经心，说还在审稿。他又问我廖独行为什么不跟他联系。犹豫了片刻后，我告诉他真相。我期待用这个惨痛的事实来保证诗集的顺利诞生。那人"哦"了一声，说了句："很可惜"，然后说印好后再跟我联系，就挂了电话。他连电话都没问我，这让我心里简直凉透了。过了一个月后，我再打电话过去，他说这套诗集有很多本，他审了初稿，出版社还要审，得慢慢来。我只好又等了两个月。之后又打了几次电话，得到的回答还是很模糊。半年都过去了，我终于肯定这本诗集是不会出来了，便要求那人退还书款和原稿。他支支吾吾了一阵，便挂了电话。此后只要一听到我的声音，就掐断了线。我写了封举报信寄给该刊物的主编，但没有任何回音。后来我想这是我的幼稚。也许这封信正捏在那个编辑的手里，我甚至看到他冷笑着对我说："小子，证据呢？"

没有证据，我所指望的是良心，是灵魂的感动。但这个人根本没有良心，没有灵魂。我都想不通他是怎么能够从事跟灵魂密切相关的文学事业的。我只能祈愿廖独行穿过另一个世界与这个世界的秘密通道去找他，掏出他的心来看看。

就是从此时开始，我中断了持续多年的诗歌写作。

# 十三

两年后，趁着干部队伍年轻化的东风，同时也通过精心运作，我出任田桥镇副镇长。陈彩云还在这个镇上，她已跟镇政府一名普通工作人员结了婚。为了她丈夫的升迁，陈彩云来找过我。经过一番思想斗争，我还是决定帮助他们。因为我始终记得廖独行的话："爱一个人，就是要让她过得好。"我相信廖独行始终是爱着陈彩云的。而在陈彩云心中，廖独行无疑将永远占有一个不可替代的位置。我的做法得到了妻子张雅兰的赞许。

又过了三年，我升任镇长兼党委副书记，真正具有了左右全局的权力。履行新职后我做的第一件事，就是想方设法筹集资金为万石村修了条水泥路。村人们请我为这条路取名，我说，就叫致富路吧。这条路的建成，为我赢得了更高的声望，连镇党委书记也说我解决了一个历史性难题。其实施政跟写诗有相通之处，只要感到时机已到，选准切入口，不断变换行进的节奏和姿态，就能抵达完美的结尾。尼克松说得好："政治与其说是一篇散文，毋宁说是一首诗。"政治的含蓄微妙、不落言诠与诗歌相仿。我想我要尽力把这首无形的大诗作得精彩。

在公务之余，我时常会抽空到万石村走走。不管刮风还是下雨，在半路上我都会下车，让司机先把车开进村里。当我独自走在这条路上时，并不觉得孤单。因为我能感觉到，我的诗人兄弟陪伴在身边。

# 山有灵兮

　　大瑶山青岩寨村新任村长沈衡来电话的时候，程全正在会上对县里旅游景区的服务质量发表看法。手机就放在桌上，调到了无声模式。瞥了一眼来电显示后，程全没做理会。手机屏幕顽强地闪烁了好一阵，沉寂片刻后，又亮了起来。程全还是没接——尽管局里其他领导在会议上接听来电都显出一副天经地义的模样，但他觉得既然禁止下属在会议上通电话，身为领导，就得做出表率。那边两次遭受冷遇，显然很不甘心，又掷来一条短信。程全想沈衡性格偏酣，这般着急，莫非是出了什么事？于是一边讲话一边打开短信。屏幕上就一行字："达生叔出问题了！"

　　达生叔就是回达生，大瑶山功力最深厚的歌师傅，据说肚子里藏着两千多首山歌。虽然已经年过六旬，那条嗓子却还像是精铜锻制，音色醇，后劲足。作为国家级非物质文化遗产花瑶山歌的传

170

承人，回达生可是大瑶山风景区的一块招牌。景区每次举办大型活动，如果没有他到场亮几首山歌，那就好比煞费苦心做了道大菜，端出来却发现盐放少了。他要是真出了问题，那大瑶山风景区可就少了块金字招牌。捺住焦急之心，程全发完言，然后起身走出会议室。

"沈衡兄，到底出了什么问题？"

"他……他搬到树上去住了。"

"什么树上？"

"就是山上的树。"

"树上怎么住人？他是不是脑壳出毛病了？"

"我也不晓得他脑壳是不是出毛病了。反正他把家搬到树上去了，还讲以后搞什么旅游活动别来喊他。"

"是不是你们对他不恭敬？"

"哪会呢。我们把他当菩萨一样供着呢。"

"那是怎么回事？怎么突然造个这样的大怪？"

"哎呀，电话里扯不清，你还是亲自来一趟吧！"

挂了电话后，程全回到会场。一把手杜局长正在做总结发言。他一旦发言，就算没有长江那么长，起码也不会比资江短。虽然大多是些老话、套话和废话，但下属们只有默然忍受。程全看到有几位同志还边听边做笔记，神情庄重，似乎在记录什么经典名言，心中暗叹道：表面工夫做到这一步，也算难得了。

好容易熬到了杜局长的演说完毕，主持会议的廖副局长在一一指出了同僚们讲话的深刻内涵和重要意义后，便欣然宣布散会。程全向杜局长简短汇报了情况后，调用了那台三个副局长共用一辆的帕萨特——即便总共只有两辆公车，这也让相邻几个县的同行们羡慕得眼睛发绿。因为在那几个旅游资源尚未得到有效开发的县，旅游局真是一个摆设，能有一辆公车就算县领导大发慈悲了。飞龙县的旅游产业近几年发展得不错，平均每年实际上能吸引大约 50 万人次的外县游客（上报的数据是 80 万人次），所以飞龙旅游局在县委常委们眼里还有些分量，去年从县财政中特批专款加配了一台标准型奥迪 A6。这台新车成了杜老板的专用坐骑，原来的帕萨特则慷慨地让给三个副职分享了。由此局里又招了个司机。虽说是临时工，却喊杜局长做堂叔的，还不太好使。若非有明文规定党政机关领导干部不能亲驾公车，程全还真想自己把车开上青岩寨。听说是进大瑶山，小杜倒还有些积极性——那里盛开着不少美女。

　　从县城到青岩寨，最快也要两个半小时。程全坐在驾驶席后面的位置上，做闭目养神状。其实他毫无倦意，正在脑袋里放电影，一幕幕皆是跟回达生接触的情景。

　　2009 年春夏之交，程全认识了青岩寨第一美女奉映红。两人大概是前生姻缘未了，这一世才相遇就以目光对上了暗号，很快确定了恋爱关系。花瑶姑娘谈情说爱不喜躲在屋里，偏爱牵着情郎去山上或溪边，选一处视野开阔的地方坐下。她们认为恋爱是天地间一件最自然不过的事，用不着遮遮掩掩。奉映红乃花瑶姑娘中的魁首，更是落落大方。程全头次听到花瑶山歌时，两人正黏在溪边的一块巨石上。虽是盛夏，但因为大瑶山乃飞龙县的高寒地区，平均海拔超过了 1300 米，年平均气温徘徊在 10℃左右，这时节倒最是清爽宜人。空气经过山林的过滤，不仅沾上了树木的清香，还似乎染上了树叶的绿意，深吸一口，便有飘然若仙之感。不过只要搂着奉映红的腰，就算是被城市的灰霾围困着，程全也会感觉如在仙界。他充分发挥汉语言文学专业本科生的优势，从古典文学和现代文学作品中调遣了诸多情话，或交叉使用，或糅合运用，说得奉映红眼睛亮亮的，双颊红红的。就在程全以为她要醉倒在自己怀中时，奉映红却站了起来，半仰着脸，对着小溪那边的翠竹和竹林上的蓝天唱道：

"生要恋来死要恋，生死要恋一百年，哪个九十七上死，奈何桥上等三年。十八哥，我老常，趁着青春把妹连。"

她不讲究任何演唱技巧，就是放开喉咙，敞开胸怀，让歌声像溪水一样从心房中奔涌出来。唱到动情处，她两只手不自觉地举了起来，放在耳畔。像是有电流在身上转了一圈，然后冲顶而去，程全半张着嘴，傻傻地望着奉映红。奉映红唱完后，过了片刻，才把半闭着的眼睛完全睁开，低下头来瞭着程全："好不好听？"

程全猛点头，说："再唱一首。"

奉映红立刻又唱了起来：

"杨梅酸来李子甜，要个媒人多讨嫌，不如两人当面讲，石板架桥万万年。十八哥，我老常，心要专一情要长。"

"再唱一首喽。"

"在家做女做得乖，娘把地灰满屋筛，郎要进来妹背你，两人共穿一双鞋。十八哥，少年乖，神仙下凡都难猜。"

程全猛烈鼓掌，险些把一只从身后山林中飞过来的红雀震落溪中。鼓完掌后，他一边揽住坐下来的奉映红一边说："我的红红不但是大瑶山头号美女，还是头号歌星。"

　　"才不是呢，我师傅才是唱得最好的。"

　　"哦，能做你的师傅，那岂不是歌王了？我倒要见识一下。"

　　"行，下午带你去见他。"

　　"他是个什么样的人喽？"

　　"你见到就晓得了。"

　　"……"


　　在奉映红家吃过中饭后，程全就急着去见这位传说中的歌王。奉映红却说他要困午觉的，起来后还要喝一阵茶，神才会活过来。挨到四点钟，奉映红才领了他去。

　　回达生住在一栋四扇三间的单层木屋中。木屋的侧墙上还隐约现出一行标语："农业学大寨！"可见这屋颇有些年头了，却依然站得端正，显示了当年用料和做工的扎实。青岩寨中的老屋大多向新屋看齐，换盖黑瓦了，这屋却还顶着青灰色的杉木皮。

　　堂屋的门是开着的。还没跨过门槛，程全就看到一位面容清癯的老人坐在竹椅上，小头细颈，高鼻薄唇，双眼皮很明显；脸上气色甚好，看不出有什么皱纹；穿着件寨中已不多见的传统青色对襟短褂；嘴里含的竹身铜斗烟管竟长如成人之臂，还得用手端着。见到奉映红，他也不起身，只是脸上漾出笑容来，然后很在意地打量着程全。奉映红说："师傅，这是我的男朋友，叫程全，你叫他小程好了。"

程全喊了声回伯伯，回达生忙说："快坐，快坐。"然后又说："看起来是个城里人啊。"

"是啊，他在报社上班，不过马上要调到旅游局去了。"

"报社！那还是个书生啊，要得。看来我们寨子里这些小凤凰，一个个都要飞到城里去了。"

"哪里，我看中他才不是因为他是城里人呢。"

"那是，只要人才好，心地善，城里山里都一样。"

"他想采访一下你。"

"我有什么好采访的，快莫出我的洋相了。"

"那你唱几句歌给他听听喽。"

"想听唱歌就直讲，讲什么采访喽，还把我吓一跳。"

程全说："回伯伯你歌唱得好，是要报道一下，让外面的人也晓得大瑶山有个歌王。"

"那不行！那不行！"

奉映红说："好呢，不报道就不报道呢，但歌还是要听的。"

"要唱的，要唱的，来了贵客，哪有不唱的？"回达生站了起来，将烟管搁到神龛前的八仙桌上，向门外走去。他只有一米五左右的个头，走起路来有种飘行的感觉，跟寻常乡下人那种像是要把泥土砸出个坑的沉重步伐迥然有别。

奉映红小声对程全说："师傅要看着山唱，看着田唱，才来精神。"然后又大声说："师傅，我把你的锣鼓搬出来吧！"

回达生也不回头，默然片刻后方说："行，要唱就唱个绝的。"

奉映红连忙扯着程全去厢房搬锣鼓。鼓小于锣，白面红腰，用白布条挂在胸前；有不少凹点的铜锣则悬于左边腰侧。两根棒槌，红布包头的敲锣，红带系尾的打鼓。锣鼓一上身，回达生的眼睛就放出光来，腰杆似乎暴长了一尺，整个人的气场顿时变得很强大。他双腿前后稍稍叉开，一扬手，一张嘴，寂静的午后山寨顿时生动热闹起来。

"一百只蜜蜂飞过街，就有九十九只只回来，打发一只回去报个信，它扯起一翅飞过湖南湖北、广东广西、云南四川、益阳常德，转身一步飞到宝庆城里的宝塔尖子蒂贡高头垛起、脚趾跷起、脑壳溜起、眉毛铲起、舌子伸起、衣毛竖起、翅膀洒起，吃吃叽叽、吃吃叽叽叽一翅呜哇呜哇噻，十八哥少年乖，蜜蜂飞进了扬州街。呜哇呜哇呜哇……"

这近一百五十个字，回达生是一气唱完，音高如云雀冲天，只升不落；音速如旋风过身，来去倏然；吐字又异常清晰，每个小变化都绝不含糊；更兼眉扬手动，模仿出蜜蜂的各种神态，锣声鼓声还丝毫不乱，节奏分明。程全顿时被震住了，良久才回过神来——世界上竟然还有这种唱法，这种声音。回达生唱完了，寨里寨外的许多角落里还不时飘出和声："呜哇呜哇呜哇——哦——嗬嗬嗬嗬，哦——嗬嗬嗬嗬……"

程全向回达生望去，见他连微喘之态都没有，反而容光焕发，佩服得直想跟着奉映红喊他做师傅。见奉映红替他卸下锣鼓，他连忙上去帮手，抢着把锣鼓往自己身上挂。挂好后，他敲了一下鼓，又打了一下锣，说："这真是独一无二的唱法，总有个名称吧？"

奉映红说："佩锣鼓唱的歌就叫锣鼓山歌。锣鼓山歌中最难学的就是呜哇山歌。师傅刚刚唱的就是呜哇山歌中最难唱的《百只蜜蜂飞过街》。我跟他学唱这么久，才听他唱过五次呢。"

程全连连向回达生拱手致谢，又说："早晓得，我要带支录音笔来。"

"带录音笔来做什么，要带就带台摄像机来。"

"行，我一定落实小奉书记的指示。"

"你少油嘴滑舌了。我才不想接我爸爸的班，当什么村书记，累死个人了。"

回达生说："当官是不好，没点味。像我，当一辈子的歌师傅，唱一辈子的歌，不开荒，不种田，有吃有穿还有得玩，快活得要死。"

程全问："什么是歌师傅呢？"

回达生没接口，转身往屋里走。奉映红边走边说："歌师傅是我们大瑶山一种特有的职业。挖土、翻田、锄草、插秧、打禾，还有修路、筑坝，都要请个歌师傅在旁边唱歌助兴。大家一边劳动一边不时跟着歌师傅的节奏打哦嗬，越唱手下越来劲。往往十几亩山地，一阵风就挖完了。"

"那怎么算报酬呢？"

"一般都不给钱的。但歌师傅家田地里的工夫，大家就替他做了。"

"那歌师傅就是你们瑶寨的职业歌唱家喽。"

"差不多吧。"

回达生已经落了座，重新把烟管点燃，深吸一口，良久才把烟雾从肺部中放出来，随后说："歌唱家这顶帽子太大了，我戴不起。不过老话讲得好：'山歌无假戏无真。'我唱了一辈子山歌，总算是活得真，不是假心假意地活着。"

奉映红一边拖了条长凳过来，一边说："喜欢唱山歌的人都很真，师傅最真。"

程全说："那是，那是，不真的人根本唱不出这个味。"

回达生点点头。

正说话间，一位老妇人驮着捆柴，沿着上坡路，攀升入程全时不时转到门外的视野中。奉映红看到她，立刻站了起来，快步走到门外，叫了声师娘，帮她把柴捆卸下来，运到旁边的灶屋里。老妇人捆柴用的居然是她扎头巾的花带。她将花带凭空甩了几次，又在门框上正反都拍了两下，才走进屋来。她比回达生起码高一个头，头发不少部分已现岁月之霜雪，唯有那双眼睛竟还保有几分少女般的清亮。回达生对她说："野妹，这是红妹子的相好，小程，是个文化人。"

程全站起来叫了声："阿姨好。"

沈野妹笑眯眯地看着程全："礼性好得很啊。要得，要得。"

奉映红从灶屋里回转到堂屋。沈野妹拉着她的手，上上下下看了一回，说："越来越乖态了，比你娘年轻的时候还要乖态。"

"看你讲的。我哪敢跟我娘比喽。"

"当着你娘的面我也会这样讲。自己的女比自己长得乖态，哪个都会高兴。我就恨我的两个女都没超过我。"

"金花姐和银花姐都乖态，不过我娘也讲了，赶不上你年轻时的样子。"

沈野妹脸上顿时绽开了一朵大花，还涌出爽朗的笑声。程全很少见过老太婆笑得这么豪放的，可以想见她年轻时笑起来有多野、多疯，大概就是香港著名的"大笑姑婆"杨千嬅那样子吧。

笑完后，沈野妹说："夜饭就在我屋里吃了，你们多陪他讲下白话。"说完就快步往灶屋去了。她说得利落，走得风快，让奉映红简直没有推辞的机会。

"师傅，本来是来看你们的，到头来还要给你们添麻烦。"

"不要紧，无非是多炒两个菜。你师娘手脚风快，一下就炒好了。"

"师娘真的能干。"

"是啊，讨着她，我是享了大福。"

"师娘年轻时亦乖态亦能干，你追她只怕花了蛮大的功夫吧？"

"讲起来就话长。你师娘是个苦出身，从小就死了父母，靠奶奶带大。幸亏她先天元气足，虽然很小的时候就帮着她奶奶做事，十三四岁就是屋里的主劳动力，经常从天光做到落黑，没得停手，还经常吃不饱；但就是比别人长得快，长得高，水色也好。再加上她性格开朗，嘴巴也厉害，身边拢着一帮姐妹，寨里的很多伢子亦喜欢她，亦有点怕她。我因为从小就矮，亦瘦，经常受欺负。她看到了，总要把欺负我的人讲一顿饱的。虽然她比我小一岁，实际上啊，就像我姐姐一样。我那时哪敢想到讨她做老婆啊，只是感激她，想讨她欢喜。她喜欢听山歌，我偏偏亦喜欢唱歌，只要她想听，我就唱。为了让她总有新歌听，我就到处拜师傅。大瑶山那些会唱歌的老辈子我都拜遍了。为了唱得她满意，我大清早就爬到高处的大岩石上练嗓子。下雨了，落雪了，我就戴起斗笠、披着蓑衣去练，还格外来劲。这样练了几年，硬把条肉嗓子练成了铜嗓子，从早唱到夜根本不觉得吃亏。你师娘后来一天不听我唱歌，心里就堵得很，好像抽烟上了瘾。她天天要听我唱，只好吃个大亏，嫁给我算了。嘿嘿。"

"那怎么能讲是吃亏呢？我听爸爸讲，你年轻时除了矮了一点外，人才其实好得很，长得比有些女的还清秀。"

"男的要长得清秀做什么？要是能长高一些，我宁肯生得丑些。莫讲有你爸爸那样武高武大，只要有小程这么高，我就心满意足了。"

程全笑着说："男人不以高矮论英雄。那些比你高的人，还不是要喊你做歌王呢。"

回达生说了句："文化人就是会讲话啊。"然后半闭着眼睛，吧嗒着烟管，沉默良久，仿佛陷入了漫长的回忆中。

他不作声，奉映红竟不敢开口，程全也只能默品杯中野茶。回达生家的杯子都是用竹筒做的，无柄，杯体又滑又亮，也不知被人摩挲过多少年了。茶也是大瑶山所产，清幽中透着野气，与竹杯极是相衬。程全慢慢地喝，喝完又添开水，不知不觉间喝完了三杯。待他上完一趟茅厕回来，两道菜已经上桌了。一道是青椒炒雷公菌，一道是剁辣椒炒干笋，全都盛在木头雕的碗里。碗没有任何缝隙，看得出都是用整块木头雕出的，形状古拙而又显巧意；深黄色的碗身上，流动着墨绿色的纹理。程全越看越爱，问："这是用什么木头做的？"

奉映红说："梓木。"

"雕得真好！"

"那当然，是师傅的手艺。"

"回伯伯你真狠，歌唱得绝，这木活也是一绝，堪称回氏双绝。"

回达生摇摇头，说："我当初没有用心学。我爸爸的手艺，那才叫绝。"

"他老人家是木匠师傅？"

奉映红说："回爷爷当年是大瑶山的头号木匠师傅。我爸爸讲过，现在这些木匠的手艺，攒起来都比不过他。"

"我弟弟还是得了他一些真传的。"

"那是的。观生叔的手艺，现在也排第一。"

程全问："瑶家的房屋都是木头做的，那木匠师傅是不是也会造房子？"

"我们这里的木匠师傅亦都是屋匠师傅。师傅住的这房子，就是当年回爷爷造的，有五六十年了，还是亦端正亦结实。"

这时桌上又添了一碗清炒四季豆、一碗炒鸡蛋和一碗粉丝汤。沈野妹一边在围裙上擦手一边说："没什么好菜招待。"

"这么多好菜，都是纯天然绿色食品，我最喜欢吃。"

沈野妹说："喜欢吃就好，多吃点。"

"师傅家是吃素的。"

程全心想，难怪不见腊菜和猪血丸子——这两样是瑶家待客的必备菜。也没见上酒，看来回达生是荤酒不沾，这在瑶寨是极罕见的。

回达生吃饭根本不说话，只是慢慢地吃，细细地嚼。程全注意到他的手莹白如玉，手指细而长——这在瑶家男人中，也是极罕见的。

吃完饭后，又小坐片刻，程全和奉映红便起身告辞。走出门外，一钩白亮的新月已镶嵌在淡蓝的天空中。白天被阳光压制着的山野寒气此时开始全面反攻，四处弥漫。程全把上衣拉链拉上，小声问："你师傅为什么吃素？"

"听师娘讲，他年轻时本来吃荤的。有次上山练歌，碰到一个云游的道士，跟他讲了些什么，下来后就再也不碰荤菜，连酒也戒了。"

"讲了什么？"

"师娘也不晓得。"

"他就那么信那个道士。"

"讲出来你不信，师娘听师傅讲，那个道士的神通，大瑶山所有的师公骑马都赶不上。他离开的时候，是飞走的。"

"不可能。"

"反正师娘是这么讲的。不管怎么样，那个道士肯定本领高强。你要晓得，师傅其实是个很傲的人。要让他老人家服帖，没有几手硬的，根本做不到。"

"这点我倒感觉到了，其实他也是个世外高人。"

"那你要好好宣传一下哦。"

"那当然。我很佩服这样的人，他又是你师傅，更要大宣特宣。"

程全下山后便写了篇通讯。第二次上山时，他特意把报纸带给回达生看。回达生表情淡然，倒是沈野妹极欢喜——因为不识字，她要程全读给他听。后来她把报纸贴在墙上，寨中不少人闻讯前来瞻仰。回达生觉得这些人踏破了屋里的清静，想把报纸揭下，但为了顺沈野妹的意，只有忍住。他向奉映红发牢骚，说什么虚名害人。程全晓得了，并不生气，反而愈发觉得这老头可敬。作为县里破格提拔的"80后"干部，他到旅游局之后，全力开发大瑶山的旅游资源。花瑶山歌成功申报为国家级非物质文化遗产，他是主要推手。定传承人的时候，他去征求回达生的意见。回达生说："你就莫再为我争这些虚名了。大瑶山的歌师傅万千，你随便选一个，都站得住脚。"

程全早就想好了说辞如下："所谓花瑶山歌传承人，就是对山歌记得最全、唱得最好的那个人。你老人家举出个人来，比你还记得全，唱得好，我就照你的意思办。"

回达生想了好一阵才说："有是有，不过都进了土眼。要不你定红妹子吧，她算是得了我的真传。"

奉映红在一边把头摇得跟拨浪鼓一样，说："师傅，真要定了我，寨里的人要在背后把我笑死，还会讲，我是沾了爸爸和男朋友的光，对他们的名声也不好。你是歌王，传承人只有歌王才能当的，别的人都差了火候。"

回达生还是没应承。程全只好请未来的岳父前来做说服工作。奉书记说："老哥，你这是为青岩寨撑门面。你不当，别的寨就把这个荣誉争过去了，到时寨里的人还要怨你。戴起这顶帽子，又不碍你什么事，你讲是吧？"

回达生默然了一管烟的时间，说："你们就是喜欢争，要争也随你们。我把丑话讲在前面，到时要碍我的事，我就兴把这顶帽子退回去的。"

"那要你唱歌你还是要去的。"

"我本来就是唱歌的，何得不去？其他事就莫来烦我。"

"要得。"

回达生当了传承人之后，程全在青岩寨举办了一场山歌大赛，邀请了不少传媒人士前来观摩。回达生没有参赛，只是应邀演出了压轴戏——连唱三首呜哇山歌，全体观赛的瑶民都出声应和，场面空前壮观。这个场景在湖南卫视播出后，大瑶山游客激增。瑶山歌王回达生的名号，也在大瑶山之外的世界响亮起来。

2010 年，中国南北民歌大赛组委会通过飞龙县政府邀请回达生担任表演嘉宾。县领导大为高兴，认为是推介本县旅游资源的一个大好机会。没想到回达生却一口拒绝。分管旅游的宣传部徐部长亲赴大瑶山做说客。回达生听完部长的长篇大论后，淡淡地说："去不得，我晕街。"

徐部长面露茫然之色。奉书记连忙解释——有些瑶民在山上住惯了，进了城，看到人多车多，城里的味道也闻不惯，就会头晕，严重的还会呕吐，这就叫晕街。回达生四十年前进过一次县城，当场在街上吐得一塌糊涂，之后就再也不肯进城。

徐部长微微蹙起眉头，看向程全。程全连忙笑着说："是有这回事。莫讲这些在山上住了一辈子的人，连我在山上要是待个十天半月，刚回到城里，也会有点不适应。"

徐部长点点声，表示相信了，但还是要求回达生克服困难。

回达生甩出一句："除非把我捆起去。"

脸色又一次沉下去，徐部长瞟了奉书记一眼。奉书记似乎没有注意到。他接着瞟了年轻的回村长一眼。回村长目光躲闪了两下，终于勇敢地瞄准回达生，说："达生叔，你这样讲就不太对了……"

"你在这里放什么屁？叫你娘来跟我讲。当年她在坡上寻雷公菌，突然就要生了，倒在地上打滚，身边没有一个服侍的人。要不是我站在高处瞥见了，赶紧跑下来喊接生婆，你怕难得安安稳稳到这个世上来。没想到生了只白眼狼，如今还训起我来了……"

"达生叔，我不是这个意思。"回村长那张小尖脸揉成一团，异常难看。

奉书记说："老哥，你不要动气。我们再慢慢商量。"

"还商量什么？我是不去的。硬要派个人去，就派红妹子去。"

"这不太好吧。"

"你不要怕别人在背后讲闲话。到外面花花世界去亮相，不仅歌要唱得好，人才也要出得众。要是有哪个觉得这两样都比红妹子强，就叫他去。"

奉书记看着徐部长。徐部长沉吟片刻，决定回去再议。其实他已经认可，所谓回去再议，是要征求那边组委会的意见。组委会很快做了回复：表演嘉宾均由民歌界前辈担任。奉映红作为年轻歌手，欢迎前来参赛。鉴于她是回老师的高足，无须经过海选，直接获得初赛资格。县里遂拍板由奉映红代表飞龙县参赛。

接到通知后，奉映红有生以来头次失眠。她怕拿不到奖，丢了青岩寨的面子，自己被别人戳脊梁骨倒也罢了，最难受的就是爸爸和师傅肯定也要跟着挨骂名。程全也有压力——奉映红要是无功而返，别人肯定也会议论他不该徇私设法让自己女朋友去参赛，尽管他在此事上根本就是顺其自然，没有做任何手脚——但他非但要把这块压力反压成压缩饼干那么大，深藏起来，还得抖擞着精神，反复给奉映红打气。为了增加保险系数，他主动请缨，陪同奉映红前往西北参赛。

直到上台前的那刻，奉映红还是紧张得秀眉微蹙。程全着实急了，说："你就当自己是站在大瑶山的溪边唱歌，所有人都不存在。"说完后，又重重握了一下她的手。结果初赛时奉映红虽然没有发挥出正常水平，但也没有翻船，顺利过关。下来后她的双眉总算展开了，拉着程全的手说："你这个办法还真管用。"

"当然管用。这叫当众孤独，世界上所有的大歌唱家大演说家都能随时进入这种境界。"

"当众孤独，这个词好深奥哦，不过蛮好听。"

"不深奥，就是我讲的那意思，你再好好悟一下。"

"嗯。"

在接下来的复赛和决赛中，奉映红显示出她奇高的悟性，完全回到了在大瑶山面对着清溪和翠竹唱歌的状态。她遵照程全的建议，并没有临时抱佛脚地去学唱呜哇山歌，而是始终唱自己最拿手的情歌。唱歌时，她不像很多参赛的女歌手那样眼睛乱转，做出夸张的表情和动作，而是如一位少女在鼓足勇气发布爱情宣言，又是兴奋又是忐忑，奔放之态和娇羞之色并现，配以大红黛蓝纯白相间的衣裙和形色均如葵花的头巾，真个是艳若桃李，灿若流霞。在复赛时，程全听到旁边的一名男子以北方口音说："听得我都酥了。"虽然很厌憎他那望着奉映红那副口水都要流出来的模样，但程全也由此明白花瑶山歌的魅力足以突破地域限制，从湖南资江上游流域扩散绵延到长江以北。

在决赛时，一位担任评委的中央民族大学声乐系女教授点评道："你的人和你的歌声都像迎着朝阳初开的映山红，上面还带着晶莹的露珠。"她话音还没落，台下就掌声四溅。

最终，奉映红获得了独唱组银奖。银奖只有两名，另一位获得者来自内蒙古大草原，长相跟腾格尔颇有几分相似，嗓音则比老腾要浑厚。唯一的金奖则由宁夏最负盛名也是资格最老的花儿歌手摘取。这位满脸沧桑的老人一开口，程全便觉得他就是西北的回达生。可惜回达生晕街，不然这南北两大顶尖高手同台竞技，定然会成就中国民歌界的一段传奇。由此程全亦生出感慨——人之成大功享大名，有必然，亦有偶然。必然就是一定要有实力，偶然就是晕不晕街。好在回达生是真正视名利为浮云的人，程全也就没有过分为此伤感了。

事实证明，奉映红得银奖，是恰到好处。大瑶山的人都说："红妹子都得了银奖，达生师傅要是肯参赛，铁板钉钉拿金奖。"而如果她获铜奖，程全想，恐怕还是有人会感到不满的。

名师出高徒，徒弟大获成功，回达生的名望又涨了一层。不少游客来青岩寨，都想拜会一下这位传说中的歌王。村民们把这看作是青岩寨的荣耀，总是热心为之带路。回达生不胜其烦，在门口贴了张"谢绝来访"的红纸条。但这反而成了他在家的证据，粉丝们非但不沮丧反而很欣喜，在门口流连不去。回达生只好把纸条扯下，带着他的旱烟管，成天在山林间游逛。有人提醒他说："达生叔，政府这十多年来封山育林搞得好，大瑶山如今又看到豹子现身了。你一个人在山里乱转，就不怕被叼了去？"

"我年轻时也吃过野兽肉，现在要是被野兽吃了，不就正好扯平了？"

这话传开后，寨里很多人都说回达生怕是脑壳有点懵了，竟然讲出这样的怪话，但也有老辈人说回达生已经看透了，完全超脱了。

半年后，回达生仍然没有被野兽光顾，沈野妹却无疾而终。临去的那一刻，沈野妹还在火塘边和回达生扯白话。奉映红跟回达生学唱了整天的呜哇山歌，在他家吃了夜饭，还不肯离去，陪在旁边听两位老人闲扯。他们零零碎碎扯了许多过去的事。沈野妹显得兴致很高，时而微笑时而叹气。到了快九点钟的时候，沈野妹用手捂了捂额头："我怎么一下子就觉得好累？"

回达生说："累了就去床上困觉。"

"我还想听你讲下白话。"

"想听明天再跟你讲，明天讲不完后天再讲，万千的时间。"

"我脸也不想洗了，脚也不想洗了。"

"你想如何就如何，只要自己舒服就要得了。"

奉映红把沈野妹扶到床上。躺下片刻后，她便悄无声息。关灯的时候，奉映红还看了她一眼：神情恬然，就像操劳了整天，终于得以睡上一个甜美的觉。

奉映红离去后，回达生又在火塘边独坐了个把小时，才洗脚上床。他的听力可以跟狼媲美，摸黑进了里屋后，就觉察到有什么不对。立在黑暗中悟了一悟，他就明白哪里不对了——居然听不到沈野妹的呼吸声。开灯一看，沈野妹已经去了。回达生又做出了一个惊人之举：并没有立刻去喊人，而是躺在沈野妹身边，睁着眼睛挨到了天明。后来两个女儿问他为何这么做，他说："你娘那时还没有行开，魂还在屋里，我要再陪一下她。"

沈野妹人缘极好，上山的时候，连附近寨子里都有不少老姐妹赶来相送。葬礼过后，两个女儿怕老人孤单，商议好了每年两家轮流接他过去住半年。回达生挥挥手就否决了："你们两个屋里都太闹热，我清静惯了，一个人住还自在些。"

"爸爸欸，你一个人难得搞饭咧！"

"我现在还动得，等动不得再讲。"

回达生很少说话，但说什么就是什么。两个女儿从小就顺从惯了的，不懂得如何抗令。旁边的亲戚朋友也晓得他的脾性，略略劝了几句后，见他主意已定，也就住了口。

没有了沈野妹，回达生白天就更少落屋了。程全自从参加了沈野妹的葬礼后，便陷进了县里的招商引资工作，跟着县领导四处考察、洽谈。后来的半年里虽然也上过几次瑶山，但都是来去匆匆，连回达生的面都没见过。只是听奉映红讲，回达生经常在沈野妹的坟前孤坐，有时还对着墓中人唱歌，曲调凄凉，让人一听就忍不住要滚下眼泪来。好在他是大白天唱，也不至于吓着别人。等到旅游这条线的招商引资有了眉目，程全打算再展身手把大瑶山完全炒热时，回达生就住到树上去了。想到这位老人一生行事总是出人意料，程全忍不住微笑起来。再看看窗外，离青岩寨已经不远了。

站在寨口迎接的是沈衡和奉映红——奉老书记年初已经退了。回村长接任书记，沈衡由村秘书改任村长，奉映红的二哥接任村秘书，沈衡原来兼任的花瑶民俗展览馆馆长一职便由奉映红挑了起来——程全下了车，看到沈衡穿着身灰扑扑的西装，半勾着头，松松垮垮地站着，在身材笔挺的奉映红那身民族服装的反衬下，愈显灰头土脑，一时间真想大笑，但脸部肌肉到底还是控制住了，演化成得体的微笑。

沈衡跟他边握手边说："快吃午饭了，干脆吃了饭再去看他。"

"也要得，你们先把详细情况讲一下。"

"红妹子最清楚，红妹子讲。"

奉映红踌躇了片刻，才开口道来："在青岩寨后面，大概两里路的样子，有片杂树林，有楠竹、楮树、青冈树，还有栲树。大约三个月前，寨里有个经常上山采药的汉子，几次看见师傅和观生叔兄弟俩清早背着木工家伙往那边去，要到太阳坐到山背上才下来。

但师傅要他不要声张，他也就老老实实替师傅瞒着。直到看见我四处找师傅不到急得乱转，他才偷偷告诉我。我就起了个大早，悄悄跟着去。师傅是个狼耳朵，我跟得稍微近一点，他就发现了，要我回去。我跟他撒娇，不肯行。他脸一板，说要是我不听话就不认我做徒弟了。对我，他从来没讲过这么重的话。当时我一听就吓住了，同时还觉得很委屈。师傅见状，缓和了一下口气，说他在做件事情，做成后再喊我来看。在这之前，要我替他保密。然后就让我行了。"

程全说："结果你也老老实实替他保密，连我也瞒过了。"

"我要泄密，依他的脾气，说不定真的不认我这个徒弟了。"

"后来呢？"

"今天清早，我站在坡上练歌，他扛着个大蛇皮包从寨子里行上来。他那样子，好像晓得会碰到我一样，见了面就要我帮他扛包。那个包看起来大，其实没好重，摸起来松松软软。我问他里面装了些什么，他也不作声，只往前面飘。我发现他年纪越大，行起路来反而越快。我有时还要碎跑碎跑，才跟得上。进了杂树林，他在一棵青冈树前停了下来，要我把包放下。我问他运个大包到这里做什么，他不答，只是笑，然后背着手把头仰了起来。顺着他的目光往上一看，我顿时骇得站不稳脚——那十几米高的树上竟然凭空生出座木房子。等我吃完了惊，师傅轻描淡写地告诉我，以后他就住这里了。我问：'那你吃什么？'师傅说：'我又不是三岁伢伢，还要你操心这些事？你只管把山歌唱好，以后再选几个好传人，也不枉我教了你这么多年。'我一听这话，眼泪就来了，说：'师傅你讲这话，就是再也不肯教我了。'他说：'所有的调子都告诉你了，以后就靠你自己修炼了。'然后就要我回去。我要替他把包运上去。他笑着说：'你怎么运？'我围着青冈树转了一圈，就犯了愁：那树一丈以下没有枝丫，就是个光筒筒，又粗得要两个人合抱才抱得拢。就算空手爬，也难得爬上去。我只好说：'师傅你怎么上去呢？'他说：'我有我的办法。'我说：'那我要看着你上去才落心。'他说不能看的，然后又再次要我回去。我见他脸色变得严肃起来，只好行开。等我转过身，他又抛出一句：'以后你们搞什么活动，莫再来找我。'回到寨子我碰到沈衡哥，就告诉了他。他起初还以为我讲胡话，直到我赌咒他才信了。他也不晓得怎么处理，要喊你来。我讲你工作忙，这事可以先跟大哥和回书记他们商量。他讲要是不告诉你你会发火的。我悟了下，觉得也对。"

"这还要悟么？你第一时间就该告诉我。"

奉映红把嘴微微一撇，目光也移到边上去了。

沈衡说："红妹子是怕累倒你。"

程全冲着奉映红笑了一下，又拉了拉她的手，奉映红的脸才重新绽放开来。

吃过中饭后，程全本想留下小杜让他自个儿在寨里闲逛，但小杜跳着要去看那栋树上的房子，程全也不好阻拦。一行人往后山走去。秋色已将许多树的叶子染得微黄或浅红，也将不同的颜色涂抹在各种野果上——南酸枣个头虽小，但穿着大红袍，在枝叶间闪烁得抢眼；野柿子像微型红灯笼，鲜亮得让人疑心在黑夜中也能看见；板栗像皮肤黑黑的山里孩子喝醉了酒，满脸酡红；小猕猴桃衣裳褐黄，显得格外低调。小杜仰头盯着种筷子粗细、灰不溜丢、七弯八拐的野果，问："这是什么？"

沈衡说："没见过吧，这叫鸡爪果。"

"能吃么？"

沈衡不作声，脱下外衣，递给小杜。他爬树的姿态很像这鸡爪果，身体各个部位扭出不同的角度，不中看，但中用，稳稳当当地上了树。从树上他给每人都抛下一串鸡爪果。小杜接在手里，却不敢送进口，看看程全，又看看奉映红，见他们吃得津津有味，犹疑片刻后，才英勇地咬下一小截。

下了树后，沈衡一边从他手中接过外衣，一边问："味道怎么样？"

"清甜的。"

"你来得恰好，前天才打过霜。要是没打霜就吃，味道还有点涩。"

"你不吃？"

"我吃得多了。从小到大，这山里的果子不晓得吃了好多，可以开个果品公司了。"

"在山里长大还是蛮味。"

"那是，像你在城里长大，就掉了蛮多野口味。但你们可以在商店里买零食吃，我们小时候就吃不到。"

程全说："商店里的零食基本是做出来的，加了好多化学原料，哪当得这些天然食品。"

"讲是这样讲。我们小时候，要是能吃到颗纸包糖，那高兴得简直要发癫。"

奉映红说："我记得小时候，我爸爸从城里称了半斤大白兔奶糖带上来。家里四个小孩子，每天每人发一颗。我带出去现世，寨里那些小伢子小妹子围着看我吃，眼睛都是红的。"

"我就是里面的一个。"沈衡说完，嘿嘿一笑。其他人也跟着笑了起来。

说说笑笑，不觉间便到了杂树林前。四人不约而同停住了脚步，你看看我，我看看你，表情都变得凝重起来，仿佛林子里住着位神仙，他们正准备前去朝拜。

程全深吸了一口气，对奉映红说："行吧，你带路。"

"师傅会不会怪我带你们来呢？"

"别想这么多了。既然来了，肯定要见他一面。"程全说完后，轻轻地拍了一下她的肩，把她拍动了。

这片杂树林并不拥挤，地上、树干、树梢，到处都泼着阳光，显得疏朗开阔。林子里没有明显的小径，因此也到处都是路。左前方百米处，流溢着一片翠绿。奉映红就对着那片翠绿走去。这翠绿着的乃是一片楠竹。进了竹林，奉映红的脚步就变轻变慢，头却是昂着的。程全也抬头望向竹林上方——在竹林边缘，隐约悬浮着一座原色木房子。他不自觉地就敛气屏声，似乎那上面停着的是只巨鸟，只要他呼吸声一重，就会把它惊飞。

挨近竹林边缘，程全发现地上散落着许多木板、木棍和一段一段的麻绳。出了竹林，一棵青冈树昂然闯进眼帘。主干的巨伟自不

194

待言，就连一些枝丫也是粗如水桶。房子就固定在四条主要枝丫上，离地约有十米左右。这四条枝丫都包裹着海绵之类的东西，应是回达生怕伤了树。房子是用杉木所造，长宽都不超过四米，高约三米。非但有门有窗，门外还有道走廊，廊前居然还修了护栏。程全绕树转了两圈，联想到竹林里的那些木板和麻绳，就悟通回达生哥俩利用竹林修了道梯子，等到房子建好后，又把梯子给拆了。但拆了后回达生是怎样自如上下呢？莫非山里人爬树还另有绝招不成？程全看了看沈衡——他正仰望着这栋前所未见的空中楼阁，满脸惶惑。

"这树你爬得上么？"

沈衡再次脱了上衣，运了运气，手脚钳住树干的一部分，艰难地往上移动了半米，就掉了下来。他叹了口气："太粗了，不好用力。"

"看样子，只有猴子、松鼠才爬得上。"

"果子狸也可以。"

"豹子呢？"

"我没见过。但听老辈人讲，金钱豹爬树蛮厉害。"

奉映红蹙起双眉说："那师傅住在树上也不保险啊。"

沈衡还没答话，从顶上摔下一句："你们在啰唆什么？"他忙抬头，便看到回达生出现在木屋走廊上，身形瘦小得好像随时能飘起来。

"达生叔，我们来看你。"

"有什么好看的？我就是图个清静，你们就莫来打搅我了。"

"师傅，我们担心你。"

"我住在上面稳妥得很。哪只野东西敢上来，我一棍子就把它敲下去。"

"回伯伯，县里又要在大瑶山搞活动了，要请你下来撑场面。"

"我这把老骨头，还撑什么场面？喊红妹子去就行了。那顶什么传承人的帽子，以后也给她戴好了。"

"你是歌王，不出面怎么行？"

"什么歌王不歌王，这都是虚名。我现在就图活个自在。小程啊，你的心是好的，但你搞的什么旅游开发，招来这么多车子，一路放屁，把寨子里的空气都熏得变味了。"

"大瑶山离城里太远了，游客要是行路上来，只怕半路上就倒了。"

"那些城里人，随便往溪里丢东西。你告诉他们，再乱丢，惹火了山神，那是要遭报应的。"

"我们会制定规矩，再不听劝，每丢一次，罚款五十元。"

"你莫提钱。我看啊，都是这个钱字害的。以前寨里人没有什么钱，但过得自在。现在为了多收两个钱，搞得人心都变了。"

心颤了一下，程全无言以对。

"师傅，你一个人住在上面，人家好担心你的。"

"我过得自在得很，有什么好担心的？"

"那你吃什么？"

"这山就是个大食堂，什么都有，还愁没有吃的？"

"那你在上面怎么煮饭？"

"自从你师娘行了后，我就没动过烟火了。"

"那怎么行呢？"

"天上飞的，地上跑的，水里游的，都不动烟火，还不都活得好好的？"

"那不一样，人还是要吃熟食的。"

"都一样。是人自己把自己活娇贵了，结果搞出很多病来。"

"那冬天呢？冬天山里没什么吃的，上面又冷，你怎么挨得过？"

"哈哈，我住这上面，能吸取天地灵气，日月精华，喝几口水也能过。要不是得陪你师娘过日子，我早就搬到山上来修炼了。"

"师傅，你真的想变神仙了？"

"神仙就是人变的。我告诉你，大瑶山有只狐狸，修炼了几十年了，就是为了修成人形，修成人形才能变神仙。你们是因缘好，才能做人。可惜做了人后，都不求上进了，下辈子最多还能当人。要是造了孽，那就只有变猪变牛。"

小杜忍不住笑出声来。奉映红横了他一眼，他吓得忙收敛起不恭的神色。

"你们怎么还带了个生人来？以后不要带生人来了。你们最好也莫来，让我一个人好好修炼。"

"回伯伯，打雷的时候你要注意啊。"

"我要是连避雷的本事都没有，还讲什么修炼？"说完，他就返身进屋去了。

奉映红仰头连喊了几声师傅，树上却是一片寂然。她眼睛慢慢地红了。

轻轻拉了拉她的手臂，程全说："我们行吧。"

下山的路上，奉映红拾起根断落的树枝，不时对着两边的灌木和茅草东抽西打。

程全说："你也不用太担心，他肯定学会了辟谷。"

奉映红斜睨着他，问："什么叫辟谷？"

"辟谷就是长时期不吃东西，靠着练气功维持生命，能把身体的有害物质都排出去，最后变得身轻如燕。"

"寨子里的巴梅们也会气功，但他们还是吃东西的呀。"

"他练的肯定不是巴梅那一套，极有可能是那个道士传给他的。"

小杜问："什么是巴梅？"

奉映红和程全都没搭他的话。沈衡说："巴梅就是我们瑶寨的巫师，你们汉族人叫师公。"

"师公也是道士啊。"

"那我就不清楚了。"

程全说："道士也分很多派，有金丹派，有符箓派。金丹派又分外丹派和内丹派。外丹派就是像太上老君在炉子里炼丹那种，现在几乎没有了。内丹派就是练气功。符箓派主要是画符念咒，有的也练气功，但在这方面比不上内丹派。师公应该是属于符箓派。"

"程局长就是学问大，难怪这么年轻就当了领导。"

"有空多读书，学问自然就大了。"

"我捧着本书就像捧起块石头，怎么啃也啃不进去。"

"这就是为什么你叔叔当了局长，而你只能开车。"

"程局长，你莫这样讲喽。"

"你想要我莫这样讲，就要学会读书。"

"要得，要得，我听你的，回去就买书看。"

程全微微一笑。

沈衡问："这辟谷是不是真的有效？"

"汉朝的张良你应该晓得吧？他帮助刘邦平定天下后，就主动隐退，专门练辟谷。这件事被司马迁写进了《史记》。唐朝的李泌，是平定'安史之乱'的大功臣，同时也是个半仙。他年轻时就练习辟谷，练得身轻如燕，能够在屏风上面行走。"

"你是不是也练过？"

"我读大学的时候，还真的练过，坚持了三天，就饿得晕过去。后来我才弄明白，辟谷除了不吃东西外，还要学会服气，也就是把真气当食物。这就是道教的秘传了，外人根本不晓得怎么练。"

"哦。我记得伯娘曾经讲过，达生叔年轻的时候在山上遇到个道士，应该就是那个道士教他的。"

奉映红说："师娘说那个道士会飞，你也信？"

"我们从小看到的奇奇怪怪的事情还少么？那些事情要是讲给山外的人听，他们也不信。"

"讲到道士会飞，我记起古书上记载的一个故事：有个道士名气很大，一直在山中修炼，被世人看成是神仙。后来他年老体弱，在山中行走时，被一条大蟒蛇给吞吃了。他的徒弟怕传出去影响师傅的声誉，就捕来一只白鹤，趁信徒们来朝拜的时候把鹤给放了，然后对那些信徒们说，我师傅得道成仙，化成白鹤飞走了。"

奉映红蹙起两道柳叶眉说："我都忘了，蛇也是会爬树的，又不怕棍子打。这山里有不少大蛇呢，要是爬到师傅住的树上，那还得了！"

程全说："你放心。你师傅连雷劈都不怕，还怕蛇？"

"那是他要强，才这么讲的。神仙也怕雷劈呢，何况他还没成神仙。"

"雷只劈恶人，最多是劈那只想修成人形的老狐狸。你师傅是个大好人，不会遭雷劈的。"

小杜问："这山里真的有狐狸精？"

沈衡说："有些老狐狸是会成精的。我三伯是个老猎人，他说见到老狐狸最好不要用铳打，否则就会被狐狸使法倒铳。"

"什么叫倒铳？"

"就是一扣扳机，铳里面的火药铁砂会对着反方向冲，往往把开铳的人打死了。我三伯亲眼见到两个同行就是这么报销的。"

小杜吐了吐舌头，满脸惊疑之色。

奉映红说："我还是担心有大蛇爬上去。雷只劈恶人妖怪，蛇可是什么人都咬。"

程全说："你要是放心不落，就告诉他两个女儿，让她们带着崽女来劝。"

沈衡说："这也是个办法，就怕达生叔怪我们。"

奉映红咬着嘴唇，沉吟了半晌后说："怪就怪吧，反正我要告诉她们。"

程全说:"那我就在寨子里住两天,看看事态发展。小杜你要是想回城,就先回去,到时再来接我。"

"领导在这里,我哪敢先行。"

程全明白他没有泡过瑶寨的美女,是不会甘心走的,遂笑了笑。

晚上程全和小杜都住在寨里的花瑶大酒店。沈衡给每人都开了单间,还不在一层楼。程全推掉回书记的牌局,抓紧时间和奉映红黏在一起。小杜则由沈衡陪着,去参加村里为一拨外省游客举办的"打滔"活动。

"打滔"即男人们坐在凳上,围着火塘或者篝火成一大圈。女人们随意坐在男人们的大腿上,然后依次往右移动。每移动一次,都是从男人腿上弹起然后屁股落到下一个男人腿上,所以又名"顿屁股"。有的女人顿得春情澎湃,索性转身搂住男人一阵狂亲。实为瑶家婚礼上最奇特、最狂野的习俗。然而花瑶总共只有六千余人,不可能经常有婚礼举行。不少游客慕"打滔"之名而来,却终不得见,主客双方都觉得遗憾。程全也收到了不少抱怨,遂和村委会的成员商议,将"打滔"作为一项可以单独举行的节目。此举一出,游客们轰然叫好。有驴友在网上总结了来瑶寨游玩必做的两件事,那就是:听山歌,顿屁股。

小杜一听说是被女人用屁股顿大腿,兴致空前高涨。他却没料到村委会为了保证节目能随时进行,专门成立了一支"顿屁股队",成员们均为结过婚的妇女,当中并无他想泡的未婚美眉。他更料不

201

到这些瑶家妇女上得山，下得田，个个体格都比他健壮，起初被她们"顿"几下，倒还觉得别有风味，可以怡然受之。但被"顿"的次数多了，就生出熬刑之感来。瑶家的大嫂们偏偏喜欢"顿"他这种城里来的小白脸。节目还没完，小杜就被"顿"得瘫在地上，举手做投降状。两个"顿"疯了的妇人还不肯放过他，把他拉了起来，欲继续用屁股轰炸。沈衡连忙拦住，架着小杜从篝火旁撤退。

第二天早上八点钟，小杜被沈衡喊醒，从楼上下来吃早餐的时候，走路还是有点一瘸一拐。程全昨天与奉映红欢了大半个晚上，深夜又把她送回家，弄到零点以后才睡下，此刻却好整以暇地坐在桌边，望着小杜微笑着说："顿屁股的滋味怎么样？"

小杜龇牙咧嘴的，说："开始还有味，到后面就只想逃了。"

"以后还想不想顿？"

小杜连连摆手，说："再也不顿了，再也不顿了。"

程全哈哈大笑，笑完后说："所有第一次顿屁股的人，都会像你这么讲。但下次来，又会跳着去顿，拦都拦不住。"

"要是安排一些年轻的妹子，那我讲不定还会去顿。"

沈衡说："那些黄花闺女在生人面前还是有些怕丑，放不开，所以我们只安排结了婚的。"

程全说："你要找黄花闺女，自己去找，我们绝不帮忙。而且你要记住，花瑶姑娘烈在骨子里的，你要谈恋爱就好好地谈。不然的话，惹出祸来，你叔叔出面都难得摆平。"

小杜吐了吐舌头，抓起个馒头塞进嘴里。

程全对沈衡说："金花银花那里，就麻烦你去做工作了。"

"没问题。"

"最好要她们带上崽女一起去劝。"

"对，对，这样效果强远了。达生叔心肠再硬，看到孙子孙女来了，恐怕也会软下来。"

"他也不是心肠硬，是已经超脱了。哎，要不是为了大瑶山的旅游发展，为了让大家都富起来，我也不想勉强他老人家。"

"我明白。我们花瑶世世代代都躲在这大山里，刀耕火种，完全靠天吃饭。只要哪一年老天爷不赏脸，收成差，女人就得下山讨米。不瞒你，我还是嫩毛毛的时候，我娘就背着我进城讨过米。所以你讲要让寨里人富起来，我是完全支持的。达生叔毕竟上了年纪，脑筋一时半会转不过弯来。他昨天讲的有些话，你也不必放在心上。"

程全点点头，欲言又止。他觉得回达生讲的话自有道理，若往深处去悟，还有大道理。但自己既然坐在旅游局副局长这个位置上，就不能表态赞成他的说法。拿起个熟鸡蛋在桌上轻轻地磕着，眼睛望着门外蹦跳着走过的两个花瑶小姑娘，他突然间觉得有些茫然。

吃过早餐后，沈衡便去做策动工作；程全让小杜在寨子里随便逛，自己便往奉映红家去了。奉家的双层木楼卓立在前寨地势最高的坡上，从奉映红爷爷那代一直站到现在，依然身板挺直，让人感觉这木屋也是有生命力的。奉老书记找人下棋去了，只有奉大娘和奉映红在家。奉大娘年轻时号称大瑶山第一美女，如今那张曾经俊俏无双的脸已被岁月刻下深深的密痕。她晓得无论是程全上山来看奉映红，还是奉映红进城去陪程全，都不容易，给他倒了茶后，就提着篮子，说是去地里摘些菜，给他们留出整块的时间来。

程全和奉映红到底年轻，又忍不住好了一回。奉映红的闺房在楼上，开了门，就是长长的走廊。走廊上横着条凳面宽阔的矮脚长凳，铁杉木的，乳白的原色早已被时光泅染成醇厚的棕色。奉映红靠着程全的左肩，脸上的桃红色尚未褪尽，双眼中的波光仿佛随时都会溢出来。程全身心都是松软的，不想再去做些什么，再去争些什么，只想就这样伴着奉映红，沐浴着捎带树木清香的风，面对着远处在青蓝中透着缤纷色彩的山峦，永远地待在这陈旧然而牢固的木楼中。

也不晓得过了多久，奉映红先开腔："我娘讲，最迟明年，我们得把婚结了呢。"

"只要你想，今年也可以。"

"我们瑶家的规矩，结了婚，无论男女都要搬出去，不能靠着父母住。"

"那你就随我住城里就是。"

"那馆里的事交给哪个呢？"

"总有人接手的，你不用操心。"

"可我喜欢住在寨子里，不喜欢城里。"

"那怎么办？要不我辞了职，在你们寨子里落户算了。"

"好啊，好啊，我倒想看看你扛把锄头去地里的样子。"

两人笑了一回。程全晓得奉映红还有些小女孩心态，对于为人妻乃至为人母还觉得惶恐，需要慢慢地帮她把心态调正。至于奉映红暂时不愿去城里，也没关系。程全从骨子里喜欢大瑶山，喜欢这个古老而又迸发着青春活力的青岩寨。他打算先在寨中修建一栋双层木屋，婚后奉映红就住新屋中。她要懒得开伙，随时可走回娘家去吃饭。旅游公司不久就会成立，到时设法安排她在公司里挂个职，带着一批瑶家姐妹，专门负责大瑶山这条线的旅游接待工作，花瑶展览馆自然会成为这条线上的一个点，这样她便可长住山上又有一份不错的收入。城里自然也要安个窝，她想下去玩几天就玩几天。把这计划跟奉映红说了，她想也不想就说："都由你安排好了，我只管唱歌、挑花，和姐妹们玩。"

"你以后还要管崽呢。"

奉映红轻轻地擂着程全的胸膛，说："人家才不替你生崽呢。你是个大坏蛋，你的崽肯定是个小坏蛋，我才不把他生出来呢。"

"好啊，那我找别人生去了。"

"你敢！"

胸口被她重重地拧了一把，程全忍不住叫了声哎哟。奉映红还不解气，把身子扭到一边去。程全伏低做小，哄了她半天，奉映红才把身子回转过来。她幽幽地道："你以后要是跟别的女人好上了，我也不怨你，只怨我看错了人。到时我要是一个人，就一个人从崖上跳下去；要是生了崽，就带着崽跳下去，免得他受后娘的折磨。"

听得寒毛直竖，程全连忙赌咒发誓，同时暗下决心——局里那个相貌清纯的打字员，以后可不能同她随便说笑了。万一无心变成有意，那就麻烦大了。

两人由寒转暖，又说了好一阵情话。奉映红带他回房，给他看自己快要挑好的新花裙。她六岁时就依照花瑶传统，跟着母亲学习挑花。虽然她最爱唱歌，但一有空闲，还是会遵循花瑶女人的传统，择一处光线好又清净的地方，细细地挑一条花裙。挑好后，就会熨熨帖帖地叠放于每个花瑶姑娘都有的女儿箱中——非到出嫁时候，是不会再拿出来示人的。到了集中展示的那天，挑花裙的数量、针脚、图案、缀边，都是人们关注的焦点。如果数量太少或是质量得不到人们的称赞，那个新娘就会觉得脸上无光，甚至会躲起来大哭一场。奉映红身为花瑶姑娘的魁首，绝不敢在这件大事上掉以轻心。她快要完工的这条花裙绣的是老虎。大瑶山自古便是华南虎频繁出没之地。虽然到了奉映红出生的时候，野生华南虎们早已被政府发动人民群众镇压到几乎绝种的地步，但瑶家女人绣出的老虎们依然繁衍生息于挑花裙上。这条花裙上的老虎是用白线绣在蓝色的土布上，正悠闲地漫步在山林中。山峦方头方脑，像一些巨人半蹲；树木则尖利挺拔，如同长枪刺天，皆在具象中带点抽象，颇有在似与不似之间的妙处。更让程全称奇的是，该老虎鼓胀的身躯里面还绣了只小老虎。小老虎眼睛睁得滚圆，似在透过母体打量外面的世界。这种表现手法，程全从来没见过，指着那只小老虎说："哪个教你这么绣的？"

　　"自己想的，不好吗？"

　　"好得很，简直绝了。我家映红不但是花瑶新一代歌王，还有希望成为一代挑花大师。"

　　"就你嘴巴甜。别人要是听到了，下巴都会笑脱。"

"我敢当着全寨人民的面讲，看哪个会笑。"

"你别害我，要得么？"

"我还要写到宣传材料里去。"

"那我哪还敢出门去见人，直接羞死算了。"

"你不是一向很要强的，怎么变得这么谦虚了？"

"我在这上面下的功夫不够。我有些姐妹，一天到晚就捧着条裙子绣，都快绣成精了。别人不说，金花姐和银花姐就绣得又快又好，肚子里存的花样也多。"

"但愿她们的口才跟挑花功夫一样好，能够把你师傅从树上请下来。"

奉映红沉默片刻，摇摇头，说："我跟了师傅这么多年，从没见他改变过主意。"

"也许他见到外孙，就会改主意。"

"但愿吧。"


快到吃中饭的时候，沈衡找上门来了。奉映红抢在程全前头问："怎么样？"

把屁股砸在凳子上，双手撑在膝头上，沈衡叹了口气。

程全说："先喝杯水，再慢慢讲。"

一口气把奉映红端来的水灌进肚子，沈衡抹了下嘴，说："我按你的意思，把金花银花两家人都喊去了。金花银花在树下又是哭又是闹。达生叔很不耐烦，讲：'你们哭什么，我在这上面住着自在得很。你们要表孝心，就经常到你们娘坟前去看看。我不用你们操心。'金花讲:'你老人家住到这里来,要寨子里的人怎么看我们?'你猜达生叔怎么讲?他讲:'女诶,你们活得可怜,一世都在看别人眼色。要学我,自己想怎么活就怎么活,莫去管别人怎么看。'我本来指望旺坨、兴坨和竹妹子能把他叫下来,但三个小家伙都不太懂事,嚷着要到树上去玩。达生叔抛了一些板栗下来,他们就去抢板栗了。两个郎都跟哑巴一样,苦着脸不作声。最后他还把我骂了一顿,讲我名堂多,不让他过得安心。"

程全说:"是我兴的名堂,你是替我背了黑锅。下次到城里来,我请你喝正宗的茅台。"

"我不要你请客,你快点把投资商请来就行了。"

"那没问题。"

奉映红问:"那现在怎么办?"

"除非是把你师娘从地下请出来,或者把那棵树砍断。"

"做不到的事,你就别讲了,讲得人家心烦。"

"也不要心烦,他老人家要是实在觉得住在树上好,就让他住着吧。也许哪一天他又变了主意,就会自动下来。"

沈衡说:"也只有这样去悟了。"


因为请不回师傅,奉映红郁郁不乐。好在她还管着个花瑶民俗展览馆,总得干点工作,不可能整天把自己困在心事中。程全又反复开导她,告诉她报答师恩最好的办法就是把歌唱好,成为名副其实的新一代花瑶歌王。奉映红终究是个性格爽朗的人,过两天就回到爱笑爱唱的正常状态了。

程全这才放心，吩咐小杜开车返城。小杜却一副恋恋不舍的模样，直问什么时候再上来。程全已经收到消息，这小子成天黏着一个叫沈喜弟的姑娘，那姑娘好像也不怎么讨厌他。程全也不点破，只淡淡说了句："该上来时就上来。"

　　觉得这位"80后"领导实在老成得有点可怕，再加上他对自己能否追上沈喜弟有绝对影响力，小杜竟不敢多嘴，老老实实把车发动，轻声问他是听流行音乐还是古典音乐。

　　程全说："古筝吧。"便把头往后一靠，闭目养神。他当上副局长后最大的心得就是：抓住一切空闲时间休息好，因为每天都有可能因工作上的应酬而透支身体，不是赶场似的喝酒拼到天旋地转（程全本不善饮，曾下决心干脆不碰酒杯，但后来发现当平民百姓时可以这样做，当了小领导后就必须喝，否则工作难以开展），就是陪上级领导和投资商打牌打麻将战到日月无光。每当应酬到厌烦的时候，他便强烈希望自己能早一天当上本地区的大领导，因为当了大领导就有资格推掉许多应酬，便可以只用嘴唇沾沾酒杯就算回敬了那些干了满满一杯的人，就能够在大家牌兴正酣的时候微露倦容然后其他人自觉停战。他想起了回达生老是挂在嘴边的自在。自在是什么？就是最大限度地随心所欲。要达到这种境界，要么就像回达生那样，什么都不在乎，什么都能放弃，超然物外；要么就掌握足够的权力，占有足够的资源，社会上的各路神仙都得买账。回达生那条路，程全觉得自己是不可能去走的，那就只有在权力场上放手搏一回。而像自己这种没有家庭背景又拒绝以贿成事的人，要想上位，只有努力践行六字真言：跟对人，做好事。他是分管宣传和旅游的徐部长一手提拔的。徐部长三十五岁就成了县委常委，现在还不到四十，精力充沛，善于用人。跟对人这一点应该是没问题的，关键是要做好事，也就是多出政绩，不捅娄子。程全早看清了自己在副局长任上的政绩主要就指望大瑶山了。他想自己的爱情和事业都跟大瑶山和青岩寨息息相关，莫非前生就跟花瑶结下了缘分，或者就是古老瑶寨中的一分子？这样悟了一阵，他便酣然入梦。

在梦中程全发现一条海碗粗的大蛇正沿着那棵青冈树慢慢地往上爬。在树的上端，那座白色木屋看上去小得可怜，蜷缩在枝丫间。而回达生看见大蛇逼近，扑腾着从两肋长出的干瘦翅膀，正准备飞离。大蛇张开腥气弥漫的嘴，长信闪电般地弹出，竟把回达生倒卷进嘴中。

猛地睁开眼睛，程全惊悸了好一阵——因为他发觉，那条大蛇竟是自己所变。

回到县城后，程全即全力投入与盛才旅游投资有限公司的谈判工作。

这家公司的董事长兼总经理洪放以善出奇招驰名于旅游界。他曾经把俄罗斯的顶级飞行员请到了湘西的险峰深谷间做惊险到了极点的特技表演，全球同步直播，轰动一时；又曾以坐直升飞机空降祝融峰的形式，把华人地区十个武术门派的掌门人请到衡山比武，硬生生地将"华山论剑"变成了"衡山论剑"。

在 21 世纪的第一个十年，洪放拿下了湖南过半数一线景点的经营权，获利甚丰。到了第二个十年，洪放开始关注"潜力股"。关于花瑶山歌的报道引起了他的兴趣——先是派遣两位得力干将潜入大瑶山"踩点"，在看了他们提交的报告后，便带队上大瑶山考察了五天。返回时又把从青岩寨到飞龙县城这条线上的所有景点梳理了一遍。

在游览晚清时期一位名人故居的时候，洪放碰上了熟人。该熟人系省委某部门的处长，虽然在厅级干部云集的省城里不甚起眼，但到了县里，便俨然是个重要人物。一位县委常委和一位副县长全程陪同。县委常委便是徐部长。徐部长正苦于县财政对旅游产业的投入严重不足，突然认识了洪放这位旅游投资行业的大腕，喜出望外之余，哪里肯将他轻易放过。他想挽留洪放一行在飞龙多玩两天，又怕自己分量不够，立刻拨通手机向县委书记做了汇报。书记也早闻洪放的大名，为了表示自己高度重视，撇开手头的工作，火速赶了过来。洪放很清楚一个县委书记事务会繁重到什么程度，见他闻讯后这么快就出现在自己面前，倒也被感动了，在飞龙多待了一天。

在宴席上洪放对旅游投资这个话题避而不谈，反而大谈特谈庄子的思想，让书记和部长都有种云山雾罩的感觉。叨陪末座的程全见领导们明显对庄子思想比较陌生，场面有点尴尬，便斗胆就庄子的逍遥观说了几句，指出逍遥的实质乃是深入体察并顺应自然的本性，尽量减少对他人的依赖。

洪放一向以庄子研究专家自诩，见程全这个嘴上无毛的旅游局副局长居然能说得到位，顿时对他刮目相看，兴致勃勃地和他探讨起庄子"以无厚入有间"的养生之道。程全指出这也是一种高超的做事方法。洪放听得又是微笑又是点头，看那样子，如果不是两人隔得太远，就会猛拍程全的肩膀以示严重赞同。事后书记表扬程全是学习型干部，程全只能暗自感激大学时代那位对庄子情有独钟、讲师头衔戴了二十年却安之若素的古典文学老师。

徐部长趁热打铁，不久后带着旅游局的班子成员专程往长沙拜访洪放。洪放通过实地考察后，对花瑶兴趣倍增，却不表露出来。徐部长见他投资意向不明显，难免着急，想主动增加优惠条件。程全却认为洪放这是在玩欲擒故纵。被一言点醒后，徐部长改变了速战速决的想法，让部下去和洪放手下的专家们慢慢磨。在这种艰苦细致的谈判中，程全也成了半个旅游投资界的专家，同时他还要恶补《庄子》——因为每次赴长沙谈判，在宴席上洪放都会安排程全坐在自己身边，和他讨论《庄子》。徐部长和杜局长都指望程全通过庄子跟洪放拉近距离，从而获取他在投资上的让利。程全自己也抱有这种想法，但很快他就看明白了，洪放是那种把私人交情和公司利益切分得很清楚的人。失望过后，程全对洪放反而更加钦佩。他从此在私下交谈时尽量不提投资的事，倒赢得了洪放更多的欣赏，谈判的进程似乎也加快了一点。在盛才对大瑶山景区的硬件设施的投资明确之后，合同主体就已完成，只等一些细则完善后，飞龙县委、县政府和盛才就会举办一场声势浩大的签约仪式暨新闻发布会。

这天程全受杜局长委托，赴长沙就合同的几个细节问题进行协商。敲定之后，洪放又亲自宴请他。在宴席上，他拿出一张《三湘都市报》的社会新闻版，递给他。头条标题赫然是：飞龙花瑶歌王隐居古树之上。顿时觉得头大了一倍，程全心想：这些记者真是无孔不入，就连回达生这样的世外高人也逃脱不了他们的骚扰。

洪放说："这是个很大的卖点啊。"顿了一顿后，又说："我要去拜访这位高人。"

看着他两眼放光的样子，程全觉得头又大了一倍。冷静下来后，程全详细向他介绍了回达生的生平、性格和志趣，然后建议他低调拜访，以免引起回达生的反感。洪放满口答应。


第二天，洪放就带了个司机，开着他的路虎直奔飞龙。程全被他拉上路虎。小杜孤零零地开着那辆帕萨特，被远远地甩在后面。程全早下了决心，要等拜访了回达生之后，他才向领导汇报洪放到来之事，否则的话，县委书记都有可能陪同洪放上山——那将形成一支声势骇人的队伍，招来回达生的极度反感。倘若领导责怪他为何不及早汇报，他会说这是洪放的意思。为了防止泄露风声，他也不替局里节约汽油费了，要求小杜跟着他上山。巴不得多个机会跟沈喜弟见面，小杜只顾着点头，哪里会去猜程全的复杂心思。

从沪昆高速走，长沙到飞龙只需三个半小时，到达县城是上午十一点半。为了避免暴露行踪，程全把吃饭的地方定在县城北面的和尚桥镇。该镇离县城三十里，是县城与大瑶山这条精品旅游线上的第一个镇，有条从清朝延伸到今天的老街。县里领导本想把这条老街的旅游经营权也承包给盛才，但洪放只接下了大瑶山和离大瑶山五十里处的高台温泉。他的设想是在高台温泉修建一处休闲山庄，客人上大瑶山之前在山庄吃饭泡温泉，泡得酥软之后再在山庄过过丰富多彩的夜生活；等到下山时难免又要在温泉里慰劳一下玩累了的筋骨。至于和尚桥老街这样的地方，洪放称之为旅游投资的"鸡肋"。

中餐就是在老街边的一家农家餐馆吃的。程全投其所好，尽点些山野口味，让洪放吃得大为满意。吃完饭后洪放又在老街溜达了一圈，用他那台莱卡拍了些照片，然后预言老街在十年之内就会因老人们的相继离世、年轻一代的彻底迁出而成为空壳。程全却说："洪总啊，等你把大瑶山炒热了，这些沿途的景点也会跟着受益的。"

洪放摇摇头，说："任何景点，如果不投资，不做规划，都难以产生经济效益。如果不能产生经济效益，当地人也就没有理由保留它。"

小杜说："游客到这里看了，至少会吃餐饭，买点东西什么的，也会给这里的老百姓带来点实惠啊。"

"和尚桥离县城太近，再往前面开一个小时就到了高台，游客在这里吃饭的概率很小。再说这里也没什么特色产品可买，最多是买瓶水、买包烟，实惠太小。当地居民把老房子拆了建新房子，或者把宅基地卖了，到手的实惠明显大得多。"

程全说："洪总，我看你对这样的地方还是有兴趣的。"

"是有兴趣。但有兴趣是一回事，能不能成为投资对象是另外一回事。最理想的状态就是二者兼得，要不然只能是兴趣服从效益。"

"那大瑶山是哪一种呢？"

"绝对是最理想的那种。告诉你，我第一次上大瑶山，尤其是进青岩寨的时候，竟然有种在外远游多年，恍然归家的感觉。"

程全想以自己跟大瑶山结缘之深，都没有这种奇异的感觉，也就微微一笑，姑妄听之。

车子进了青岩寨，大概是三点左右。程全让小杜去找沈喜弟，自己带着洪放和他的司机往寨后走去。现在已是冬天，属于旅游淡季，一路上居然还碰到两拨驴友。他们都在议论树上是不是真的有人住，要不然怎么只见房子不见人？会不会是炒作啊？程全心想回达生肯定是烦透了，索性躲起来不见人。看这架势，自己也未必能见到他。洪放却是忍不住地激动，他说："我读《庄子》这么多年了，今天总算能见到庄子描写的神人了。"

程全见洪放脸上的寒毛都放光，心知回达生要是不现身，他就会想法子上树的，忧虑转重，却还要勉强笑道："是啊，他确实是个奇人，通了灵的。"

"这样的人，十万个人里面才有一个，也只有大瑶山这样有灵气的地方才能出。"

"洪总，你也是十万个人里面才有一个的。"

"哈哈，没想到你吹捧起人来也这么厉害。"

"我跟崔永元一样，是实话实说。在旅游行业，大家还不是把你当作神人看待？"

"那也是。不过我只能算相对意义上的神人，回达生才算是绝对意义上的神人。"

"可不可以这样讲，你的神是体现在事业上，他的神是体现于生命本身。"

"对，对，就是这个意思。程局长啊，你悟性高得很，跟你谈话总是很愉快。"

"我也很喜欢跟洪总交谈，受益良多啊。"

进了杂树林后，洪放就不作声了，神情也变得肃穆。等到挨近竹林，他的呼吸声都不一样了。受他的感染，连那个平素大嚼槟榔、说话嗓门粗得像炮筒的长沙司机也敛气肃容。

走了几步后，程全生出种怪怪的感觉——似乎有人在竹林上面尾随他们行走。虽知这不太可能，他还是两次猛抬头，却只看到翠翠的竹浪在风中轻轻起伏，被阳光穿射的部分变得半透明。

到了竹林边缘，过去那些散落的木板、木棍和麻绳都已遁走，倒是从竹林边到青冈树下，现出了两条隐约的小道。洪放的目光被青冈树挺拔的主干牵引着往上移动，移到那座小木屋身上，就立刻凝固下来。他的下巴和脖子几乎成一百八十度，这个姿势足足保持了五分钟。五分钟后，他嘴巴动了动，似乎想喊话，却什么声音也没发出来。

程全见状，便把双手拢在嘴的两边，对着树上喊道："回伯伯，我是程全。"

连喊三声后，小屋的那道推拉门开了，回达生甩着手走了出来。他走路的姿势跟以前有些不同，似慢实快，古怪而灵动，仿佛是老鹤在闲步。才两个月不见，他竟明显小了一号，一件玄色对襟衣服挂在身上，有种飘飘荡荡的感觉。那双眼睛却是神采更足，隔着十多米的距离，程全仍能感觉他的目光搭在自己脸上，仿佛这目光已被锻炼得无形而有质。程全等着挨他的骂，却只得到一声悠长的叹息。随后回达生的目光就搭在了洪放脸上。

"回伯伯，这是长沙来的洪总。"

"回大师，您好。"

"我不是什么大师。"

"您是世外高人。"

"我生得矮，哪是什么高人。"

"不是身高的高，是高明的高。"

"哈哈，我也是迷糊了一辈子，现在才开了窍，哪里谈得上什么高明。"

跷起大拇指，洪放说："您就是比我们站得高，看得远。"

"你这个客人啊，嘴巴比小程还会讲。你要记住，太会讲了也不是好事，最要紧的是心要诚。"

"对，对，我是诚心诚意来拜访您的。"

"您是个富贵人，来看我这把穷骨头做什么？"

"我想听听您对庄子的看法。"

"庄子，我不认得他啊。"

司机喷出笑来，被洪放横了一眼，笑容就硬生生地冻在脸上。

"庄子是个大哲学家，他提出做人的最高境界就是要超越自我，不求有功，不求有名。"

"这句话倒还听得。不过你回头告诉这个庄子，本来就没有什么功，没有什么名，谈不上什么求不求的。"

身心都猛地震动了一下，程全仰望着回达生，觉得他简直高到了云霄里。

洪放半张着嘴，过了好一阵才回过神来，说："哎呀呀，您是真的得道了。"

"你就莫给我戴高帽子了。我是好久都不想跟别人讲话了，看在你是远客，就跟你讲一讲。"

"谢谢，谢谢，承蒙您老点拨。"

"小程啊，我算到你今天会来，本来想避开的，但后来一悟，跟你再见一面也好。你给寨子里做的这些事，我一开始是反对的。但后来悟了悟，现在的世界，可能就是这么个形势。青岩寨虽然离外面远，但也在这个世界里面。寨里的人不可能跟形势对着干，只有跟着行。你这个人，本性还是好的，不然我也不会准红妹子跟你好。但你要记住，不管形势怎么样，都要凭良心做事，这样才不会带错路。"

"您放心，我一定记在心里。"

"你们回去吧。"回达生说完，就转身进了屋。

对着树上做了三个揖，又绕树转了两圈，洪放才恋恋不舍地离开。下山的路上，他没有说话，一副怅然若失的表情。程全也没有说话的欲望。那个嘴巴比洪放还多的司机也默不作声。三个人的脚步把山林敲打得更为空寂。

到了寨中，程全问洪放是住在寨子里还是回县城住。洪放提出，就在寨子里睡一晚，也不要惊动县里的领导了。然后又说："我本来想把回大师住在树上这事好好炒作一下的。见了他之后，就觉得这种想法太庸俗，太不应该。等经营权到手后，我要把那片林子划为禁区，谁也不准去打搅他老人家。"

"洪总，看来你终于遇上一个让你佩服的人了。"

"佩服，佩服，实在是佩服。我读了这么多年庄子，到今天才算真正懂了一点。"

"洪总难得这么谦虚啊。"

"想不谦虚都不行啊。"

两人对视一眼，既叹且笑。


半个月后，合同上最细微的部分都已敲定，单等着举行签约仪式暨新闻发布会。地点原定长沙，但洪放执意改为放在青岩寨。因为他保证会把国内几大主流媒体的人都请到山上来，县领导也就顺从了他的意思。届时奉映红将在发布会上进行表演。自从参加了中国南北民歌大赛后，她练歌比以前更勤，歌艺日益精湛，所以程全一点也不为她担心。倒是想到回达生未能在这个大瑶山的历史性时刻一展歌喉，总觉得是种遗憾。但程全同时也很清楚，这种遗憾只存在于回达生以外的人心中。那个人多年以前就看透了浮名虚利，现在更是进入了一种纯粹、无待的境界。程全有时甚至努力避免去想起他——在他的反衬之下，自己显得多么汲汲于功名利禄，像只为了不断往穴中填充食物而在烈日下奔走不休的蚂蚁。

就在程全为了新闻发布会的筹备工作而忙碌如蚁的时候，奉映红打来电话。一按下接听键程全就听到了她的哭音。以为是未来的岳父或是岳母突然过世，吓得他的心脏猛地在胸壁上擂了一拳。待到听说是回达生不见了时，他才能勒住那颗剧烈弹跳的心脏，冷静、仔细地询问是怎么回事。

　　据奉映红说，今天她清早醒来，发现枕边多了本书，足有两寸厚，用麻线装订的，纸张都发黄了。封面上没有字，打开一看，里面密密麻麻，全是手抄的花瑶山歌。那字迹一看就是回达生的。奉映红住在楼上，晚上非但自己房间的门关着，楼下大门也是从里面上了闩的。回达生是怎样神不知鬼不觉地把书送到她枕边，奉映红虽然悟不通，但也不感到如何惊奇。让她心神不宁的是回达生为何要把歌本传给她。

　　越想越不安心，她把这事跟奉老书记说了。抽了半杆烟后，奉老书记喊上两个身手利索的小伙子，借来副在悬崖峭壁上采药用的带钩长索，由奉映红带路，来到那棵青冈树下。木屋还稳稳地坐在树上，看不出有什么异样。奉映红在树下喊了半天，也不见回达生现身。奉老书记就喊道："达生老哥，你要是不出来，我就派人上来看你了。"

　　连喊了三次，仍无动静。其中一个小伙子就借助钩索上了树。他看到屋子中间摆了个蒲团，角落里堆放了些衣物，另外便是墙壁上用毛笔写了三个大字：我去也。

　　下来后一说，奉映红不肯相信，硬要自己上去看。奉老书记拗她不过，只好让两个小伙子先上去，奉映红攥紧杯口粗的绳索，那头在上拉，这边在下面爬。勉强上了树后，她手都磨出了血了。进屋后连回达生的影子都没看到，而那三个大字却是无比鲜明，奉映红心酸得坐在地上大哭了一场。下来后，她不停地问奉老书记："师傅到哪里去了？"

他能到哪里去呢？奉老书记悟了半天，说："达生肯定是成仙了。"

其中一个小伙子立刻说："肯定是成仙了。我今天早上起来，看到一只灰色的大鹤绕着寨子转了三圈，又叫了三声，就飞走了。那讲不定就是达生叔变的。"

另一个小伙子说："我在床上也听到了鸟叫，觉得声音很奇怪，跟其他鸟不同，原来是鹤在叫。"

奉映红跺着脚说："你们在骗我。"然后又哭了起来。两个小伙子便不敢作声了。

奉映红在电话里问："你说他们是不是在骗我？"

沉默了片刻后，程全说："应该是真的。"

奉映红又哭了起来，不过没有说程全也在骗她。

安慰了她足足一个小时，挂了电话后，程全走出办公室，抬头向天空看去。

县城的天空已经没有过去那么蓝得纯净了，但所幸还没有变成灰蒙蒙的。他的目光在寂寥的天空中搜寻了许久，却始终没有他暗自期待的鹤影出现。

# 梅　山

　　铜发爹快六十的人了，还在为队上放鸭。他那根鸭梢，可神气得很：长达一丈三尺，九个结巴个个圆整饱满，梢身上端还缠了块红布，像团火在燃烧。这根鸭梢，颜色已由当初的竹青转为土黄，握手处磨得溜光，且微微凹下去，也不晓得用了多少年。

　　据爸爸讲，解放前，每年秋收后，铜发爹就拿着这根鸭梢，赶着成百上千只鸭子，走遍周围五六个县，一天换一个地方，专门吃田里收割后遗落的谷粒。这营生，叫捐棚放鸭。不过鸭子虽多，却非铜发爹所有，乃是本村大财主霍铜福家的私产。直到搞土改的时候，才被那些口水流着三尺长的穷汉们捉的捉，吃的吃。好在鸭多势众，难以扑杀殆尽，有几十只脚快眼亮的鸭子突围而去，在水田中开辟出许多条逃亡路线，最后会师于村外的溪中。

溪水宽阔处接近两丈，水量充沛，且有几块小洲，洲上杂木丛生，足以作为鸭子们跟村人展开长期战斗的根据地。土改积极分子霍铁根带人围剿了好几次。这些鸭子都精怪得很，远远地望见人来，即扯长脖子嘎嘎大叫几声，全体遁入水中，或溯流而上，然后离水登岸，隐入山林之中；或向下游急速滑行，跟溪水一道冲进辰河里。村人对这些鸭子虽然态度恶劣，但它们对霍家村却颇为留恋，并不就此背井离乡，而是等到风声过后，又成群结队返回溪中洲上，居然繁衍生息，自我管理了两年，且身手日益矫健，就差没变成会飞的野鸭了。

等到霍家村变成霍家生产大队，霍铁根当上队长时，这支鸭子游击队仍然活跃在溪中，经常大声欢叫。那叫声在霍铁根听来，简直就是嘲笑。那么多横行乡里的地主老财都被专了政，却奈何不了这些长脖子货，无产阶级的面子往哪里摆？实在咽不下这口气，霍铁根只有硬着头皮，强行摆出一副领导的派头，命令铜发爹把这些鸭子赶回来。没想到话才出口，就招来了铜发爹的一顿饱骂："你前世怕是只狐狸，偷鸡偷鸭还不嫌过瘾，今世还要变成个人来，天天要杀鸡杀鸭吃。没见过你这样吃的，骨头都要嚼成渣渣才肯吐出，你怕是条狗还是条狼？"

霍铁根从小就有些怕铜发爹，被他这劈头一骂，口气立刻就软了下来。他脑壳还算转得快，表示把鸭子喊回来，并不是为了杀了吃，而是由队上养起来，算是集体财产，卖鸭子卖蛋的钱，由队里统一开支。"这些鸭子既然加入了社会主义社会，平时轻易也不会杀的，只是到逢年过节开大会，大伙才开开荤。至于管鸭子的人嘛，当然是铜发爹你喽。我霍铁根这次登门造访，就是要请你老出山。以前你是替地主老财放鸭子，受剥削，现在不同了，是替社会主义放鸭子，光荣得很啊。"

他这一番话，倒让铜发爹动了心，不过面子上仍是冷冷的，声明自己在霍铜福家放鸭并不是受剥削，老爷太太都是善人，对他好得很。至于替队上放鸭，也不是不可以，但必须在会上宣布，保证不得乱杀鸭子。霍铁根想到那些卖鸭子卖蛋的钱反正归自己支配，肯定有油水可捞，也懒得跟他争论受没受剥削的问题，马上点头应承。

队里开会宣布后，铜发爹拿着闲了很久的鸭梢，走到溪边。鸭子们立刻停止了嬉戏，齐齐伸长了脖子望着他，就像流浪在外的孩子们望着前来寻觅他们的父亲。铜发爹左手捏诀，右手高高举起鸭梢，朝天划了三个弧圈，又向前摆了三下。一只为首的绿头鸭婆对天嘎嘎嘎地大叫了三声，群鸭立刻汇集拢来，缓缓地向铜发爹游过来。看着这些重新归来的鸭子，铜发爹岩石般冷峻的脸上难得地泛出了笑容，显得很慈祥，同时也似乎有些伤感。

当时亲眼看到这一幕，我爸说他对铜发爹佩服到心窍里去了，认为除了毛主席外，世上很少有比他更神的人。但时势不同，运道有别，铜发爹只能在北坪乡下当他的鸭子王。好在他当得很乐意，很安心，看那样子，只要能天天跟鸭子在一起，给他个皇帝做也不要。现在田地都入了社，属于国家财产，铜发爹不好再领着鸭群到邻近乡县打游击，吃白食，只能在北坪乡的地头上活动。他在溪边靠山处觅了块空地，砍了许多竹片，搭了个简易鸭圈。白天鸭子们在溪中或山林里嬉戏觅食，到了夜色渐浓，不待铜发爹来赶，便在绿头母鸭的带领下，乖乖地回到鸭圈中。铜发爹把鸭梢在圈边一插，就钻进离溪滩只有百来米远的土砖屋蒙头睡大觉。

北坪乡三面被山围着，经常有野兽前来光顾。老虎豹子这样的大牌动物惯于在深山老林中活动，通常不轻易现身。野猪也算大腕，除了自降身份地在苞谷地里搞搞盗窃活动外，也很难进村。只有狐狸、黄鼠狼这样的小毛贼，没有身份地位的负担，窜来溜去，钻洞爬墙，什么事都干得出来，最让人头疼。跟公社那些干部一样，它们喜吃活鸡活鸭。我家养的芦花大母鸡就是被只黄鼠狼吸光了血。那家伙，在村里几只大狗的围攻下，居然还能从容遁去，真有点道行。这样的家伙，看到几十只鸭睡在一起，而且没有人看护，肯定狂喜不已。奇怪的是，尽管鸭圈只有一尺来高，而且蓄足劲冲一下就会倒，这些著名的惯偷们却只敢在鸭圈周围打转，神情复杂地透过鸭圈间隙看着正做着好梦的鸭子们，就是不敢闯进圈中。我爸说，铜发爹虽然在屋里睡觉，但那根鸭梢在代他守护着鸭群。在人看来，这根鸭梢不过是一根竹竿，在狐狸、黄鼠狼眼里，却是个拿着网的人，随时能够出手把它们网住。这种法术，叫作梅山术，铜发爹，就是梅山神附体的人。我爸还说，上峒梅山上山打猎，中峒梅山捆棚放鸭，下峒梅山打鱼摸虾。铜发爹属于中峒梅山。听他这一讲，我立刻嚷道，我也要当梅山！没想到我爸大摇其头，说当梅山的人命都不好，生前受苦受累，死后成神，也没有庵堂来领受香火，只有寄在清凉树下的坛坛罐罐里，向来往行人讨点香火，糊弄一下嘴巴。又说做梅山也要看有没有仙缘，没有那个缘分，就算你天天上山游逛，梅山神也不会找上你。对他的这番话，我根本就不信——做了神仙，未必还会受苦？铜发爹又那么喜欢我，我要跟他学法术，未必他还不肯教？悟清了这些，我就兴冲冲地出门而去。

铜发爹正在溪边喝米酒，喝到微熏，脸上泛起一层红光。见我颠着个小屁股跑来，他脸上的那层红光更加灿烂。铜发爹是个出名的孤僻人，无妻无子，整天冷着脸，不爱跟人打交道，但看到小孩子却很欢喜。我撅着屁股，很响亮地叫了声："发爹爹！"他脸上的冰立刻就化掉了，嘴角漾出几丝笑纹，伸手来摸我的头。

等他摸够了后，我说："发爹爹，我要跟你学法术。"

"什么法术？"

"就是，那个梅山术。"

没想到铜发爹跟我爸一样，大摇其头。他说："石头，你是个文墨相，将来是要考状元当翰林的，学什么梅山术嘞？梅山术是穷人术，赶梢放鸭，一世没呷，你晓得么？"

我可不想当什么翰林，扭着屁股说："我就要学，就要学。"

见我撒娇撒得厉害，铜发爹从鸭圈里摸出两个青皮大鸭蛋，说："给你煨蛋，吃不吃？"

一见到鸭蛋，我两眼放光，立刻猛点头，顿时把学梅山术的事抛到了脑后。

鸭圈旁有个简易灶，是用土砖垒的。铜发爹把蛋塞到灶灰里，添了把柴，点燃了。抽两支烟的工夫，蛋就煨熟了。铜发爹说："石头，你敢去拿么？"

把手靠近灶灰，就感受到燎人的热气。我连忙缩回，转着眼睛想了想，便捡了根柴枝，把蛋拨了出来。等不及蛋凉下来，我就伸手去拿，却被铜发爹中途截住。他说："烫得很。"等了一会，他拿起个蛋，在石头上轻轻一磕，把皮剥掉，递给我。

尽管想吃得恼火，我还是说："发爹爹吃。"

铜发爹笑得眼睛都眯成一条线，说："爹爹有，爹爹有。"

我便不再客气，几口就把蛋吞下，差点噎着，好像生怕有哪个跟我抢。剩下的那个蛋，铜发爹塞到我口袋里，要我带回去做零嘴吃。我却不肯就这么走，在溪边玩了一阵水后，意兴有点索然。转眼瞟见那根鸭梢正立在不远处，我便跑过去，想拿起来玩。没想到铜发爹明明半闭着眼睛躺在草地上养神，却突然立起来，挡在我面前，瞪着眼说："不准拿！"

看着他凶巴巴的样子，我鼻子一抽，眼泪喷了出来。铜发爹有点手足无措，蹲下来替我擦眼泪。他越擦我哭得越来劲，最后简直是在号啕了。铜发爹只好从鸭圈里掏出只毛茸茸的鸭崽崽给我玩，但那根鸭梢，他还是不肯让我碰。我虽然年纪小，也明白这根鸭梢肯定跟梅山术有关。看来这梅山术铜发爹是硬不肯教我了。我赌气地想："我才不要你的鸭梢呢，我跟我的小鸭子玩。"

等到太阳快要从山尖上滚到山背去的时候，铜发爹站起身来，准备回屋。才走了几步，他突然停下来，回头瞅瞅鸭圈，又往对面树林里看了看，然后笑着说："石头，你还记得上回偷你家鸡的那只黄鼠狼吗？它三更时分要来偷我的鸭吃。"

"发爹爹，你何解晓得它要来？"

"我当然晓得。"

"那我把阿虎叫来，让它来抓黄鼠狼。"

"你把狗叫来，它就不得现身了。"

"那何解？"

"你看发爹爹的，保证替你报仇。"

我就含着手指，老老实实地立在一旁，看铜发爹围着鸭圈走了两匝，选定个位置布下张地网，然后把鸭梢拔了出来，拉着我头也不回地走了。

这个晚上，我恍惚间看见一只黄鼠狼在向我走来。令我惊讶的是，黄鼠狼很乖态，细眉细眼的像个妹子。我看到它的眼神温柔又哀怨，时不时回头向后看。后面隐约跟着几只小小的黄鼠狼。它们似乎不敢靠得太近，却又舍不得离开。看到这些小黄鼠狼，我心里就欢喜，向它们跑了过去。但跑了两步，所有的黄鼠狼都消失得无影无踪，让我呆立当场，怅然若失。

第二天清早，有人在外面喊门。爸爸跑出去看，见是铜发爹，忙请他进屋来坐。铜发爹却不肯进屋，只把手中的竹笼子一放，说："给石头的。"然后转身就走。爸爸一看，竟是只母黄鼠狼，连忙提进来。我一看，当时就呆住了——这不是我在梦中见过的那只吗？它看着我，连眼神也是同样的温柔又哀怨，让我小小的心变得又酥又软。见我久久默然，爸爸摸着我的脑壳说："铜发爹讲了，这是给你的。我剥了它的皮，让你妈妈给你做顶帽子，保险又轻又暖和。"

没想到我突然大叫一声："我不要！"

爸爸和妈妈都吃惊地看着我。妹妹却兴奋起来，眼睛眯成两钩小弯月，说："哥哥不要我要。"

"那也不行。"

爸爸有些生气，问："那你要何解？"

不作声，我走到笼子前，蹲下去又细看了一回。它也望着我，眼睛清亮清亮的。站起来的时候，我把笼门往上一提，黄鼠狼就在家人的惊呼声中飙了出来。落到门槛上的时候，它扭身回头看了我一眼，然后又腾空而起。等阿虎从屋后赶过来，它几个起落就消失在坪外树后，姿势优美利落之极。

爸爸跺着脚，问："你何解放了它？"

我痴痴地看着门外，没回他的话。妈妈走过来摸摸我的额头，说："这只黄鼠狼有些精怪，石头是不是被它迷住了？"

爸爸很疑惑地看了我一阵，在我脸上泼了瓢冷水。打了个激灵，我才把目光从坪里收回，闷闷地回到桌边吃早饭。

这事，爸爸特意跑去告诉了铜发爹。铜发爹却并不感到意外，只是说："这只黄鼠狼晓得记恩的，石头将来怕是要讨个乖态媳妇。"

我爸爸吓了一跳，问："莫非石头要讨只黄鼠狼精做媳妇？"

铜发爹摇摇头，把烟杆塞入嘴中，不再作声。爸爸只好满腹狐疑地走了。回来后，他和妈妈讨论了半天，结论是，等石头娶媳妇的时候，起码过了十多年，这只黄鼠狼早就报销了。听铜发爹的口气，这东西有点古怪，幸好石头放走了它，不然留在家里，说不定还会造出祸事来。这样一讨论，我还算是替家里做了件好事。只有妹妹噘着嘴巴，为失去那顶想象中的皮帽子而黯然神伤。直到爸爸答应帮她捉一只果子狸，她才重新变得快活起来。

第二天上午，我又去溪边找铜发爹玩，等着他来问我放走黄鼠狼的事。但他根本不提此事，像往常一样，打发我跟鸭崽崽玩，自己则叼着旱烟杆，望着溪水出神。过了有顿把饭的时间，他站起来，说："石头，我要到前面山里去打个转。你不要动我的鸭梢，动了会肚子痛。到时发爹爹是不得帮你治的。"见我点头应承后，他便大步往山林中走去，很快就没入一片翠绿之中。

和鸭崽崽玩了一阵后，我感到厌烦，站起来，东张西望了一阵。那根鸭梢就站在不远处，缠着红布，很神气的样子。手痒痒的，但我想起发爹爹所说的肚子痛，只有忍住，弯下腰来捡石头打水漂玩。这个活计我可玩得精熟，可以一路水花飘到对岸去，其诀窍在于选的石头要又圆又扁，分量恰到好处，甩出去的时候用力要成一条直线。但正因为太熟练，没有难度，玩了几下也就兴趣全无。去溪里洗澡吧，现在是四月，水还有些冰骨头，我经受不起。手痒得厉害，我想发爹爹也许是骗我的，不就是玩一下鸭梢吗，何解会肚子痛？一边想，我的脚步一边往鸭梢那头移，似乎是它把我吸过去一样。正在这时，身后响起脚步声，杂乱而急促。我回头一看，有三个人横在我面前。当头的是霍铁根；稍稍靠后的两个人很面生，板起脸，眼睛看着天上，一副干部相。

"铜发爹呢？"

"到山里去了。"

"去好久了？"

"没好久。"

"他讲了什么时候回来？"

"没讲。"

霍铁根焦躁起来，盯着前面的山看，似乎想用目光把铜发爹从林子里揪出来。后面两个人，一个点了根烟，慢悠悠地吐了个烟圈，一手叉腰，目光在溪面上滑过来飘过去。另一个人很不耐烦，跺了跺脚，说："霍铁根，你一个队长，未必杀只鸭还要问别人？"

霍铁根平时一副凶相，在这个人面前却点软，摆出笑容，说："这个看鸭的是个梅山，他不在，随便动他的鸭子，只怕有些麻烦。"

听了他这话，那个抽烟的人有些生气，大手一挥，摆出电影中革命首长的架势说："霍铁根，亏你还是个共产党员，还讲些这样的封建迷信？"

霍铁根一脸苦笑，不敢作声。跺脚的那家伙挽着袖子，目光剔来剔去，最后锁定了一只在溪边散步的肥鸭婆。他怕那只鸭婆跳到水里，随手拔出鸭梢，把鸭婆拨得离溪水远一点，然后猛跳过去，一把攥住鸭脖，提了起来。那只鸭婆双脚猛蹬，翅膀狂扇，却叫不出声。抽烟的人在旁边发出豪迈的笑声，仿佛看见资产阶级敌人倒在无产阶级的铁拳下。捉鸭的人也跟着哈哈大笑，得意非凡。霍铁根木立一旁，直到抽烟的那家伙要他去弄几个鸭蛋，他才磨磨蹭蹭走进鸭圈。我恨不得扑上去，咬这三个家伙几口。但他们是大人，我打不过，心里只祈望鸭梢能显灵，一梢子把他们抽到云南四川去。但鸭梢被扔在溪边鹅卵石滩上，像一条冻僵的蛇，根本发不起威。我只有眼睁睁地看着这三个家伙提着鸭婆，捧着鸭蛋，扬长而去。

本来随时可以离开的，但既然出了这等事，我就觉得有必要等铜发爹回来，告诉他事情的经过。坐在卵石滩上，我学铜发爹一样，看着溪水出神。奇怪的是，鸭梢一倒，那些水里的鸭子就不守规矩，往下游划去，沿溪拐个大弯，很快就看不见踪影，在溪边散步的鸭子也到处乱走，有许多没入山林中去了。我急得快哭出来了，还好铜发爹这时就出现在溪头。我立刻就从滩上弹了起来，飞跑过去，嘴巴像放机关枪一样，向他报告了霍铁根带人来捉鸭子的事——我其实是害怕他看到眼前景象，会责怪我看守不力。铜发爹冷哼一声，眉头拧了起来，放下手中用藤条束着的两大把草药，拾起鸭梢，重新插在河滩上，对着溪面吹了几声悠长而响亮的口哨。不到一支烟的工夫，远遁的鸭子们又都纷纷现身，只在鸭梢附近的水面与溪岸上活动。

"发爹爹，要不要去找他们？"

"不要。他们肯定是公社来的干部。"

"那就这样算了啊？"

"没跟我打过招呼，就想吃我的鸭子，他们吃不起的。石头，你先回去，这句话也不要跟别人讲，晓得么？"

我很郑重地点点头，甩着手回去了。

果然，公社下来的那两个干部吃了鸭子后，立刻上吐下泻，像是得了霍乱。拔了鸭梢的那家伙，还被块鸭骨头卡住喉咙，直翻白眼。要不是霍铁根求我当木匠的二伯施展鲁班术，点了碗化骨水，那家伙就会被当场噎死。至于霍铁根为什么没事，那是因为他没敢去碰碗里的鸭子。临近傍晚，公社来了辆车子，把这两尊菩萨运回去，在公社卫生站吊盐水吊到深夜，才勉强止住泻。两个公社干部，到霍家大队吃顿鸭子，竟差点送了命，此事在北坪传为笑谈。此后有很长一段时间，公社干部不敢来霍家大队找食，队上的负担减轻了许多，大家都齐声颂扬铜发爹。但铜发爹依然孤零零地待在溪边，与群鸭为伍。大家表扬他也好，骂他也好，都难以在他心上激起一丝波澜。

## 二

铜发爹守的这段溪水，是队上鱼虾最多的地方。铜顺爹靠打鱼摸虾为生，却从不到这里来，让我觉得奇怪，特意跑去问他。铜顺爹一张团团脸很是和气，就算对面没人，也是带着三分笑，看到我，更是笑到十分，像个起皱的老柚子。摸着我的头，他说："顺爹爹在哪里都可以打到鱼，不用到那里去。"他说这话，谁都不会认为是吹牛。队上人甚至相信，铜顺爹可以在地里钓到鱼，因为他是坛神附体的人，属于下峒梅山。

铜顺爹是个孤儿，才出生那年，父亲就被捉去当壮丁，自此再也没有音讯。两年后，母亲又染病身亡。奶奶把他拉扯到八九岁后，也撒手西去。从此他就靠着钓鱼、摸泥鳅、捉青蛙，风里来，雨里去，在水里泥中讨生活，自己把自己养大。

也不晓得是哪一年，铜顺爹夜里出去捉青蛙。那是初夏时节，夜风还有点寒毛。铜顺爹穿着补巴叠补巴的单衣，打着赤脚，右手拿着根一端分岔的棍子，左手提着个麻袋，沿着田垄走。看见有青蛙，一棍下去就把青蛙叉住。他练成了夜猫子眼，不用打火把也能看见草丛里的动静，手法亦是奇准。那些青蛙碰到他，真正是小鬼碰见钟馗——想跑也跑不掉。叉了小半袋青蛙后，铜顺爹看到前面蹲着只大石蛙，肉鼓鼓的，起码有半斤重。他心头一喜，三步并作两步，一棍戳下去。本以为十拿九稳，谁知定睛一看，那只石蛙端坐在前方，鼓着眼睛看着他。铜顺爹又是一棍，还是叉了个空。石蛙不再端坐，也不跃入田中，沿着田垄直往前蹦，有时还停下来，扭转身瞪着铜顺爹，似乎在看他有没有胆量跟上来。被逗出火来了，铜顺爹心想老子一定要抓住你，遂迈动一双赤脚在后面追，手中棍子不断戳下，却回回都落了空。那只石蛙一跳一跳，把铜顺爹引到了一棵古树下。古树前是块空地，竟然蹲着许多石蛙，都眼睛鼓鼓地看着他。打了个激灵，铜顺爹瞥见树下有个钵子，用四颗石头垫起；钵子旁边插着把竹弓，还有几支竹箭。顿时心惊肉跳，晓得是撞见坛神了，他连忙跪下来磕了三个头，把麻袋里的青蛙都放了，然后跌跌撞撞地沿原路跑回去。

到家后，铜顺爹便卧床不起，发了个把礼拜的烧，额头能把鸡蛋烫熟。坝头公公给他熬了几罐草药，喝下去也无济于事。等到村里人都以为铜顺爹保不住的时候，他却突然退了烧，只是从此跛了，走起路来一顿一拐的。打这以后，他不再整日忙碌，每天只近水一次，打鱼就打鱼，摸泥鳅就摸泥鳅，每次都能满载而归。至于青蛙，是再也不去捉的，白天在田垄上碰见了，他硬要等青蛙跳过去，才肯继续前行。大家见铜顺爹如此，便明白他因为石蛙引荐，奇遇落峒，已成梅山。

铜顺爹这个梅山，跟铜发爹不一样。铜发爹是满脸冰霜，眼睛里带刀子，村里人看着就怕，一般都不敢拢他的边。铜顺爹从小到大都是委曲求全，即便成了梅山后，也改不了那副谦卑的神气。大家对他没有惧意，同辈人中还有喊他顺跛子的。铜顺爹听了，依然笑嘻嘻地应着。有人想着沾他的光，专等铜顺爹在溪边下了钩，就走到他旁边，伸出钓竿。但奇怪的是，尽管相隔不过两尺，鱼却只上铜顺爹的钩。那人要么半天没有动静，要么钓上来的是寸把长的"苦板屎""麻落落"。看着铜顺爹巴掌宽的鲫鱼塞了有半鱼篓，旁边的人未免眼红，嚷着要跟铜顺爹换位置。换就换，铜顺爹也不跟这种人争。但换过之后，依然如故。有时铜顺爹看到钓上的鱼还小，就把它取下来，抛回水中。那人看到了，就说："这鱼比我钓的大多了，你何解要放掉？你不要，给我算了。"

铜顺爹摇摇头，说："鱼崽崽是不能钓的。鱼要是断子绝孙，往后就没得鱼钓了。"

那人瞪着眼睛看他半天，说："我何解钓不上鱼？是不是你把我的钓去了？"

"你这人心太贪，鱼不得上你的钩。"

"你讲什么？老子打你一顿饱的。"

铜顺爹神色平静地看着这个霸蛮鬼，说："你要是打了我，这一辈子都钓不上鱼。"

那人立刻从鼻子里发出冷哼，表示很不相信铜顺爹的话，但最终还是不敢动手，扛着钓竿恨恨地走了。

除了钓鱼厉害外，铜顺爹还擅长捉王八。有时他蹲在坪里吃饭，突然心里一动，就放下筷子，直奔某处。才一炷香的工夫，他就笑嘻嘻地出现在坪里，手里用草绳拎着只王八。王八补身，滋阴壮阳，铜顺爹却从来没吃过，全卖给了霍铜福。有次他扛了只大如锅盖的王八上门。霍铜福见了，既惊且喜，请了紫渡镇上开药铺的匡掌柜来，鉴定出这是只百年老鳖，大补，遂花了五块大洋买下。

靠着捉王八，铜顺爹居然给自己打了一只船，置办了几根很生猛的钓竿。此后他经常沿溪而下，到辰河里去打鱼。有次兴致来了，便顺风摇橹，直入资江。资江里的渔夫，惯于撒网捕鱼，且有鱼鹰相助。铜顺爹在一边看着，直摇脑壳，认为网眼太密，虽小鱼也不能免，有违天理。至于驱使鱼鹰，更是懒人所为。渔夫们见他一无网二无鹰，就带了几根钓竿，颇为疑惑。有人撇着嘴说："你莫非要学那些城里的老爷，闲得发慌了，跑出来钓鱼玩。不过看你的样子，穿得比我们还差，也不像是出来玩的。你要吃水上饭，也要办点像样的家伙，光靠几根竹竿子，等着鱼来吃你吧！"

面对他人的冷嘲热讽，铜顺爹只是嘿嘿一笑，把船划开。到了这江中，他也不轻易下竿，蹲坐在船头，把手笼在袖子里，眯着眼睛养神，整个人在江风中凝成了一块石头。也不知过了多久，这块石头突然开眼，挥手下竿。不到半刻钟，浮标就猛地下沉，钓线顿时绷得笔直。铜顺爹且收且放，跟上钩的大鱼磨上了好几个钟头。等到这家伙猛劲散去，铜顺爹就慢慢地把鱼往回拖。鱼身一露出水面，岸边立刻溅起一些惊叹。不少渔夫也把船划拢，围观这条一米多长的大青鱼。有人主动掏出烟丝请铜顺爹尝尝，赞他是真人不露相，并说："资江里的大鱼灵性得很，一般不吃钓钩上的东西，也不知师傅你用的是什么饵？"铜顺爹坦言相告："不过就是在山里挖的活蚯蚓。这东西随处可觅，是最常见的鱼食。"对方看不出有什么新鲜名堂，只好再次表示佩服。铜顺爹把大鱼抱上船后，将船摇到城边上，卖给临水的酒楼，再摇船而返。

此后铜顺爹每个月都要下次资江，每次都能钓到大鱼。他似乎能感应到鱼在水下的活动。当他像块石头样蹲坐船头时，那些渔夫们不再相互传递嘲弄的眼神，甚至还不由自主地收敛住笑语。因为他们能感觉到铜顺爹这时已不是凡人，他正在运行着精气神，和隐藏着无数漩涡暗流奇怪生灵的大江接通了消息。一旦有大鱼进入了感应范围，他的精神就会锁定它，召唤它来到自己的船边。每当铜顺爹猛然睁开眼睛，附近的渔夫就晓得，又一条大鱼将被他钓上来。

名声传出后，城里最大的鱼行老板陈少荣托人找到他，请他专门为水发鱼行供货，并承诺送给他一套最好的渔具。铜顺爹却一口回绝了，他说自己每月最多只钓一次。大鱼都是天地灵物，打得太多了，有伤阴德。如果不是为了攒钱讨媳妇，他连这每月一次都不会下手。不防铜顺爹还有这一说，陈少荣微微一怔，沉吟了片刻后，提出只需铜顺爹出手一次，把资江里的鱼王钓上来，就可得大洋一百。铜顺爹琢磨着这一百块大洋能娶房好媳妇，如能到手，自己就再也不用来资江打鱼了，也没细问那鱼王到底有何卓异之处，便点头应承。

听说铜顺爹要跟鱼王斗法，资江的渔夫们顿时兴奋得像在水面翻跟斗的鱼。马上有人出来做庄，有人掏钱下注，买铜顺爹赢的只占了四成。在更多人眼里，铜顺爹虽然有些道行，但跟鱼王比起来，那还是差了点火候。

在老渡口上去一百米处，有道悬崖耸立江边。崖下有个深潭，颜色比周遭的水要显得幽青。这个潭到底有多深，不晓得。有人说它在地底接通了洞庭湖。鱼王就住在这深潭中。它到底有多大，长得什么样，传闻虽多，却没有确切的说法。大家所能晓得的就是，有那么一次，它在江中游逛，兴致一来，浮到浅水区串串门，不小心就被网住了。下网的渔夫才一收网，猛然就被一股大力扯入江中。鱼王一扫尾把这人打晕，脱网而去，从此只在深水区潜行。那渔夫被人救了上来后，还发了半年的癔病，逢人只会说："大……鱼。"等病好了后，别人问他到底看清了没有。他总会发上半天愣，最后摇摇头，说是只见一道黑影横扫过来，自己脑壳轰然一响，就什么都不晓得了。至于鱼王的住处，是一个小孩偶然发现的。这小孩子就在江边长大，水性极佳，眼睛也灵光。他在离潭十几米远的地方扎猛子，潜到江底想摸点落水的值钱家伙上来。正遍地搜索时，感到上方有股巨流涌过。他抬头一看，哎呀呀，一条从没见过的大鱼正慢悠悠地游过去。这小孩子生怕被大鱼吃了，连忙贴在水底，等它潜入潭中，才连忙往上蹿。回到岸边的时候，他才感到手足发软，心还在怦怦地在胸膛上撞。家人问他那鱼到底有多大，他一会说，有船那么大，一会又说，有屋子那么大。大人逼他说个准数，他一急，抓着脑壳说，反正比我大，让人啼笑皆非。自此这小孩再不敢到深水里去，倒避免了被漩涡暗流吞掉，得以茁壮成长，这不能不说是鱼王的一件功德。

打听到鱼王的这些传闻后，铜顺爹问陈少荣要了一把精钢打造的鱼叉，即驾船往悬崖处划去。还没接近深潭，他的心就比往常跳得厉害些，忙抛锚把船定住。像往常一样，他默坐船头，闭目运神，过了足足两个时辰，却没有下钩，而是驾船离开，溯流进入辰河，回到北坪霍家村。资江上的渔夫都以为他怕了鱼王，兴头顿时大减，纷纷从庄家那里撤注。眼看到手的钱飞走了，有人便跳起来破口大骂铜顺爹，骂他是个缩头乌龟，斗都不敢斗一下，就溜得比老鼠还快，真的是出他先人的丑，没卵用。

　　过了两天，渔夫们骂得也没了劲，正决心把铜顺爹抛到脑后，他却驾着船在资江上现身了。好像是酒鬼猛然间闻到上等佳酿的气味，渔夫们顿时又长了精神，鱼也不打了，全部将船划向铜顺爹，跟在他后面，往深潭驶去。远远地望去，倒像是铜顺爹率领了一支水师，去攻打鱼王的驻地。

　　把船定在潭边上，铜顺爹跪在船头，沉沉地磕了九个头。靠他最近的渔夫看见船头放着一个钵子，黑亮黑亮，钵子底下用四颗小石头垫高，钵子旁则摆了一张竹弓，三支竹箭。对着钵子磕完了头，铜顺爹立了起来，平常一团和气的脸此刻全无笑容。他赤足散发，搭箭开弓，口里念念有词，对着青碧幽深的潭水射去。第一箭没入水中后，良久不见浮起，而潭水平静如故。旁边观看的渔夫们开始互相交换眼神。铜顺爹咬牙鼓目，挽弓又是一箭。潭水开始波动，不停地有鹅蛋大的水泡往上冒。渔夫们个个屏住呼吸，空气里回荡着许多心脏猛跳的声音。但水泡冒过一阵后，又复归寂静。跺了跺脚，铜顺爹拿起最后一支竹箭，往手臂上一划，血水顿时染红了箭头。他闭上眼睛，低低地吼了一声，将血箭射出。过了片刻后，所有的船只开始不停晃动。似乎有人在潭底架了一口大锅，烧了一把旺火，整个潭水都被煮沸，潭面上水花乱溅。那些粗野胆大的渔夫们死死盯住潭面，个个手心出汗，背上发寒。潭水骚动了起码有一炷香的时间，猛然间波涛汹涌，一道巨大的黑影腾空而起。铜顺爹眼明手快，抄起钢叉狠命一投，把全身的力都掷了出去。钢叉深深戳进鱼背，鱼王横着身子落了下来，重重地拍打在江面，溅起屋顶高的波浪。船猛地一晃，铜顺爹差点被颠了下来。鱼王没入潭中后，也不知过了多久，才静静地浮上来，腹部朝天，头上插着一支竹箭，身上和尾部也各插了一支。看着这条身长一丈、全身乌黑发亮的鱼王，铜顺爹腿一软，一屁股坐在船板上。大家把船划拢，围成一个圆圈，但没有谁敢去碰圆圈中间的鱼王。大家都觉得，这样生猛的巨鱼，不可能死去，它只不过受伤了，随时可能翻身而起，一尾巴连船带人扫个稀巴烂。

陈少荣信守承诺，很爽快地数了一百大洋。他将鱼王掏去内脏，在按祖传秘方制成的药水中浸泡数天，再烘干，悬挂在鱼行堂屋的大梁上做招牌，那气势立刻就压倒了所有同行。前来观看的人多如资江中的小鲫鱼，他们赞叹完后，一般都会顺手买些鱼回去，水发鱼行的生意如火上浇油，旺上加旺。起初陈少荣出大价钱买鱼王，有些人还不太明白，现在醒过神来，不得不叹服他的算盘打得精，打得响，打得别具一格，不愧是行尊。至于那位打到鱼王的英雄，尽管大家都很想瞻仰一下，陈少荣也极力邀请他加入水发，他却效仿鱼王沉潜于深潭，一头扎进北坪，从此很少在城里冒过头。

回到家后，铜顺爹用五十块大洋买下点田地，另外五十块就做了彩礼，娶了一房媳妇。这媳妇家在邻村，虽然也是苦出身，但水色好，铜顺爹爱她爱到骨头里去了。他孤苦了二十几年，有了这个伴，日子总算过得滋润了点。作为梅山，他每天依然出去打鱼摸虾，但再也没去过资江。按他的说法，资江中鱼王子孙无数，都对他恨之入骨，专等着吃他的肉，喝他的血。有时驾船漂到辰河，远远地望见入江口，铜顺爹便掉头而返，似乎鱼王正在背后追他。每年到了捉鱼王的那一天，他都要在溪边烧几炷香，为鱼王超度。这样的香一直烧到"文革"，我都碰见过好几次。对这一套，队里的人认为正常得很，并没有想到要革除掉，连霍铁根也不会批评他讲迷信，最多假装没看见。

我出生后，铜顺爹也有了孙子。捕杀鱼王的那段传奇经历，我无缘见到，只能是人家怎么说我就怎么听，连打岔的权利都没有。倒是他捉泥鳅的本事，我可是亲眼看见的。铜顺爹先是在田里转一圈，口里念念有词。当摸到第一条泥鳅后，便倒塞进嘴里，咬去尾巴，重新抛进泥水中。然后他随摸随有，那些泥鳅像是自动跑到他手上来，很快就要把鱼篓填满。直到他重新摸到断尾泥鳅，便洗手上垅。因为剩下的泥鳅是坛神特意留下来传宗接代的，捉了便是有违天理，会断子绝孙。对于铜顺爹的这一手，我可羡慕得紧，吵着要他教我念口诀。铜顺爹呵呵地笑，真的把口诀传给了我。说是口诀，却像首儿歌："泥鳅婆，崽崽多。泥鳅公，找老婆。老婆拖老公，老公拖老婆，拖过我背笒，献给坛神把酒喝。"他怕我记不住，还念了几遍。口诀我是背熟了，但不管用，总是捉不到几条泥鳅，急得我大嚷："顺爹爹，你教我的口诀是假的！"

看着我愤怒的样子，铜顺爹笑得眼睛都眯了起来，摸着我的头，他说："你不是梅山，学会了口诀也没用。"

"我要当梅山。"

"梅山术是穷人术，你是个秀才相，将来要行文昌运的，学什么梅山术喽。"

"何解你讲的跟发爹爹一样啊？你们是不是打了商量的？"

听我提起铜发爹，铜顺爹就默然不语，摇了摇头，脸上露出哀伤的神情。见他这样，我就不敢再问下去，翘起屁股，继续去追捕那些泥鳅公泥鳅婆和泥鳅崽崽。

三

铜发爹和铜顺爹似乎尽量避免见面，但村子就尿布那么大，难免会撞上。有次我跟铜顺爹从田里摸泥鳅回来，在村口碰见铜发爹。我喊了声发爹爹，铜发爹"嗯"了一声，猛地往铜顺爹脚下吐一把口水，然后满脸怒容地大步离去。而铜顺爹只顾低着头，对铜发爹的羞辱视而不见。见他们这样，回家后吃饭的时候，我忍不住问爸爸："发爹爹和顺爹爹到底结了什么仇啊？"

平常在我面前，爸爸总是要装个百事通的样子，这回却支支吾吾，挥挥手说："快吃饭，小孩子问这么多干什么！"

见他老不耐烦，我赌气地想："你不告诉我，我就去问别人。找哪个呢？村里就坝头公公年纪最大，他肯定晓得的。"

242

打定主意，第二天上午，我就跑到坝头公公屋前。他正在坪里，弓着个背晒草药。我大叫："坝头公公！你快去檐下坐，我来帮你晒！"

瞟了我一眼，坝头公公嘴角漾起笑纹，说："石头，嘴巴这么甜，是不是又想来找吃的？"

"不是的，我是来学雷锋的。"

为了证明自己动机高尚，我从篮子里抱起一丛草药，蹲下去，摊放在铺在坪里的破席子上。坝头公公指点我辨认草药，我也做出努力记诵的样子，边摊草药边频频点头。他一高兴，就说灶里还煨了两个红薯，要我拿出来吃。我努力抵制住烤红薯的诱惑，说："我不吃红薯，我要听你讲故事。"

见我这么乖，连嘴巴也不馋了，坝头公公大觉诧异，说："好好，给你讲故事，你想听什么公公就给你讲什么。"

就这样，我听到了有关铜耀爹的故事。因为铜发爹和铜顺爹的结仇，就是因铜耀爹而起。

四十年前，北坪乡最英俊的汉子就是铜耀爹。据说邻村有个刘姓财主家的闺女，在踏青的时候见了他一面，回来后朝思暮想，情难自禁，竟顾不得女儿家的颜面，主动跟父母提出要嫁给他。听说女儿竟然喜欢上了个打猎的穷汉子，刘财主气得眼珠子都快弹了出来，痛斥一顿后，把她看管起来，不许出门半步。不到半月，这刘家小姐就抑郁成疾，吃了多少副中药都无济于事，眼看着人渐渐消瘦下去，脸上的血色也全跑光了，竟像个女鬼。财主夫妇急得不行，派人到城里，用轿子把飞龙县最有名的老中医黄德堂抬了来。把过脉后，黄德堂沉吟半晌，屏退余人，独自和刘家小姐交谈了约两盏茶的工夫，方背着手踱出来。财主夫妇正站在门外巴巴地望着他，期待他的妙手能起死回生。黄德堂也不多说，要过纸笔，开了药方，然后折起来，叮嘱财主夫妇，待他走后才能看。把黄德堂送走后，刘财主急急地打开药方一看，上面就写了一行字：心病还要心药医。顿时就愣住了。刘夫人心里其实早就松活了，只是碍于男人的威严和固执，一直没有说出口。这时难得黄德堂留言相谏，她便趁机进言道，眼前最要紧的是保住二妹子的命。再说这霍铜耀虽然穷，但听说人才出众，让他做个倒插门的女婿，也不至于辱没了刘家的门楣。

刘财主只是不言语，把自己关在屋子里，叹了半天的气。到了明日，他就派人把铜耀爹喊来，挑明了这个意思。满以为自己这样做，已是降尊纡贵，非常抬举铜耀爹了。没想到铜耀爹把脖子一直，声明自己虽然穷，但穷得硬朗，做上门女婿是有辱祖宗的事，自己是万万不会干的。刘财主自觉已是异常委屈自己了，被他这一顶，火气就立刻上冲脑门，拍着桌子骂他天生是把穷骨头，烂牛屎扶不上墙壁。铜耀爹甩下一句："我霍铜耀没讲过要你扶！"然后昂首阔步走出刘家大院。刘财主把手都拍肿了，声明就算女儿去做了鬼，也不会让她嫁给这个又臭又硬的穷猎户。

消息传入刘小姐闺房，她明白此生已跟铜耀爹无缘，伤心之下，病势转重。刘财主虽然后悔，但话已泼出口，再难收回，每日只用人参吊着女儿的命。但女儿家的命，如悬丝，丝下面如果结着情怨，只会越吊越细。终有一天，这根线绷断了，刘小姐撒手西去。临终前几日，她在手帕上咳了几口血，让贴身丫鬟收好，在她死后想办法送给铜耀爹。这丫鬟倒也不负所托，非但把手帕送到，而且将前因后果也明明白白地跟铜耀爹说了。起初以为刘小姐只是偶然春情发动，闹过一阵后也就会把他忘了，没想到这富贵人家的小姐却是个专情之人，竟至于为他丧了命，铜耀爹顿时懊恼得用头猛撞墙，把额角都撞破了，血像红蚯蚓般爬在他的脸上。见他如此，丫鬟倒也替死去的小姐感到欣慰，抛下一句："小姐葬在喜鹊坡上，你要真有良心，就去看看她。"然后转身离去。

当天傍晚，铜耀爹攥着刘小姐送她的手帕，翻过牛背岭，来到了喜鹊坡。仿佛是刘小姐在指引他一样，铜耀爹没费什么工夫就找到了那座新坟。在坟前他守了一夜，也想了一夜的心事。铜耀爹心气很高，虽然村里有不少女子明里暗里都向他表示过爱慕之意，但他并不放在眼里的，一心要找个才貌出众的女子做婆娘。然而北坪乡的乖态妹子，要么被地主老财收去做了姨太太，要么就想办法嫁到镇上甚至是县城里去了。铜耀爹人才虽好，但袋里无钱，跟那些狐眉狐眼的妹子对对山歌可以，但真要想把人家娶回来，对方的父母就一万个不答应。那些妹子虽然也对他有情，但敌不过父母反对，同时也禁不住富贵生活的诱惑，最后总是哭哭啼啼地别他而去。而刘小姐是富贵人家出身，却居然甘心为他而死。这份情义，是平常只有戏文中才看得到的，自己却无福消受。越想越伤心，铜耀爹禁不住在坟前大哭起来。哭声曲曲折折地飘到山脚下，在暗夜中听来，也辨不出是男是女。刘家村的人以为刘小姐怨气太重，阴魂在夜间跑出来游荡哭泣，生怕她哭到自己屋门前来，许多人都不自禁地缩到被子里去，把耳朵紧紧掩住。

也许从这一夜起，铜耀爹就起了终身不娶的念头。他再也没跟年轻女子对过山歌，全部心思都放在了打猎上。本来他就是吃这行饭的一把好手——放铳、下套、制药箭、挖陷阱，样样都在行。现在更是入了魔，成天在深山老林里转悠。那时山里还有老虎，在夜间时常能听见虎吼，嗷的一声，山鸣谷应。有的猎人进了深山后，就再不见回来，那多半是被老虎吃掉了。为了有个照应，至少是死后有个给家里报信的，很多猎人进深山都结伴而行。铜耀爹原来也愿意跟人打队，现在却独来独往，甚至敢一个人在山里过夜。有时一天一夜没见铜耀爹人影，大家都以为是喂了老虎，他却扛着只麂子或者大狐狸回来了。麂子腿长善跑，警觉性又高，往往猎人铳还没举起，它就像一阵风似的掠过林间，转眼就看不到影子。狐狸更是精灵，有些大狐狸年长日久，还修炼成了倒铳法——猎人对它扣下扳机，火药铁砂却是往后喷射，导致铳毁人伤，有的还会被自己当场打死。铜耀爹却专门跟这些难缠的家伙过不去，那些轻易就能打到手的东西，像野鸡野兔之流，他根本不屑于举铳。同行都夸奖他本事越来越高强，铜耀爹只是一笑，并不多说什么。跟铜顺爹一样，他也喜欢笑，但那种笑带着三分傲气，不容易使人感到亲近。但没有谁会反感铜耀爹的高傲——在大家眼里，他本就是人中的岳云，兽中的锦豹，理应高傲一些，太谦和了反而让人接受不了——倒是对他越来越敬畏了。大家发现铜耀爹的眼睛比过去更加明亮、锐利，给人的感觉像一头豹子，或者是一只鹰，有人还看到过他的眼睛在夜里发光。村里人便猜测，铜耀爹怕是成了上峒梅山。

这句话一经抛出，马上四溅开来，谁听了谁信。北坪乡的五六个猎户特意为此事凑在一起，商议了许久，最后提了二十斤米酒、两腿岩羊肉、一个野猪头，开进霍家村，上门恭贺铜耀爹得道落峒，成了活梅山。对于此说，铜耀爹既没承认，也不否定，只是劈开野猪头，切烂岩羊肉，从坛子里挖出半碗剁辣椒，做一锅炒了，和众猎户围在火塘边大碗灌酒，大块吃肉。喝到半醺处，铜耀爹说："明日午时，滴水岭上有一群野猪过路，你们可以去打埋伏，到时送我一个猪头，两腿猪肉。"众猎户连忙应下，你看我，我看你，都目露欣喜之色。

第二天午时刚过，铜耀爹正在屋檐下磨刀，众猎户用木棍扛着只两百多斤的野猪进了村，向铜耀爹报喜说打到了六头野猪，这头整猪是孝敬给他的。铜耀爹挥挥手，说："我讲了的，只要一个猪头，两腿肉，多了我不拿。"

以为他讲客气话，有个嘴巴滑溜的猎户说："铜耀哥，你虽然没动手，但没你指点，我们只怕连根猪毛也吃不到。你得头整猪，谁都没话讲。"

瞪了他一眼，铜耀哥说："我讲拿好多就是好多，多拿一钱肉，扶大王也会怪我贪。"

扶大王就是扶燕山，是上峒梅山的祖师爷。众猎户一听，便不敢再劝，砍下猪头，剁下两条猪后腿，剩下的肉他们也不带回，而是分给了霍家村的人，以表示对铜耀爹的敬意和感激。

此后周围的猎户时常上门请铜耀爹指点应何时上山，去何地打猎。如果这个猎户近来打到过大货如野猪麂子，铜耀爹就会说："你这阵子杀过头了，该歇歇手了。"如果手气不好，老是打到些小货如野兔野鸡，铜耀爹便会欣然指点，而且从不落空。至于铜耀爹自己，每个月只打一到两件大货，如果猎到红毛大狐狸，把皮卖掉，至少可得五块大洋，那更是两三个月不用摸铳。他父母早亡，只有一个哥哥，两人早分了家。守着间土砖屋，他是一人吃饱，全家不愁；也从不积财的，有钱就买肉买酒。一个人喝酒未免无聊，等闲之辈铜耀爹又不肯喊，霍家村只有铜发爹和铜顺爹他看得入眼，遂经常把他俩拉来作陪。铜发爹性格孤冷，不愿跟人打交道，只有铜耀爹喊得他动；铜顺爹则是自幼失亲，在心里把铜耀爹当成了哥哥，随喊随到。有时喝得大醉，三个人就挤在地铺上睡觉，日子久了，感情竟比亲兄弟还要好。村里人见他们抱成了团，在他们面前愈加小心，因为得罪了其中一个，就是同时得罪了三个梅山，就连霍铜福那样有钱有势的人也会吃不消。那个在溪边跟铜发爹争钓鱼地盘的人，第二天上山摘板栗，大白天竟然倒起了路，被困了整整一天一夜，差点被狼咬死。大家都说，这是铜耀爹为兄弟报仇，念了迷山咒。幸好那家伙没有动手打人，不然他肯定出不了山的。

铜耀爹年纪轻轻就名震北坪，成为猎户中的行尊，自然有人看着眼红。有次铜耀爹扛着只麂子回村，有人就在背后嘀咕："讲起有蛮狠，也没看到打只老虎回来。"铜耀爹猛一回头，那人却早缩到一侧的巷子中去了，生怕被他看见。

话就那么一句，却像块尖尖的小石头一样，嵌进铜耀爹的心里，硌得他老不舒服。虎是兽中之尊，山林之王，按梅山的规矩，轻易不能去动。但铜耀爹年轻气盛，被人一撩拨，那点好胜心便腾地燃烧起来，烧得他夜里都睡不着觉，遂披衣而起，爬到喜鹊岭去，在刘小姐坟前坐了一夜——每当烦郁难解时，他便来看刘小姐，对着她的墓碑喃喃自语，第二天心胸就变得豁然，仿佛是丈夫对妻子倾吐苦闷，得到了她的百般抚慰，心结顿解。但这夜他只听到远山中传来的阵阵虎吼。吼声淹没了坟内刘小姐的嘤咛细语，仿佛在向他示威一样，铜耀爹心潮涌动，实难平静。

当天空翻出一片鱼肚白时，铜耀爹便走下坡来，回家蒙头大睡。在梦中他看见了一只大老虎从白茅坳中走出来，直往牛背岭方向行去。醒来后已是午后，铜耀爹抹了把冷水脸，从墙上取下块熏干的麂子肉，烤熟了伴着米酒吃了，便带把短刀，取了数条长绳索——除了一条外，其余的绳索一端都系着铁钳，绳身套着十数个六七寸长的竹筒——抖擞着精神上了山。在半路上他砍下一段松木，扛到白茅坳附近，选定路边一棵碗口粗的大楠竹，遂在其前面不远处打下松木桩。然后念动咒语，运起梅山法力，一个人就扳下大楠竹，绷成半圆形。先取出没带铁钳和竹筒的绳索，一头紧系竹梢，另一头拴牢在木桩上。再陆续把剩余的绳索全系在竹梢上，带铁钳的一端则分散隐藏在四周草丛中。最后将木桩上的绳索死结弄开，打了个活结。机关设好后，铜耀爹在两丈开外的另一棵楠竹身上砍出道口子，嵌了块大松树皮进去，又在口子上划了个耀字，来人一看，就晓得是他在前面设了陷阱，得绕道而行。做完这一切，他就吹着口哨，施施然往山下走去。

当天晚上，村里所有的人都听见从白茅坳方向传来的虎吼。那老虎足足吼了一夜，起初是狂叫怒嚎，到后来渐渐变成了悲鸣。等吼声渐细渐小，湮没于阵阵山风中时，窗外开始发白。只是几里内都听不到鸡叫——那些平常耀武扬威的红冠公鸡们都被虎吼震破了胆，骇得不敢出声。

铜耀爹却不着急，又等了两天，才把铜发爹和铜顺爹喊上，一起到山里去抬老虎。三人走到白毛坳口，便看见一只毛色粲然的母老虎被吊在半空中，眼睛半开半闭，已经连晃动的力气都没有了。它是一只前脚被铁钳卡住，幸亏有竹筒护住，不然绳索肯定会它被抓断。让他们大吃一惊的是，楠竹下还伏着只半大不小的老虎崽崽。这小老虎大概也没怎么睡，神情有点迷糊。见到有人来了，它就颠着屁股跑过来，伸出舌头轮流舔三人的脚面，又昂起头，可怜兮兮地看着大家，眼里居然闪着泪光。顿时愣住了，三个人你看看我，我看看你，都作声不得。他们都是梅山，懂得天地化育之理，无论打猎还是钓鱼，都不欺幼小。现在这只小老虎为它母亲求情，铜耀爹虽然有炫世之心，却实在下不了手。最后他长叹一声，猛地跳起，用刀尖挑起竹筒，现出一点绳身，顺势一抹，就把绳索割断。那大虎在地上打了个滚，竟慢慢地爬了起来。铜发爹和铜顺爹脸色都有点发白，铜耀爹却若无其事，看都不看母老虎一眼，对着小老虎吹了声口哨，便带着两人走开了。

下山后，铜顺爹把此事宣扬了出去，大家对铜耀爹更是敬佩。凡是碰到老虎的人，要么就被老虎吃掉，要么就是把老虎打死，铜耀爹却能够捉到老虎又把它放了，这非但要有大本领，而且要有大慈悲心肠。铜耀爹后来想想，也觉得这是最好的结局：既没违反梅山的规矩，又显了自家本领，狠狠地震了一下那个在背后红眼睛的人。心里一高兴，他又拉着铜发爹和铜顺爹连喝了几晚的酒，把挂在墙上的熏肉一扫而空。吃光喝光后，他便扛着铳上山找食去了。

别人打猎是满山乱转，碰上什么打什么，铜耀爹却是选定一个地方打埋伏，过不了一时半刻，就会有野兽从这里经过，他只管放铳就是。这次算定了，有只野猪于申时三刻要从翠竹坡下过身的。铜耀爹躲在一丛幼竹后，半闭着眼睛养神。到了时辰，他猛地睁开眼。山路拐弯处赫然转出一只野猪，威猛雄壮，像块会走路的大岩石。铜耀爹不慌不忙，对准猪脖子就是一铳。他的铳是特制的，铳管粗如鸭蛋，火药铁砂也比别人的多装了一倍。这一铳爆出去，野猪的脖子几乎被打断，往前冲了两步，就横着倒在地上。等它抽搐完了，铜耀爹吹了声口哨，就扛着空铳从坡上走了下来。离野猪还有一丈远的时候，他心里突然一动，左手弃铳，右手拔刀。刀刚拔出来，对面茅草丛中嗖的一声急响，飙出只金钱豹，直向他扑来。

铜耀爹不敢跟豹子争锋，急闪在一边，避过它的锐气。豹子扑了个空，脚一搭地，马上扭过腰，又向他冲来，像平地起了一道红色霹雳。这道霹雳还没完全展开，林间一声怒吼，蹿出只老虎，腾地扑在豹子身上，一口咬住它的脖子。两颗兽头绞在一起，猛挣猛甩。折腾过一阵后，那豹子头就耷拉下来，再也动弹不得。这时铜耀爹已装好了铳，没有举起，手却扣在扳机上。那大虎看了他一眼，就走到野猪身边，撕下一块肉，大嚼起来。认出就是上次放走的那只虎，铜耀爹暗自松了口气，坐在地上。这时那只小老虎从林中屁颠屁颠地跑过来，舔了舔铜耀爹的手后，才走到野猪边用餐。

母子俩胃口极好，很快就把头大野猪啃得只剩下半边，然后拖着圆滚滚的肚子走了。剩下的半边野猪铜耀爹也不要了，只把豹子扛了回去。豹皮剥下后，被霍铜福花五十大洋买下，送给县长做寿礼。自此全县的人都晓得北坪有个姓霍的猎人，乃是武松转世，老虎豹子看到他就发抖。

铜耀爹的名声传出去后，驻扎在城里的保安团团长汤光中就派了个姓廖的副官来北坪，下了五十大洋的定金，要铜耀爹打只老虎，交货时再付大洋五十。懒得跟来人解释那豹子是何解打到的，铜耀爹摇摇手，只是不肯。汤光中手下的人，向来嚣张惯了，马上鼓起眼睛说："我们团长想要的东西，没有搞不到手的。"

铜耀爹冷笑一声，说："那就要他自己去打吧。"

"就是要你打。"

"我不打又何解？"

枪立刻拔了出来，但马上就移到了铜耀爹手上。廖副官也马上换出一副笑脸，说："霍大哥，有什么话好讲。"

把子弹下了，枪甩在桌上，铜耀爹从牙缝里蹦出一个字："滚！"

廖副官立刻滚到马上，弹出了霍家村。

听说铜耀爹要他去打老虎，汤光中不怒反笑，摸了摸剃得精光的脑壳，说："那我就先打打他这只老虎。"然后派了一连人，由廖副官带队，并发下话来，如果捉不到霍铜耀，就把廖副官用马倒拖回来。

汤光中本是土匪出身，曾经生吃过人心，拖死个把副官，自然不在话下。觉得自己的命被吊到了一根头发上，廖副官只有豁出去

252

了，连夜带着士兵直扑霍家村，想来个出其不意，攻其不备。但铜耀爹早算到这一着，已经收拾好家伙进了山。到底藏在哪里？他只告诉了铜发爹和铜顺爹。满村搜不到人，廖副官便猜到铜耀爹躲进了山里。然而大山绵延数十里，铜耀爹又近于山精一类，想把他搜出来，那比在面粉堆里找粒砂糖还难。想到自己被活活拖死的惨状，廖副官不禁打了个寒战。开始他想把全村的穷人排头拷打过去，逼问出铜耀爹的下落，但那样太耗时，何况霍铜福是全县有名的大地主，跟县长都有交情，这样折腾霍家村，他未必肯答应。硬的不行就来软的，廖副官马上在全村公示，凡能供出霍铜耀下落者，赏大洋二十，而且绝不泄露此人姓名。等了一天后，全无动静，廖副官烦躁起来，正想着搞蛮的，有人就趁黑摸进了他征用的民房内，向他报告说霍铜发和霍铜顺、霍铜耀最要好，一定晓得他的下落。廖副官马上要此人带路。

这人哭丧着脸说："不是讲了保密的吗？"

廖副官很不耐烦，用枪顶着他，说："又不是你告发霍铜耀的，你怕什么？"

这人又怯怯地问："那大洋呢？"

塞给他两块大洋，廖副官又用枪管戳了戳他的背。这人只有硬着头皮走在前面带路。大家一看，原来是村里的二流子霍铜族，无不在心里骂他缺德，要断子绝孙的。

想着铜发爹是个光棍，这会也不晓得飘在哪里，霍铜族便领人直奔铜顺爹家。铜顺爹正准备熄灯上床，搂着媳妇美美地睡上一觉，冷不防有许多脚步声汹涌而至。以为是来了土匪，他忙拉着媳妇往屋后跑，想逃进山中。没想到廖副官分了一队人从后面包抄，两口子被逮了个正着。看到铜顺爹这个瘸子讨了个水嫩的婆娘，廖副官略觉诧异，换在平常，肯定要戏弄一番，但现在他实在没这个心思，劈头就要铜顺爹说出铜耀爹的下落。铜顺爹死不吭声，只一个劲地摇头，摇得廖副官心头火起，一记马鞭抽在他鼻子上，血立刻飘了出来。铜顺爹媳妇看着心疼，扑上来要护住男人。怕她挨打，铜顺爹忙横身把她挡住，嘶哑着嗓子说："你不要管。"

"哟，你这个鬼瘸子，还蛮晓得疼女人的嘛，怪不得讨了个嫩婆娘。"

垂下眼皮，铜顺爹不理不睬，盘算着挨一顿死打，反正不吭声就是。

"你到底讲不讲？不讲是吗？老子打爆你。"廖副官劈头就是一顿马鞭，把铜顺爹的头脸打得像个烂西瓜。铜顺爹只是低着头，看着自己的血滴在地上，那神情像是在看别人流血。打得手累，廖副官骂了句木头，便住了手。这时霍铜族凑上来，在他耳边献上一计。廖副官点点头，瞟着铜顺爹的媳妇，露出邪邪的笑，喝道："把这婆娘的衣服剥下来！"

那些当兵的干这个最积极，马上轰然而上。

铜顺爹猛一抬头，要扑过去护住媳妇，却被两个卫兵死死拖住。他瞪着那些人，眼睛都快爆出来了。

"你到底讲不讲？"

铜顺爹把下唇咬出了血。

"快把这婆娘剥光。"

听着媳妇的尖叫，铜顺爹再也撑不住，带着哭腔说："我讲！我讲！"

当他说出"白茅坳"三个字的时候，铜发爹正好闻讯赶来。冲上去，他指着铜顺爹吼道："你何解就这么怕死呢？"

铜顺爹勾下头去，一声不吭。

当天晚上，廖副官派人守住村子的所有道路，严防有人上山报信。第二天星子还没褪尽，他就带着人马直扑白茅坳。带路的依然是霍铜族——廖副官怕铜顺爹和铜发爹故意带错路，把他俩绑住双手，押在队伍里。苦着张脸，霍铜族走得慢吞吞的。廖副官老不耐烦，一马鞭抽去。

"长官，山上有老虎。"

"有老虎正好，打死了抬回去给汤爷做靠背，快走。"

话是这么说，廖副官勒住马，让后面的人走先，自己却夹在队伍中间。

翻过牛背岭后，路就变得狭仄起来。山风扫过松树林、竹林、茅草丛，呼啸出各种不同的声响，像是各路山精树怪在嚎叫。廖副官背上发寒，生怕路边蹿出只老虎，当场把他扑杀了。他马也不骑了，把枪抽出来，拉开保险栓，混在士兵当中。到了白茅坳口，霍铜族说什么也不肯往前走了。士兵用枪托戳他的背，他干脆扑倒在地，耍起赖皮来。拿他没办法，廖副官只有再次悬赏，声明哪个先抓着霍铜耀就奖大洋五十。嚎叫了两遍后，队伍里仍无人响应，显然大洋五十抵不过老虎的威力。无奈之下，廖副官便命令机枪手对着坳里扫射一通，然后用枪逼着几个才吃粮不久的愣头青闯进去。

有人当头，后面的人都跟了进去，只想着老虎把前面的人吃了，自己可以从容开枪，拣个便宜。

才进白茅坳，石间草中便到处可见白骨。这里地势开阔，遍地白茅。本想放火把茅草烧了，但怕风向难以测度，反而烧了自己，廖副官在块茅草稀疏的地方站定，要士兵把铜发爹和铜顺爹推出来，朝天开了一枪，喝道："霍铜耀，快点出来，不然我就把你这两个兄弟打死。"

"铜耀，你不要管我们！快跑！"铜发爹声音比他更大。

廖副官甩手就是一枪，打在铜发爹的小腿肚上。身子抖了一下，铜发爹蹲下去，却没出声。

"霍铜耀，你看到没有，你兄弟在为你挨枪子。你要是条好汉，就快点现身，不要像只缩头乌龟。"

铜耀爹本来想借着草丛的掩护从对面的口子遁去，但听到廖副官这样喊，再也忍不住，提着把铳，从草丛中走了出来，大声说："一人做事一人当，你不要为难他们。"

廖副官一挥手，马上有两个士兵冲上去，想把铜耀爹扭住。这时草丛冲出只小老虎，咬住当中一个士兵的小腿。惊得往后退了两步，廖副官抬手就是一枪，打中的却是被咬住的那个士兵。铜耀爹本想开铳，却怕伤着两个兄弟，便弃铳拔刀，打了个前翻滚，一刀把廖副官的右手五指砍掉。一声惨叫，廖副官大嚷："开枪！通通打死！"

这时草丛中平地刮起一阵风，蹿出只斑斓猛虎，昂头大吼，不少士兵手一软，枪就掉在地上。廖副官虽然疼痛攻心，头脑还算清醒，扯开喉咙喊："不要怕！开枪！开枪！"话还没说完，铜耀爹一刀就捅进他心窝，手腕猛转一下，捣烂了他的心肺。这时枪声四处爆开，铜耀爹拔出刀来，往旁边使劲一扑，隐入一人多高的白茅草中。铜发爹和铜顺爹也学他的样子，滚进草丛中。那大虎却被枪声激发了狂性，迎头扑上，看见举枪的咬得格外狠，一口下去，利齿切进脖子，当场就了账。有些士兵尿水都被骇了出来，转身狂奔，但是腿脚吓得酥软，像是在泥沼里跑，迈不开步，最后只有藏在草丛里，脸贴在地上，身子不住地发抖，乞求菩萨保佑。也有胆大机灵的，躲在暗处，看准机会就放枪。但大虎蹿来蹦去，势如狂风，很难瞄得准。有不少人大叫："快放机枪！快放机枪！"

　　机枪手正准备开溜，听到大家喊叫，想着逃回去也难免一死，又折了回来，咬咬牙，对准大虎跳跃的方向就是一通猛扫。大虎虽然神勇，但敌不过如蝗虫群般冲过来的子弹，身上到处开洞，血水四溅。它对着机枪手瞋目怒吼一声，像是平地起了一个惊雷。机枪手心神一震，顿时手脚都软了。隔着两丈远，大虎用尽平生之力，腾空展腰，如一团猛火，将机枪手裹住。只听一声惨叫，人虎都倒在地上，扭动了两下，就再不见动静。躲在草丛中，铜耀爹心里一阵绞痛，却不能出声。旁边的士兵慢慢地围上去。趁这机会，铜耀爹正想遁去，却看见小老虎不知从何处蹿出来，哀号着扑向母亲的尸体。立刻晃起许多枪栓拉动的声音。看到有人对小老虎举起了枪，铜耀爹再也忍不住了，霍然站起，掷出短刀。像是半空打了道闪电，最先举枪的那家伙胸脯上一凉，低头只看见刀柄露在外面，再抬头看着铜耀爹，手抬了起来，想指着他，最终却没能伸直，倒在了地上。

这时爆出许多枪声。

铜耀爹死后，刘财主觉得他确实是条汉子，又怕女儿在地下孤单凄冷，便出面将铜耀爹与刘小姐合坟，为他们举办了冥婚。

两个月后，有人在铜耀爹坟前发现了霍铜族的头，但村里没人报官。

铜发爹跟铜顺爹绝了交，而且见到他一次就打一次，但铜顺爹就是不还手。最后铜发爹打得自己心也冷了，罢了手，见面只是怒目而视。几十年过来了，铜发爹仍耿耿于怀。铜顺爹也像是欠下了一笔大债，这笔债像块重铁一样压在他心上，让他在铜发爹面前永远抬不起头来。

# 四

时间像村边的溪水，没留神就晃过去了。低头看看，以为还是原来的那段水，但水中映出的那张脸，已不复年少。二十年就这么晃过去了。我从北坪晃到了省城，在一家报社工作。都市层出不穷的新闻事件，像条鞭子一样，每天把我从城市的东边抽到西边，南边抽到北边。我就在这样的鞭打中苦撑着，偶尔有喘口气的机会，故乡古朴宁静的生活便会像黑白电影一样，在脑壳里一幕接一幕地缓缓上映，清晰、真切。相比之下，眼前喧嚣迷离的都市生活多少显得有些虚幻。

有天我刚写完一个关于某特大凶杀案侦破过程的长篇报道，自以为角度切入新颖独特，谋篇布局精巧紧凑，发出后定能大受欢迎，遂坐在办公桌前扬扬自得。这时来了个电话，一听，是爸爸的声音。他告诉我霍家村闹出桩事：有个老板来山里挖锰矿，结果把溪水都搞坏了。为了护住溪水，铜顺爹送了命，铜发爹也被抓了起来，本县的报纸、电台都不准报道。爸爸说："石头，你是省里的记者，要为村里人出头啊。"

放下电话后，我全身烧得厉害，简直一刻也待不住了。把稿子交了，跟领导打声招呼，我收拾东西就准备往车站冲。但这时脑壳略略冷静了一点，想了想后，我给在省电视台的哥们李永刚打了个电话。他听后大感兴趣，搞了台车，喊上摄像师沈亮，三人直奔飞龙县。在路上晃了八个小时，到了飞龙县已是满城灯火，便随便找了家宾馆住下，第二天清早，在路边小店吃碗面，又匆匆赶往北坪。颠了个把小时，车子开到霍家村，爸爸已带着一大帮乡亲候在村口。下车后，这些衣服破旧、面容木讷一如往昔的乡亲围了上来，喊着我的乳名，争着帮我们提包，那一刻，我的眼泪忍不住要迸出来。

铜顺爹的尸体还停在他屋里，摆了好几天了。大概是因为修炼梅山术的缘故，虽然没采取防腐措施，尸体倒无异味，也不肿胀。只是他那张团团脸上再无笑容，一大块紫色疤痕扑在脑门上。村里人讲，铜顺爹看到水被搞坏了，溪里的鱼全部翻白，气得手脚发抖，也不跟家里人说，戳着根拐杖，一个人上山去找锰矿老板讲理。据锰矿老板的说法，铜顺爹三句话不对路，就抡起拐杖打人。他往旁边一躲，铜顺爹用力过猛，桩子也不稳，滚到坡下，撞在块大青石上，当场就没了气。铜顺爹的家人则认为铜顺爹是被推下去的，去派出所报了案。所里来了两个警察，看了几眼，草草询问了一番，便断定铜顺爹是自己失足摔死。他们不敢跟警察争论，只有再去找锰矿老板。这老板叫郑元宝，是外县人，口气很硬，他声明，出于人道主义的立场，可以赔一万元，要就要，不要就尽管到县里去告。被他的架势骇住了，铜顺爹的家人撤了回来，找新任村长霍铁开商量。叹了口气，霍铁开告诉他们，这开锰矿的事，属于县里的招商引资项目，官司打到县里，领导只会扯偏架，帮那个姓郑的。这郑元宝还养了批打手，又喂了两条大狼狗，要找他硬拼，只怕占不了便宜，搞得不好还要被他打顿饱的，不划算。

铜顺爹的家人无法可想，男的女的都哭起了鼻子，村里人听到了，无不恻然。铜发爹晓得这事，却仰天长笑，说："霍铜顺死得好，死得硬桩，总算没丢梅山的脸。"他是快八十岁的人了，须发皆白，还养了百来只鸭子。这锰矿一开，溪水开始变黑，发臭，那些鸭子再也不敢下水，只在岸边掘蚯蚓吃。蚯蚓没有小鱼小虾那样好找，眼见得一只只都掉了膘，铜发爹却不着急，照旧喝他的酒。虽然老了，一口气还能灌下半斤。这酒灌下去，他的豪气立刻冲得比北坪的任何一座山还要高，跳起脚来指着天一顿好骂：骂现在的人又贪又蠢，砍树是整座山整座山地砍，不晓得留种，打鱼是用雷管炸，连指头大的小鱼也不放过，根本就没有个长久打算；最后他声明自己不想活了，要豁出去干一场。

村里人听到了，只当他在讲醉话。铜发爹也真有点醉了，钻进鸭圈旁的土砖屋，倒在稻草铺上呼呼大睡。第二天十点多钟，他还在睡觉，锰矿山上却发生了一件大事：郑元宝被人杀死在床上，头被砍了下来，扔在山坡下的乱石中。县里马上迅速出动警力，县委崔书记亲自做了指示：要尽快破案，消除负面影响。全村所有的人都被轮番提到乡派出所审问，有的还挨了私刑，却仍然逼不出杀人凶手来。公安局长大伤脑筋，最后只有向市局申请支援，请了一位刑侦专家来。

该专家曾多次破获大案要案，道行高深。他了解到郑元宝睡觉的时候，屋前屋后都有狼狗在看护，而那夜却没人听见狗叫声，便立刻对狼狗进行了解剖。结果显示，狼狗的胃中和血液里并没有药物成分。专家虽然是城里人，平时却喜欢研究乡间民俗，他晓得湘西南属于梅山文化覆盖区，梅山文化是巫文化的一种，有许多古怪的门道。这两条狼狗既然找不出被下药的痕迹，那就只有一种解释：它们被某种法术给镇住了。从这个思路下手，专家开始暗中调查霍家村到底有哪些人懂得巫术，最后锁定了两个重点怀疑对象：我二伯和铜发爹。

二伯是木匠，精通鲁班术。铜发爹则是梅山术的传人。本来还有个当过师公的铜清爹，做法是其本行，但他患了糖尿病，病得只剩下把骨头，正所谓自身难保，不可能去杀人，所以被排除在外。一开始专家偏向于作案的是我二伯，因为铜顺爹也懂梅山术，为何却把自己搞死了？可见梅山术并不能断人首级。何况铜发爹跟铜顺爹结怨数十年，犯不着为他杀人报仇。倒是我二伯，跟铜顺爹关系一向不错，五十多岁的人了，还能运斧如风，嫌疑颇大。但二伯那天被邻村人请去做木工，夜间就睡在主人家，并没有出去过，有好几个人可以做证。倒是铜发爹，一个人住在溪边，除了那群鸭子外，谁也无法证明他那夜到底是在睡觉还是另有行动。专家把铜发爹请进派出所，同时派出两个警察把他的土砖屋和鸭圈翻了个底朝天，在他的稻草铺下翻出把短刀。将短刀和死者的伤口切痕一印证，证明就是凶器。

证据摆到了铜发爹面前，他既不惊讶，也不恐惧，很爽快地交代了作案过程：那晚他假装喝醉了酒，半夜里用稻草包住赤脚，走到矿山上把人杀了，又回来睡下。专家问他没打火把，也没用手电，为何看得清路。铜发爹说练梅山术的人，夜里要是看不清东西，那就是白练了。专家又问他到底用什么办法避开那两只狼狗。铜发爹轻蔑地一笑，说："我要它们不叫，它们敢叫？"看着他白胡子一抖一抖的，专家觉得心里不太好受，说："你年纪也这么大了，晓不晓得自己在犯罪？"铜发爹声音马上高了起来，说专家的话大错特错。他姓郑的为了发财，挖山开矿，是泻了地气；把水搞臭，害得村里人没水喝，是违反了天理；自己杀了他，是替天行道，何解是在犯罪？专家默然良久，最后问："还有件事我不明白，你为何不把刀丢掉，还要带回来干什么？"铜发爹眼睛睁得老大，说："那是我兄弟的刀，我何解能丢掉？"专家很奇怪，问："兄弟？莫非是霍铜顺的刀？"铜发爹猛摇脑壳，说："是铜耀，霍铜耀，你晓得吗？"专家颇为茫然，他要搞清霍铜耀的身份，只有听铜发爹把铜耀爹的传奇故事讲了一遍，听得连连点头，感叹再三。最后铜发爹说："反正我也是要死的人了，还告诉你件事，霍铜族也是我杀的。我手上有两条人命，算我赚了。"说完后他仰天大笑，声音震得派出所审讯室的墙壁嗡嗡作响。在他面前，专家垂首无语。他走出审讯室，吩咐公安，把铜发爹带回城里。

听完了乡亲们的叙述，想起铜发爹快八十岁的人了，还要进牢房、挨枪子，我眼睛又开始发酸。但乡亲们都在殷切地望着我，他们指望着我帮他们出头呢，我又岂能像小时候那样动不动就掉眼泪？跟李永刚商量了一下，我们决定先把这一切拍摄下来：受污染的水，还在继续开采的锰矿、村民的叙述。等证据都到手了，再以此为筹码，跟县里那帮官老爷谈判。

飞龙县委领导的鼻子真灵，我们才工作了个把小时，还没到中午，两辆奥迪就奔了过来，车上跳下的是两个县委常委：主管文化宣传的宋正副书记和宣传部孙传声部长。宋正胖得像个罩笼，走起路来，脸上的肉一晃一晃的，眼神却很锐利。孙传声长了个鹰钩鼻，笑起来像塑料泡沫在玻璃窗上摩擦，让人寒毛。两个领导轮流抓住我们三个的手摇了一阵，宋正还以嗔怪的口吻责备我们不够意思，到了县里也不跟他们联系，不把他们当朋友看。其实我们根本就没跟他打过交道——老官僚就是老官僚，演戏的功夫深得很。不过我没有心思跟他演下去，开门见山，说："说有些话想跟两位领导讲讲。"

宋正一愣后，马上说："我们正想接三位大记者到县里去吃饭，边吃边谈，你们看怎么样？"

在霍家村还有乡亲们在护着我们，到了城里就是他们的天下了，怎么摆布都反抗不得，我怎肯去，便说："吃饭的事好讲，在哪里吃都一样。宋书记、孙部长都是农民的儿子吧，乡里口味应该

263

吃得惯吧？我们先到村长家里去坐坐，要得么？"

孙传声脸上闪过一丝不悦之色，宋正却说："我何止是农民的儿子，我还当过农民呢。"

李永刚说："那宋书记应该深知农民疾苦喽。"

"那当然，那当然。孙部长虽然是干部家庭出身，但在乡政府做过多年基层工作，对三农问题也很了解的。"

和这两位所谓了解农村疾苦的官员面对面坐下后，我就把问题摆在桌面上：第一，锰矿不仅对北坪乡造成了严重的生态污染，而且对资江造成了污染，应该关闭；第二，铜发爹杀人是出于维护霍家村的生态环境，并不是为了私人利益，再加上他年近八十，在量刑方面能否考虑适度从轻。如果答应了这两个要求，我们可以在报道中进行适当处理，对飞龙县委县政府做正面报道。

挥了挥手，让霍铁开走出屋去，把门带好，宋正盯着我说："小霍，我们做实际工作的，有很多难处。你讲的第一点，我们可以考虑。保护生态环境，也是件大事嘛。但霍铜发杀的是外来的投资商，如果不严肃处理，会影响县里的招商引资。小霍你也是飞龙人，应该也希望飞龙能够尽快富起来吧。"

"我是希望飞龙能尽快富起来，但不是采取这种杀鸡取卵的方式。投资商也有很多种，你们何解不引进一些素质高的投资商呢？像郑元宝这种人，纯粹是个恶霸。"

孙传声一拍桌子，说："霍勇，你讲话注意点。不要忘了，你的父母都还归飞龙人民政府管。"

一拳擂在桌子上，我说："那又何解？他们又没犯法，未必你还敢把他们抓起来？我告诉你，你要敢动他们，我就专门跟你过不去。省里、中央的媒体我都有同学，不信我搞不倒你一个县里的宣传部长！"

宋正连忙说："传声，小霍，你们都不要激动。我看这样吧，我回去后把你们的意见跟崔书记汇报一下，再给你们答复。"

"那好，我就等宋书记你的电话。最迟到明天上午，如果没有答复，我们就直接回长沙。"

宋正极力邀请我们去县里的宾馆睡一晚，我推掉了。当天晚上，我和李永刚、沈亮在坪里就着腊肉喝米酒。李永刚和沈亮都是彻头彻尾的城里人，他们看着天上的星星，都惊叹乡下的星星怎么这样大，像些晶莹的蓝色灯盏悬挂在空中，有的近，有的远，层次感很强，不像城里的星星，遥远，模糊，像是贴在同一个平面上。吹着从不远处山林里过滤来的风，李永刚说："霍勇，北坪真是个好地方。我要有这么好的家乡，也不能眼睁睁看着人毁了它。"

叹了口气，我说："自古好景难长久，我也只有尽自己的能力保护它。来，喝酒。"

这个晚上，我们在星光下喝醉了。三个人趴在坪里，还是乡亲们把我们抬进屋去。第二天上午十点，县里来电话的时候，我才爬起来洗了脸。宋正告诉我，县里专门为此事开了个常委碰头会，决定锰矿不开了，还将专门拨给霍家村一笔钱，用来恢复水质。但铜发爹毕竟杀了人，县里其他的投资商反应都很强烈。县里考虑到他年事已大，可能不判死刑，但死缓是免不了的。宋正说："小霍，我跟你讲句真心话，我也是农村里出来的，晓得这些年，农民为了国家的发展，是受了很多委屈的。我理解你的心情，也真的想在这件事上帮帮你。我是尽了力的，也请你支持我，支持家乡的发展建设。"

宋正不说我也晓得他尽了力。这可能是最好的结局了，我唯一能提的要求就是单独见铜发爹一面。宋正马上答应了。

听说我要去见铜发爹，村里人托我带了半车的东西，光铜发爹爱喝的米酒就有两大壶，足足二十斤。铜发爹一辈子不爱跟人打交道，到头来却成了村里人心目中的英雄。我晓得他并不想让村里人敬仰自己，他杀人只是觉得那人该杀。时光斗转，白云苍狗，为了生存，许多人都改变了自己的性格，甚至违背了做人的原则，但铜发爹从没变过。看到他走进来的那刻，我站起来，喊了句发爹爹，就哽咽起来。

"石头，不要哭。你看你，是省里的大秀才了，还像小时候那样哭鼻子，丑咧。"

抹了抹眼睛，我对铜发爹笑笑。谈话的时间只有半小时。我努力使自己平静下来，告诉铜发爹县里会判他死缓，并跟他解释了死缓是怎么回事。我说："发爹爹，你放心，你在里面待个几年，我尽快想办法给你搞个保外就医。"虽然晓得这很难做到，但我说得很坚决，没有一丝犹疑。

铜发爹却不表态，他甚至对判死刑还是死缓也不太在意，倒是很关心我找到了对象没有，在省城里住得惯不惯。我一一回答了，便问他有还什么事要办，尽管交代给我。铜发爹问我要了张纸，咬破中指，在上面画了个人像，嘱咐我在后天子时，把这张纸连同他的鸭梢一起烧掉。听到外屋传来脚步声，我连忙把纸收好，嘴里突然蹦出句我自己也想不到的话："发爹爹，你还恨顺爹爹么？"

看着我，铜发爹脸上现出一丝笑意，说："我跟他是半世兄弟，半世仇人。现在恩怨都了结，我还恨什么？我现在只想快点跟他们见面。"

这最后一句话，坠在我心上，沉沉的。到了后天子时，我独自来到溪边，用桐油把鸭梢连同那张纸焚化了。那些已经睡着的鸭子猛然一起大叫起来，把我吓了跳狠的。那叫声跟往日的热闹不同，在黑夜中听去显得那样悲凉，无助，像是在哀悼什么。

第二天，县里传来消息——铜发爹狂喝了两天酒后，在昨夜十一点多钟，盘坐而逝，身上没有任何伤痕。宋正在电话里说："这是善终啊，是好事啊。"我猛地挂断了电话。

人既逝去，也就无从起诉。遗体接回后，村里人把他和铜顺爹都葬在了喜鹊坡上，与铜耀爹夫妇长伴左右。梅山一脉，自此绝矣。

图书在版编目（CIP）数据

打铁 打铁/马笑泉著 . —济南：济南出版社，2019.7
（2024.3 重印）
（文学新势力/张清华，邱华栋主编）
ISBN 978-7-5488-3971-2

Ⅰ.①打… Ⅱ.①马… Ⅲ.①短篇小说—小说集—中
国—当代 Ⅳ.① I247.7

中国版本图书馆 CIP 数据核字（2019）第 156862 号

| 出 版 人 | 谢金岭 |
| --- | --- |
| 责任编辑 | 宋 涛 张慧敏 姜天一 |
| 封面设计 | 璞 间 |

| 出版发行 | 济南出版社 |
| --- | --- |
| 地 址 | 山东省济南市二环南路 1 号 |
| 邮 编 | 250002 |
| 印 刷 | 山东百润本色印刷有限公司 |
| 版 次 | 2019 年 7 月第 1 版 |
| 印 次 | 2024 年 3 月第 3 次印刷 |
| 成品尺寸 | 145 mm × 210 mm 32 开 |
| 印 张 | 8.75 |
| 字 数 | 165 千 |
| 定 价 | 69.80 元 |

（济南版图书，如有印装错误，请与出版社联系调换。联系电话：0531-86131736）